KB266183

당시평선 2
唐詩評選

A Selection of Criticism on Tang Poems

지은이

왕부지 王夫之, Wang Fuzhi
청대초기(1619~1692)에 활동한 뛰어난 사상가이자 역사학자, 시인, 평론가이다. 주요 저서로는『주역외전(周易外傳)』,『장자정몽주(張子正蒙注)』,『상서인의(尙書引義)』,『독사서대전설(讀四書大全說)』,『노자연(老子衍)』,『장자통(莊子通)』 등이 있고, 문학과 관련된 저서로는『당시평선(唐詩評選)』 이외에『시광전(詩廣傳)』,『초사통석(楚辭通釋)』,『고시평선(古詩評選)』,『명시평선(明詩評選)』,『강재시화(薑齋詩話)』 등이 있다.

옮긴이

서성 徐盛, Seo Sung
북경대학교에서 중국고대문학 박사학위를 받았다. 전공은 위진남북조수당 문학이다. 한국열린사이버대 및 배재대 교수 역임. 주요 관심 분야는 중국고전시,『삼국지연의』, 명청삽화 등이며, 중국고전시와 관련된 주요 저서로는『양한시집(兩漢詩集)』,『당시별재집(唐詩別裁集)』,『가헌사(稼軒詞)』 등이 있다.

당시평선 2

초판발행 2026년 4월 15일
지은이 왕부지 옮긴이 서성 펴낸이 박성모 펴낸곳 소명출판 출판등록 제1998-000017호
주소 서울시 서초구 사임당로14길 15 서광빌딩 2층
전화 02-585-7840 팩스 02-585-7848
전자우편 somyungbooks@daum.net 홈페이지 www.somyong.co.kr

값 24,000원 ⓒ 서성, 2026
ISBN   979-11-7549-053-6 94820
            979-11-7549-056-7(전4권)

잘못된 책은 구입처에서 바꾸어드립니다.
이 책은 저작권법의 보호를 받는 저작물이므로 무단전재와 복제를 금하며,
이 책의 전부 또는 일부를 이용하려면 반드시 사전에 소명출판의 동의를 받아야 합니다.

이 저서는 2019년 대한민국 교육부와 한국연구재단의 지원을 받아 수행된 연구임(NFT-2019S1A5A7069273).

한 국 연 구 재 단
학술명저번역총서

당시평선 2

唐詩評選

오언고시

왕부지

서성 역

시
솔
아
포

일러두기

1. 이 책은 1997년 북경 문화예술출판사(文化藝術出版社)에서 출판한 『당시평선(唐詩評選)』을 저본으로 번역하였다.
2. 모든 시 작품은 시, 왕평, 해설로 이루어져 있다. 시는 먼저 원문을 제시하고 번역문을 싣는 방식으로 축구(逐句) 번역하였으며, 작품에 대한 주석은 각주로 처리하였다. 왕평은 왕부지의 평문으로 번역문과 원문을 달았다. 해설은 먼저 시에 대해 간단히 소개하고, 문단을 바꾸어 왕부지의 평문에 대해 해설하였다.
3. 한자가 필요한 경우는 우리말 독음 뒤 한자를 붙였으며, 이름과 지명 등 고유명사의 독음은 대부분 한국 한자음으로 달았다.
4. 책의 앞머리에 왕부지의 시학에 대한 역자의 해설을 실어 전반적인 이해를 도왔다.

태종황제 太宗皇帝 1수

秋日效庾信體[1]　　　가을날 — 유신체를 본떠

嶺銜宵月桂,　　　　산마루는 밤중에 달 속의 계수나무를 물고

珠穿曉露叢.　　　　진주 같은 새벽이슬은 풀 위에 흩어진다.

蟬啼覺樹冷,　　　　매미가 우니 나무가 서늘한지 알겠고

螢火不溫風.　　　　반딧불이 빛나니 바람이 잔잔한지 알겠네.

花生圓菊蕊,　　　　꽃이 피어나니 국화 꽃술이 둥글게 모이고

荷盡戲魚通.　　　　연꽃이 지니 물고기가 지나다니며 노는구나.

晨浦鳴飛雁,　　　　새벽 포구에 기러기가 울며 날아가는데

夕渚集棲鴻.　　　　저녁 물가에 고니가 모여든다.

颯颯高天吹,　　　　바람이 높은 하늘에서 부니

氛澄下熾空.　　　　공기가 맑아져 열기가 내려오지 않는구나.

【왕평】

유신庾信 보다 가볍고 강총江總 보다 촘촘하다.

1　庾信(유신) : 남북조 시대 말기에 활동한 시인(513~581). 양나라에서 태자중윤에 역임했으나, 서위에 사신으로 갔다가 구류되어 표기대장군, 개부의동삼사를 역임했다. 젊어서부터 문장이 염려하여 서릉(徐陵)과 함께 이름 높아 세칭 '서유체(徐庾體)'라 하였다. 만년에는 고향에 대한 그리움을 많이 썼고 풍격이 창경하고 비량해졌다. 저서로 『유자산집(庾子山集)』이 남아있다.

輕於子山, 密於江令.

【해설】

가을날의 모습을 그렸다. 주로 정태적인 풍경과 서늘해진 날씨를 묘사하였다. 제1, 2구는 밤의 산을, 제3, 4구는 매미와 반딧불을, 제5, 6구는 국화와 연꽃을, 제7, 8구는 새벽 포구와 저녁 물가를 대구로 놓아, 사령운謝靈運이 세운 자연 묘사의 방식을 비교적 충실히 따랐다.

왕부지는 당 태종 이세민의 오언시를 남북조 시대의 유신과 강총 두 시인과 비교하여 그 사이에 두었다.

왕적王績 1수

石竹詠[2]	석죽을 읊다
萋萋結綠枝,[3]	푸른 줄기가 무성히 우거지고
曄曄垂朱英.[4]	붉은 꽃이 아름답게 매달렸구나.
常恐零露降,	언제나 두려운 건 찬 이슬이 내리면
不得全其生.	그 생명을 보존하지 못하는 것이라네.

---

2   石竹(석죽) : 패랭이꽃. 잎이 댓잎 같다고 해서 이름 지어졌다. 위진 시대 이래 당대까지 옷에 수놓는 문양으로 많이 쓰였다.
3   萋萋(처처) : 초목이 무성하게 우거진 모양.
4   曄曄(엽엽) : 아름답고 번성한 모양.

歎息聊自思,　　　　탄식하며 잠시 스스로 생각하니

此生豈我情.　　　　이 생이 어찌 내 뜻이었으랴.

昔我未生時,　　　　예전에 내가 아직 태어나지 않았을 때

誰者令我萌.　　　　누가 내게 싹트라 했던가?

棄置勿重陳,[5]　　　아서라, 더 말하지 말게나.

委化何足驚.[6]　　　자연의 변화일 뿐이니 어찌 놀랄 필요 있으랴.

【왕평】

이치가 깊을 뿐 아니라 풍취 또한 알맞다.

두 구를 얻으면 전환되고, 전환되는 곳은 마치 고리처럼 끝없이 이어진다. 붓을 대는 곳에서 자주 기세를 거두니 확실히 연명과 사령운보다 앞선다.

非但理至, 風味亦適.

得句卽轉, 轉處如環之無端. 落筆常作收勢, 居然在陶, 謝之先.

【해설】

석죽을 노래한 영물시이다. 비록 영물시이지만 석죽 자체에 대한 묘사는 첫머리 2구에서 그치고 나머지는 존재의 변화에 대한 근본적인

5　　棄置(기치) : 그만 두다. 위에서 한 말들 해 보아야 소용없으니 그만 하소연하자. 양한 위진남북조 시에 자주 보이는 말로 표현할 길 없는 깊은 상심을 나타낸다.

6　　委化(위화) : 자연의 변화.

철리를 사색하였다. '상공常恐'이나 '기치棄置' 등 고시에 자주 등장하는
어휘와 구법을 사용하여 고졸하고 질박한 맛을 띠었다.

왕부지는 구와 구의 전환이 뛰어난 점을 지적하였다. 각 구마다 독
립적인 의미를 가지고 있으면서 다음 구와 이어지는 연결성을 가지고
있다. 이 역시 구성에 있어 정해진 법식을 따르는 것이 아니라 설리에
의해 자연스럽게 전개된 점을 주목하였다. 원활한 전환에 있어서는 이
전의 대가들보다 뛰어나다고 하였다.

형상옥邢象玉 1수

古意[7]　　　　　　　　고의

家中酒新熟,　　　　　집안에 술이 새로 익고

園裏葉初榮.　　　　　정원에 나뭇잎이 이제 막 무성해졌구나.

佇杯欲取醉,　　　　　잔을 들고 취하려고 하는데

悒然思友生.[8]　　　　울적하니 친구가 생각나네.

忽聞有奇客,　　　　　홀연히 기이한 손님이 왔다고 하니

何姓復何名?　　　　　성씨가 무엇이고 또 이름이 무엇인가?

7　　古意(고의) : 고대의 일을 빌려 지금의 뜻을 기탁함. 육조 이래 시의 제목으로 자
　　주 쓰였다.

8　　悒然(읍연) : 울적한 모양.

嗜酒陶彭澤,[9]　　술을 좋아하기로는 도연명이요

能琴阮步兵.[10]　　거문고를 잘 타기로는 완적이로다.

何須問寒暑,　　어찌 날씨를 묻고 인사할 필요 있으랴

徑共坐山亭.　　바로 함께 산의 정자에 앉아야 하리.

擧袂祛啼鳥,　　소매를 들어 우는 새를 쫓아 버리고

揚巾掃落英.　　수건을 들어 떨어진 꽃을 쓸어내네.

心神無俗累,　　마음과 정신이 세속의 일에 얽매이지 않으니

歌詠有新聲.　　노래하고 읊는 것이 모두 새로운 소리로구나.

新聲是何曲?　　새로운 소리는 어떤 곡인가?

滄浪之水淸.[11]　　"창랑의 물이 맑으면"이라는 「유자가」로다.

【왕평】

맑고 곧은 가운데 절로 남겨두고 아끼고 싶은 작품이다. 때문에 원결元結과 같은 부류에 결코 예속되지 않는다.

淸直中自有留惜, 所以必非元次山一流所隸.

9　陶彭澤(도팽택) : 도연명. 팽택령을 지냈으므로 도팽택이라 하였다.

10　阮步兵(완보병) : 완적(阮籍). 벼슬이 보병교위를 지냈으므로 완보병이라 하였다.

11　滄浪(창랑) 구 : 『맹자』「이루(離婁)」에 나오는 노래로, 공자가 들은 「아이들의 노래(孺子歌)」로 나온다. "창랑의 강물이 맑으면 내 갓끈을 씻고, 창랑의 강물이 탁하면 내 발을 씻으리라.(滄浪之水淸兮, 可以濯我纓. 滄浪之水濁兮, 可以濯我足.)"『초사』「어부(漁父)」에도 같은 말이 나온다. 그 의미는 은거의 생활을 묘사함과 동시에 은사의 고결한 흉금을 상징한다.

　산중의 한가한 정취를 노래하였다. 그 정취는 주로 마음에 맞는 친구가 찾아와 함께 술을 마시고, 자연을 완상하며, 세속의 일에 얽매이지 않는, 은거의 즐거움을 나누는 것이다.

최액崔液 1수

踏歌詞[12]	답가사
庭際花微落,	정원 가에 꽃이 천천히 떨어지고
樓前漢已橫.	누각 앞에 은하수는 옆으로 비꼈구나.
金壺催夜盡,[13]	청동 그릇 물시계가 밤이 다하기를 재촉하는데
羅袖舞寒輕.	춤추는 비단 소매가 서늘하니 가볍다.
樂笑暢歡情,	즐거이 웃으며 마음껏 기뻐하는 마음
未半著天明.	아직 반도 나누지 못했는데 하늘이 밝아오누나.

12　踏歌(답가) : 발을 구르며 부르는 노래. 『자치통감』권 206에 나오는 '답가'에 대해 호삼성(胡三省)은 "답가는 손을 잡고 노래하며, 발로 땅을 구르며 박자를 맞춘다(蹋歌者, 連手而歌, 蹋地以爲節)"고 주석하였다.

13　金壺(금호) : 청동 항아리. 고대의 물시계. 동호에 물을 채우고 아래에 구멍을 내어 물을 떨어뜨리면, 물이 내려가면서 눈금이 새겨진 바늘이 드러나 시각을 측정하였다.

당대 시인들의 염시艶詩 가운데 이 시는 지극히 깊고 두터운 경지에 이르렀다. 이를 통해 알 수 있듯이, 초당과 위진남북조의 염시는 장적와 맹교의 일파 및 한유의 제자들이 평가한 '쇠락'과 거리가 멀다.

在唐人艶詩已極深厚. 足知初唐六代, 非張籍孟郊一黨, 昌黎門下客所得以 '衰'字目之.

【해설】

춤을 추는 무희를 중심으로 밤새 노니는 즐거움을 노래했다. 행락의 장면을 그렸으나 앞의 4구에서 꽃이 지고 은하수가 기우는 정밀한 고요 속 물시계 소리와 가벼운 무희의 옷소매가 절제된 충일을 보인다.

왕발王勃 1수

詠風	바람을 읊다
蕭蕭涼風生,[14]	찬 바람이 일어나더니 빠르게 불어
加我林壑淸.	내가 사는 숲과 골짜기를 맑게 하는구나.
驅煙尋澗戶,[15]	구름을 몰아내며 계곡의 집들을 찾아오고

---

14 蕭蕭(숙숙) : 여러 가지 뜻이 있다. 여기서는 빠른 모양.
15 驅(구) : 몰아내다.

<table>
<tr><td>卷霧出山楹.[16]</td><td>안개를 말아내고 산속의 방에 나타난다.</td></tr>
<tr><td>去來固無跡,</td><td>오고 가는 것이 본래 자취 없지만</td></tr>
<tr><td>動息如有情.[17]</td><td>움직이고 멈추는 것이 마치 정이 있는 듯하구나.</td></tr>
<tr><td>日落山水靜,</td><td>해가 져 산과 물이 고요해지면</td></tr>
<tr><td>爲君起松聲.</td><td>그대 위해 솔바람 소리를 일으키는구나.</td></tr>
</table>

【왕평】

자질과 기량이 부족하지 않다.

質量不儉削.

【해설】

바람을 읊은 영물시이다. 바람을 의인화시켜 마치 고상한 정신과 우아한 태도를 가진 사람처럼 여기고 이를 찬미하였다.

澗戶(간호) : 계곡에 있는 집.

16 山楹(산영) : 산 속에 있는 집.

17 動息(동식) : 활동과 휴식.

설직薛稷 1수

秋日還京陝西十里作[18]	가을에 도성으로 돌아가며 – 섬서 십리에
서	지음
驅車越陝郊,[19]	수레 타고 섬현陝縣의 교외를 넘어가
北顧臨大河.	북쪽을 돌아보니 황하가 마주하는구나.
隔河見鄕邑,	강 건너 고향이 보이는데
秋風水增波.	가을바람에 강 파도가 높구나.
西登咸陽塗,[20]	서쪽으로 함양 길에 오르니
日暮憂思多.	해 저물고 시름이 많아진다.
傅巖旣紆鬱,[21]	부암傅巖은 굽이진 곳에 있고
首山亦嵯峨.[22]	수양산首陽山도 또한 험하구나.

---

18 陝(섬) : 지금의 하남성 섬현(陝縣). 주대 초기에 주공(周公)과 소공(召公)이 이
곳을 경계로 각기 동쪽과 서쪽을 나누어 다스렸다. 陝西十里(섬서십리)는 섬성
(陝城)의 서쪽 지역으로 제1구에서 말하는 섬교(陝郊)를 가리킨다.

19 陝郊(섬교) : 섬맥(陝陌)의 근교. 제목에서 말한 섬서 십 리 지역.

20 咸陽塗(함양도) : 함양으로 가는 길. 함양과 장안은 섬현에서 보면 서쪽으로 같
은 방향에 있으므로 곧 수도 장안으로 가는 길을 의미한다.

21 傅巖(부암) : 고대의 지명으로, 오늘날의 산서성 평륙현(平陸縣) 동쪽에 소재한다.
상(商)나라 재상 부열(傅說)이 이곳의 건축공사장에서 축(築)을 쩛었던 곳이다.
紆鬱(우울) : 굽이굽이. 굽이진 모양. 마음이 맺히고 답답하다는 뜻도 있다.

22 首山(수산) : 수양산(首陽山). 서산(西山)이라고도 한다. 그 위치에 대해서는 이
설이 많으나 당대에는 지금의 산서성 남부 영제(永濟)의 중조산(中條山) 서남단
이라 보았다. 상나라 말기 고죽군(孤竹君)의 두 아들인 백이(伯夷)와 숙제(叔齊)
가 주나라 곡식을 먹지 않고 고사리를 뜯어먹다가 여기에서 굶어죽었다.
嵯峨(차아) : 산이 높고 험한 모양.

操築無昔老,[23]　　　축판을 찧던 옛사람은 이제 없고

采薇有遺歌.[24]　　　고사리 뜯던 노래만 남았어라.

客遊旣廻換,　　　나그네 떠돌다 이제 돌아가니

人生知幾何?　　　사람의 목숨은 얼마나 더 남았을까?

【왕평】

순서에 따라 돌아가면서도 절로 그 전아함을 이루었다.

'부암傳巖' 4구와 같이 당대 시인들은 두 구씩 의미 단락을 완결시켜 곧 현란한 효과를 일으키는데, 오직 이 시만이 옛 법식을 잃지 않았다.

順序縈紆, 自全其雅.

'傅巖'四句, 唐人每作兩句說盡, 便得凌囂, 唯此不失古制.

【해설】

설직의 대표작으로 수도 가는 길에 인생에 대한 총제적인 감회를 노래하였다. 이 시는 초당 오언고시 가운데 명편으로, 일찍이 두보가 「설직이 쓰고 그린 벽화를 보고觀薛稷少保書畫壁」란 시에서 "설직에게 고풍古風이 있어, 「섭교편」을 지었다少保有古風, 得之陜郊篇"고 칭찬한 바 있다. 청

23　操築(조축) : 축판으로 벽담을 다져 쌓다.
　　昔老(석로) : 예전의 노인. 부열(傅說)을 가리킨다.
24　遺歌(유가) : 남겨진 노래. 백이와 숙제가 지었다는 「채미가(采薇歌)」를 말한다. 『사기』「백이열전(伯夷列傳)」에 "저 서산에 올라, 고사리를 뜯으리. 폭압으로 폭압을 대신하면서, 그 잘못을 모르는구나(登彼西山兮, 采其薇矣. 以暴易暴兮, 不知其非矣)"는 노래가 실려 있다.

대 옹방강翁方綱은 완적阮籍의 기풍을 이었다고 평하였다.

진자앙陳子昻 1수

送客　　　　　　　　　나그네를 보내며

故人洞庭去,[25]　　　친구가 동정호로 떠나니
楊柳春風生.　　　　봄바람에 버들이 푸릇푸릇하네.
相送河洲晩,[26]　　　강가에서 그대를 보내는 저녁
蒼茫別思盈.[27]　　　아득히 이별의 심사 가득하네.
白蘋已堪把,[28]　　　네가래는 이미 한 움큼 잡을 만큼 자라고
綠芷復含榮.[29]　　　파란 구릿대는 다시 꽃망울을 맺었으리.
江南多桂樹,　　　　강남에는 계수나무가 많다 하니

25　故人(고인) : 예전부터 알던 사람. 일반적으로 친구를 말한다.
　　洞庭(동정) : 동정호. 중국에서 두 번째로 넓은 담수호로 호남성의 북부이자 장
　　강의 중류에 소재한다. 고래로 풍경이 뛰어난 곳으로 알려졌다.
26　河洲(하주) : 강 가운데 있는 섬. 여기서는 강가를 가리킨다.
27　蒼茫(창망) : 멀고 아득한 모습.
28　白蘋(백빈) : 네가래. 개구리밥처럼 생긴 수중 식물로, 수면에 뜬 네 잎이 밭 전
　　(田)자 모양이므로 '전자초(田字草)'라고도 한다.
　　堪(감) : 할 수 있다.
　　把(파) : 잡다. 堪把(감파)는 손에 들고 놀 수 있다는 뜻.
29　芷(지) : 구릿대. 향초의 일종.
　　榮(영) : 꽃피다.

歸客贈生平.[30] 　　　　　돌아가는 그대의 마음과 어울리리라.

【왕평】

　대략 오균吳均과 유운柳惲의 작품과 막상막하인데, 당대 오언고시의 아름다운 경지는 여기에서 절정을 이루었다! 그러나 진자앙의 뜻은 자신을 억제하지 못하고 별도로 '성급하고 정체된'[褊急率滯] 시를 썼는데, 마치 앞 시대의 대가들을 넘어서려는 듯했다. 그러나 오언시의 전통은 이로부터 쇠퇴의 길에 접어들었다. 명대 이반룡李攀龍은 진자앙이 '당대의 고시로 고시를 지었'기에 '진정한 고시'가 아니라고 했다. 설사 '고시'가 아니라 해도 여전히 '시'로 살아 있다면 무엇이 문제이랴. 시풍은 세대에 따라 달라지기 마련이니, 진자앙의 「감우」가 음송 같고, 이야기 같고, 판결문 같고, 강의 같아 이제 더 이상 '시'처럼 들리지 않게 되었으니 어찌 '고시'라 할 수 있겠는가? 그러기에 "오언고시가 여기에서 없어졌다"고 하였다. 그러나 십만 편 가운데 십분의 일은, 앞에는 이백이 있고 뒤에는 위응물이 있어 본디 쇠락한 소리와 어지러운 박자에도 변하지 않았으니, 다시 진자앙 때문에 당대에 오언고시가 없어졌다고 대략 말해선 안 될 것이다.

　大概與吳均柳惲相爲出入, 唐五言佳境力盡此矣! 正字意不自禁, 乃別爲編

30　歸客(귀객) : 돌아가는 나그네. 친구를 가리킨다.
　　贈(증) : 稱(칭)과 같다. 어울리다.
　　生平(생평) : 평소. 심성.

急率滯之詞, 若將度越然者, 而五言遂自是而亡. 曆下謂子昂以其古詩爲古詩,
非古也. 若非古而猶然爲詩, 亦何妨? 風以世移, 正字「感遇」詩似誦似說似獄詞
似講義, 乃不復似詩, 何有于古? 故曰: 五言古自是而亡. 然千百什一, 則前有
供奉, 後有蘇州, 固不爲衰音亂節所移, 又不得以正字而槪言唐無五言古詩也.

【해설】

　송별시이다. 앞 4구는 헤어지는 장소와 심사를 묘사하고, 뒤 4구는
친구가 도착하는 강남의 풍경을 그렸다. 구릿대와 계수나무는 향기가
나는 식물로, 곧 친구의 고결한 인품을 비유하였다.

　왕부지는 진자앙의 고시를 통해 명대 평단에서 유행하는 '당대에는
오언고시가 없다唐無五言古詩'는 이론을 반박하였다. 이러한 이론은 명대
초기 고병高棅이 당대를 네 시기로 나누고, 종파로 시인을 논하고, '기
상氣象'과 변법變法으로 시의 고하를 평하는 더에서 시작하였다. 또 칠
자七子의 영수인 이반룡李攀龍이 "당대에는 오언고시가 없고 '당대의 고
시'가 있는데, 진자앙은 '당대의 고시'로 고시를 지었으니 취하지 않는
다唐無五言古詩而有其古詩, 陳子昂以其古詩爲古詩, 弗取也"고 하여 『당시선』에 진자
앙의 「감우」를 넣지 않았다. 이는 당대 오언고시의 성률이 근체시의
격률에 영향을 받으면서 이미 한위漢魏 오언고시와 달라졌기 때문이다.
그래서 이반룡은 당대의 오언고시를 '그대[당대]의 고시其古詩'라고 지칭
한 것이다. 사실 진자앙은 남조 시대에 끊어진 한위 전통을 창도했다
고 당대에 이미 높은 지위를 부여받았다. 그러나 이반룡은 그가 진정

으로 한위 전통을 계승한 것으로 보지 않았다. 실제로「나그네를 보내며」에서 보듯 진자앙은 8구 형식에, 평성 운으로 압운하고, 고체와 근체의 운율을 섞어 한위 시대의 고졸한 오언고시에서 상당히 벗어나 있다. 왕부지도 진자앙의 오언고시가 '성급하고 정체'되고 이미 경전의 음송이나 이야기나 판결문이나 강의와 같아, 완곡하고 함축적이며 완만한 리듬을 가진 고시의 전통에서 유리되었다 하였다. 그러나 비록 진자앙의 오언고시가 율화되었다고 하더라도 고시의 흔적이 남아있고, 이백과 위응물이 오언고시의 명맥을 잇고 있기 때문에 이반룡의 논단은 맞지 않다고 반론을 제기하였다.

송지문宋之問 3수

初至崖口[31]　　　　　처음 애구에 이르러

　崖口衆山斷,　　　　애구는 여러 산이 끊긴 곳

　嶔岑聳天壁.[32]　　　험준한 벽이 하늘로 솟았네.

　氣衝落日紅,　　　　기세는 떨어지는 햇빛을 찌르며 붉고

　影入春潭碧.　　　　그림자는 봄의 연못에 들어가 푸르다.

　錦繢織苔蘚,[33]　　　현란한 비단 문양이 이끼 위에 짜여 있고

31　崖口(애구) : 지명. 지금의 하남성 등봉시 동남에 소재한다.
32　嶔岑(금음) : 높고 험준한 모양.

丹靑畫松石.[34]　　　소나무와 바위가 그림 속에 그려진 듯하구나.

水禽泛容與,[35]　　　물새들은 한가로이 물에 떠있고

巖花飛的皪.[36]　　　바위 옆에 핀 꽃잎은 반짝이며 날아간다.

微路從此深,　　　　오솔길이 여기서부터 깊어지지만

我來限于役.[37]　　　나는 나랏일로 왔기에 더 갈 수 없다네.

惆悵情未已,　　　　구슬픈 마음 아직 추스러지도 못했는데

群峰暗將夕.　　　　뭇 봉우리들이 저녁이 되면서 어두워져가네.

【왕평】

잘 짜 맞추어 시가 완성되었는데, 마무리가 되었어도 여전히 기세가 남아있다.

당대 시인들의 고시는 매번 '내가 와서我來'를 써서 전환시키는데, 마치 쇠로 만든 옷을 흔들어 사람을 혼란시키는 것과 같다. 오직 여기서만은 눈에 띄지 않게 끼어들었다.

密好成章, 一結尤有留勢.

唐人古詩每用'我來'字轉, 如鐵鑄衣擺動搞人, 唯此暗帶不覺.

33　錦繢(금궤) : 색채가 현란한 비단을 짜다.
34　丹靑(단청) : 단사(丹砂)와 청확(靑艧). 적색과 청색. 여기서는 그림을 가리킨다.
35　容與(용여) : 한가한 모양.
36　的皪(적력) : 빛나는 모양.
37　于役(우역) : 行役(행역)과 같다. 병역이나 공무로 객지를 다니는 일.

【해설】

황제의 명을 받아 숭산으로 가는 길에 애구에서 본 풍광과 감개를 노래했다. 송지문의 대표적인 산수시 가운데 한 수이다. 695년 측천무후가 숭산에서 봉천 의식에 대한 준비차 송지문을 파견했을 때 송지문이 도중에 지었다.

夜飮東亭	밤에 동쪽 정자에서 마시며
春泉鳴大壑,	봄 샘물이 넓은 골짜기를 울리는데
皓月吐層岑.	높이 솟은 산이 하얀 달을 토해내네.
岑壑景色佳,	산과 골짜기의 경색이 아름다워
慰我遠遊心.	멀리 나와 노니는 나의 마음을 위로하네.
暗芳足幽氣,	어둠 속의 꽃에는 유현한 기운 가득하고
驚棲多衆音.	깃든 새들은 놀라 서로 지저귀는구나.
高興南山曲,[38]	높은 흥으로 남산의 「채지조探芝操」를 지어
長謠橫素琴.	소박한 거문고 가로 안고 길게 노래 부른다.

---

38 南山(남산) : 종남산. 진한 교체기에 '상산사호(商山四皓)'가 남산에서 은거하며 「채지조(探芝操)」를 지은 일을 환기한다. 가사 중에 "빛나는 자주색 영지로, 굶주림을 면할 수 있지. 요순 시대는 이미 지나갔으니, 나는 어디로 돌아갈까?(燁燁紫芝, 可以療飢. 唐虞往矣, 吾當安歸?)" 이로부터 남산은 일반적으로 은거하는 장소를 비유한다.

다만 40글자인데도 파란곡절이 심하고, 돌아갔다가 다시 모이는 구성이 아주 크다. 깊은 마음과 안정된 힘이 있으니 세상에 진자앙이 또 있는지 모른다.

僅四十字而波折甚大, 回合甚曲. 深心靜力, 亦不知世有陳子昂也.

봄이 온 산의 풍광을 노래하고 은거의 뜻을 나타내었다. 정련된 언어와 안정된 배치로 은사의 풍모가 절로 나타난다. 숭산嵩山 또는 육혼陸渾에서 은거할 때 지은 것으로 보인다.

왕부지는 변화 많은 구성을 지적하였다. 제1, 2구가 경물을 노래했으므로 일반적으로 제3, 4구도 여기에서 이어지는데, 갑자기 자신의 마음을 노래했다. 이 시를 재구성해본다면 제3구를 제1구로, 제7구를 제2구로 배치한 후, 수련제1,2구을 함련제3,4구으로, 함련제3,4구을 미련제7,8구으로 옮기는 것이 일반적일 것이다. 그러한 상투적인 배치를 벗어났기에 새로운 기세와 경관이 나타났다.

奉使嵩山途經緱嶺[39]　　　숭산에 사신으로 갈 때 구령을 지나며

侵星發洛城,[40]　　　별이 뜬 새벽 낙양성을 나올 때

城中歌吹聲.　　　성안에서 노랫소리와 피리 소리 들렸지.

畢景至緱嶺,[41]　　　해 질 때 구씨산에 이르니

嶺上煙霞生.　　　고갯마루 위 노을이 걸렸네.

草樹饒野意,　　　풀과 나무는 시골의 정취가 가득하고

山川多古情.　　　산과 강은 회고懷古의 정이 많아라.

大隱德所薄,[42]　　　'대은大隱'이 되기에는 덕이 부족해

歸來可退耕.　　　돌아와 밭을 갈며 은거해야 하리라.

【왕평】

시의 짜임이 넓고 깊은데, 더욱 쓰기 어려운 것은 말미의 두 구이다.
완곡하면서 법도를 벗어나지 않았으니 그 정신과 기운이 보통 시보다
백 배나 뛰어나다.

39　緱嶺(구령) : 구씨산(緱氏山). 지금의 하남성 언사시(偃師市) 소재. 숭산의 서쪽
　　에 위치한다. 서왕모가 일찍이 이곳에서 수도하였는데 그녀의 성이 구씨(緱氏)
　　였기에 구씨산 또는 구산(緱山)이라 하였다고 한다. 춘추시대 주 영왕(周靈王)
　　의 태자인 희진(姬晉 : 왕자교 또는 왕자진이라고도 한다)이 이곳에서 신선이 되
　　어 백학을 타고 하늘에 올랐다는 전설이 유명하다.
40　侵星(침성) : 머리로 별을 치다. '머리에 별을 이다(戴星)'는 말과 같다. 새벽이란 뜻.
41　畢景(필경) : 햇빛이 다하다. 해가 지다.
42　大隱(대은) : 도시에 사는 뜻이 원대한 사람. 진정한 은자를 가리킨다. 동진의 왕
　　강거(王康琚)의 「반초은시(反招隱詩)」에 "작은 은자는 구릉과 늪에 숨고, 큰 은
　　자는 조정과 저잣거리에 숨는다(小隱隱陵藪, 大隱隱朝市)"란 구절이 있다.

煉局弘遠, 尤所難者末二句. 曲折入縠率,[43] 其神百倍.

【해설】

낙양에서 구씨산에 가면서 본 풍광과 회포를 말하였다. 전반 4구는 노정을 이야기했고, 제5, 6구는 도중의 풍광을 그렸고, 말미 2구는 은거의 뜻을 나타내었다. 말미의 2구는 자신은 덕이 없어 도시에 은거할 수 없으니 전원에 돌아가 밭을 갈아야 한다고 했다. 695년 낙주 참군洛州參軍으로 임명되었을 때 지은 것으로 보인다.

장열張說 1수

雜詩[44]	잡시
山間苦積雨,	산간에 장맛비가 그치지 않고 내리더니

---

43 縠率(구율) : 화살을 쏘는 기본 원칙.
44 雜詩(잡시) : 주로 이별과 그리움을 표현한 내용으로 일정한 유래와 범주가 있다. 『문선(文選)』에는 '잡시(雜詩)'라는 소목(小目) 아래 「고시십구수(古詩十九首)」, '이릉 소무 시(蘇李詩)', 「네 가지 근심의 시(四愁詩)」 외에 '잡시(雜詩)'라는 제목의 시들이 포함되어 있다. 이들은 대부분 정감이 풍부한 시로 타향을 떠도는 나그네가 집안을 그리워하거나 집안의 부인이 집을 떠난 남편을 그리워하는 내용이다. 이선(李善)은 『문선』의 왕찬(王粲) 「잡시」에 대한 주석에서 "잡(雜)이란 일정한 형식이나 관례에 얽매이지 않고, 눈앞의 사물을 접하는 대로 즉시 읊은 것이기에, 그래서 잡(雜)이라 한다(雜者, 不拘流例, 遇物卽言, 故云雜也)"고 말했다. 현존하는 시작품 가운데 '잡시'를 제목으로 한 작품은 한말 건안(建安) 연간의 공융(孔融), 왕찬(王粲), 조식(曹植)의 작품이 가장 이르다.

木落悲時遽.[45]	낙엽이 지니 시간의 빠름을 알고 슬퍼하네.
賞心凡幾人,	즐거운 마음으로 만날 사람은 몇이며
良辰在何處?	좋은 날은 어느 곳에 있나?
觸石滿堂侈,[46]	바위에 닿아 생긴 구름이 집에 가득하여
灑我終夕慮.	밤 내내 뜬 생각을 깨끗이 씻어내네.
客鳥懷主人,	날아든 새는 주인을 그리워하여
銜花未能去.	꽃을 물고 떠날 줄 모른다.
剖珠貴分明,[47]	조개에서 진주를 캐며 분명함을 귀하게 여기고
琢玉思堅貞.	옥을 쪼며 굳고 곧음을 생각한다.
要君意如此,	그대의 뜻이 이러하길 바라노니
終始莫相輕.	언제까지나 서로 가벼이 여기지 말지라.

【왕평】

비흥이 선명하다.

興比分明.

---

45 時遽(시거) : 시간이 빨리 가다.
46 觸石(촉석) : 구름이 바위에 닿아 생긴다는 뜻이다. 『춘추공양전』 '희공 31년'조
   에 "바위에 부딪쳐 구름이 나오고, 조금씩 조금씩 모여들어, 아침이 끝나기도 전
   에 천하에 두루 비를 내리는 것은 오직 태산뿐이다(觸石而出, 膚寸而合, 不崇朝而
   徧雨乎天下者, 惟泰山爾)"는 말이 있다.
   侈(치) : 많다.
47 剖珠(부주) : 방합조개를 갈라 진주를 얻다.

【해설】

산 속에서 지내는 사람이 친구에게 뜻이 변치 말기를 다짐하였다. 그 친구가 누구인지는 명확하지 않으나 진주같이 분명하고 옥과 같이 굳고 곧기를 바랐다. 풍격은 진자앙과 장구령의 「감우」 시와 비슷하다. 장열의 「잡시」 4수 가운데 제2수이다.

장구령張九齡 7수

感遇[48] 四首

감우 4수

제1수

漢上有游女,[49]

한수漢水에서 헤엄치는 선녀

求思安可得?

따르려 해도 따를 수 없어라.

48　感遇(감우) : 자신이 처한 일에 대해 느끼다. 위(魏) 완적(阮籍)의 「영회시(詠懷詩)」 전통을 잇고 있는 정치서정시(政治抒情詩)이다. 장구령이 만년에 정치적인 참훼를 받아 지은 연작시로 모두 12수가 남아 있다. 여기서는 4수를 뽑았다. 조금 앞선 시대의 진자앙도 같은 제목으로 38수를 남겨, 이들은 모두 성당 시풍을 열었다고 평가된다. 진자앙이 인생의 의미를 탐색하고 철학적인 감개를 토로하였다면, 장구령은 종종 미인과 향초로 정치적인 우려를 나타내었다. 이들 시는 청담(淸淡)한 시풍으로 남조의 부염한 기풍을 일신하였다.

49　漢(한) : 한수(漢水). 장강 최대의 지류로, 섬서성 영강현(寧羌縣)에서 발원하여 동남쪽으로 흐르다가 무한(武漢)에서 장강에 합류한다. 첫 2구는 『시경』 「한광(漢廣)」의 "한수에서 노니는 선녀, 따르려 해도 따를 수 없어라(漢有游女, 不可求思.)"에서 유래하였다. 유녀(游女)에 대해 한대 노씨(魯氏)와 한씨(韓氏)는 강의 여신으로 해석하였다. 思(사)는 어조사.

袖中一書札,　　　　　　소매 속의 서신 한 통

欲寄雙飛翼.　　　　　　새의 날개에 부쳐 보내고 싶어라.

冥冥愁不見,　　　　　　아득하여 보이지 않아 애만 타고

耿耿徒緘憶.[50]　　　　근심에 그저 말 못하고 그리워하네.

紫蘭秀空蹊,[51]　　　　자란紫蘭이 빈 산길에서 꽃을 피웠으나

皓露奪幽色.　　　　　　흰 이슬이 내리어 그윽한 빛을 앗아가네.

馨香歲欲晚,　　　　　　향기롭다고 해도 한 해가 저물어가니

感歎情何極!　　　　　　탄식하는 마음은 얼마나 깊은가!

白雲在南山,[52]　　　　흰 구름이 남산에 있나니

日暮長太息.[53]　　　　해가 저물어가매 길게 탄식하네.

【왕평】

하나의 기운으로 다만 '정'에 기대어 붓을 펼쳤기에, 날아오르고 굽이쳐도 정취가 끊이지 않는다. 속인이 쓴다면 분명 "한수에서 헤엄치는 선녀漢上有游女" 이하에서 몇 구 더 수식할 것이다.

제목이 「감우」라고 해서 이 시를 군주를 그리워한 것으로 여긴다면

50　耿耿(경경) : 마음이 불안한 모양.
　　緘憶(함억) : 그리워하나 말 하지 않다.

51　秀(수) : 열매를 맺다.

52　白雲(백운) 구 : 소인을 비유할 수도 있고, 그리운 사람이 있는 곳일 수도 있고, 시인이 거처하는 곳의 풍광일 수도 있다.

53　日暮(일모) : 해가 지는 때. 제9구에서도 歲欲晚(한 해가 저물어가다)이라 하며 시간의 소멸을 아쉬워하였다.

크게 망령될 것이다. 속된 눈을 가진 자들로 하여금 그 말에 현혹되게 해서는 안 된다. 이 시는 고시로 볼 수 없으며, 더욱이 감우시로 볼 수도 없다.

一氣但在情上托筆, 翔折不離. 俗筆爲之, 必于"漢上有游女"下作數句妝點. 題是「感遇」, 以此詩爲思君者大妄. 不能令俗眼迷其所云, 不可作古詩, 尤不可作感遇詩.

【해설】

『시경』「한광漢廣」의 유녀游女 이미지와 이슬에 시들어가는 자란의 이미지를 이용하여 뜻을 이루지 못하는 아쉬움 또는 그리운 사람을 만나지 못하는 상감傷感을 나타냈다. 그 정조는 완적의 「영회시」 제2수나 송지문의 「명하편明河篇」과 비슷하다.

왕부지는 이 시를 어진 군주를 그리워하며 몸이 늙어간다는 유형적인 비유로 읽는 것을 경계하였다. 사실 이 시는 굴원의 미인과 향초의 이미지가 변용된, 자란의 탄식으로 고결한 충정을 나타냈다고 보기 쉽다. 말미에서 산을 덮은 구름도 군주의 총경을 가리는 간신을 비유한다고 쉽게 유추되기도 한다. 그러나 이러한 습관적인 시의 독법은 정해진 주제에 갇히게 되며, 그 결과 작품의 의미는 굳어지고 생명력을 잃게 된다. 왕부지는 '자세한 연상[翔坼]'을 따르는 열린 독법을 제시하였다.

제2수

孤鴻海上來,[54]　　　거대한 고니가 바다에서 날아오더니

池潢不敢顧.[55]　　　연못가 따위는 돌아보지도 않는구나.

側見雙翠鳥,[56]　　　옆으로 흘깃 바라보니 물총새 한 쌍

巢在三珠樹.[57]　　　옥으로 만든 세 그루 나무에 둥지 틀고 있어라.

矯矯珍木巓,[58]　　　높디높은 진귀한 나무의 꼭대기라고

得無金丸懼?[59]　　　어찌 탄환이 두렵지 않으리오?

美服患人指,　　　아름다운 옷은 남의 손가락질을 받기 쉽고

高明逼神惡.[60]　　　높은 자리는 신명의 미움을 부르기 쉽다.

今我游冥冥,[61]　　　지금 나는 아득히 먼 허공 위에서 노니니

---

54 孤鴻(고홍) : 무리에서 떨어진 홍곡(鴻鵠). 홍곡은 고니로, 기러기보다 크며 높이 날고 걷기도 잘 한다. 고니의 종류에 황곡(黃鵠), 백곡(白鵠), 단곡(丹鵠)이 있으며, 주로 장강과 한수(漢水) 일대에 서식하였다. 중국 고대 시문에서 '홍곡'은 높은 이상을 추구한다는 뜻이 들어 있다. 『사기』「진섭세가(陳涉世家)」에도 "제비와 참새가 어찌 홍곡의 뜻을 알리오(燕雀安知鴻鵠之志哉!)"란 말이 있고, 「고시십구수」 가운데 「서북에 있는 높은 누대(西北有高樓)」에서도 "원컨대 우리 함께 한 쌍의 고니가 되어, 날개 펴고 높이높이 날아가고저(願爲雙鴻鵠, 奮翅起高飛)"라는 구절이 있다. 여기서는 작가 자신을 비유하였다.

55 池潢(지황) : 연못.

56 翠鳥(취조) : 물총새. 깃털이 아름답고 물고기를 잘 잡는다. 여기서 쌍이라고 한 것은 자신을 참훼한 이림보(李林甫)와 우선객(牛仙客)을 암시하는 것으로 보인다.

57 三珠樹(삼주수) : 전설에 나오는 기이한 나무. 三株樹(삼주수)라고도 쓴다. 『산해경』「해외남경(海外南經)」에 "삼주수가 염화(厭火)의 북쪽에 있는데 적수(赤水) 가에서 자란다. 잣나무와 비슷하며 잎은 모두 구슬로 되어 있다"고 하였다.

58 矯矯(교교) : 높이 솟은 모양.

59 金丸(금환) : 금으로 만든 탄환. 서한 한언(韓嫣)은 금덩이로 탄환을 만들어 쏘았다고 한다. 갈홍(葛洪)의 『서경잡기(西京雜記)』참조.

60 高明(고명) : 신분이 높은 사람.

【왕평】

'교교矯矯' 이하 여섯 구는 모두 홍곡을 대신하여 말한 것이고, '미복美服' 두 구는 '부賦'를 '비比'로 만들었다. 전환이 비록 많지만 결국 불필요한 말을 하지 않고 논단을 내리는 말을 하지 않았다. 시는 순정할 수 있어야 절묘한 경지에 들어간다.

'矯矯'下六句皆代鴻言, '美服'二句反賦作比, 層折雖多, 終不贅下論斷語. 詩惟能淨, 斯以入化.

【해설】

홍곡과 물총새의 관계로 자신과 소인배를 대비하고, 자신의 소요자재逍遙自在한 경지를 형상화하였다. 홍곡을 첫머리와 마무리에 모두 써 수미쌍관首尾雙關을 뚜렷이 하였으며, 전편에 정치적 우의寓意가 선명하다.

왕부지는 구성에 있어 전환이 중첩되면서도 깔끔한 점을 높이 쳤다. 전반 4구는 객관적인 서술이고, 후반 여섯 구는 홍곡의 말이다. 이러한 전환에 다시 제7, 8구의 잠언식 선언이 끼어들었으므로 또 다른 시

61　冥冥(명명) : 높은 하늘.

62　弋者(익자) : 주살을 쏘는 사람. 말 2구는 양웅(揚雄)의 『법언』「문명(問明)」에 나오는 "태평하면 나타나고 혼란하면 숨는다. 홍곡이 높은 하늘에 날아가니 주살을 쏘는 사람이 어찌 잡을 수 있나?(治則見, 亂則隱. 鴻飛冥冥, 弋人何篡焉?)"는 말을 변용하였다.

각이 중첩되었다.

제3수

<table>
<tr><td>西日下山隱,</td><td>서쪽의 태양이 산을 내려가 숨으니</td></tr>
<tr><td>北風乘夕流.</td><td>북풍이 저녁을 타고 불어오는구나.</td></tr>
<tr><td>燕雀感昏旦,[63]</td><td>제비와 참새는 황혼과 새벽 기운을 알고</td></tr>
<tr><td>簷楹呼匹儔.</td><td>처마 아래 기둥에서 짝을 부르지만</td></tr>
<tr><td>鴻鵠雖自遠,</td><td>홍곡은 비록 멀리서 왔어도</td></tr>
<tr><td>哀音非所求.</td><td>슬픈 울음으로 짝을 구하지 않는다.</td></tr>
<tr><td>貴人棄疵賤,[64]</td><td>귀인이 되면 비천한 사람을 버리니</td></tr>
<tr><td>下士嘗殷憂.[65]</td><td>신분이 낮은 선비는 언제나 시름이 깊다네.</td></tr>
<tr><td>衆情累外物,</td><td>뭇 사람들은 외부 사물에 얽매이어</td></tr>
<tr><td>恕己忘內修.[66]</td><td>자신에게 관대하여 내면의 수련을 하지 않네.</td></tr>
<tr><td>感歎長如此,</td><td>탄식하노니 오래도록 이와 같아</td></tr>
<tr><td>使我心悠悠.[67]</td><td>나의 마음을 시름겹게 하는구나.</td></tr>
</table>

---

63 昏旦(혼단) : 황혼과 새벽, 또는 황혼에서 새벽까지.
64 疵賤(자천) : 비천함 또는 비천한 사람.
65 下士(하사) : 품덕이 낮은 선비.
    嘗(상) : 常(상)과 같다. 언제나.
    殷憂(은우) : 깊은 시름.
66 恕己(서기) : 자신에게 관대하다.
67 悠悠(유유) : 근심하는 모양. 『시경』「웅치(雄稚)」에 "저 해와 달을 바라보니, 내
    마음이 시름겹네(瞻彼日月, 悠悠我思)"라는 말이 있다.

【왕평】

'정情'과 '이理'가 각각 지극하니 시문이 막힘이 없다.

말미의 두 구는 자신의 신상에 돌아와 말했는데, 만약 이러지 않았다면 편협할 뿐만 아니라 뒤섞여 주인과 손님이 없게 된다.

한 광무제가 자신에 관대한 신하를 칭찬하였는데, 주희는 광무제가 좋아하고 싫어함을 식별하지 못한다고 힘써 구별하였다. 장구령이 주희보다 앞섰으니, 누가 당대 사람은 '도'를 모른다고 했는가?

情理各至, 文以不窮.

末二句說歸己身上去, 則凌雜無賓主, 不但褊淺.

漢光武稱其臣善于恕己, 朱子力辨其不識好惡, 乃曲江已先之矣.[68] 孰謂唐

68　漢光武(한광무) 구 : 광무제가 신하 질운(郅惲)이 "자신에게 관대하고 군주를 잘 헤아린다(善恕己量主)"고 칭찬한 일을 가리킨다. 『후한서』「질운전」 참조. 장구령은 제10구에서 '자신에게 관대하기(恕己)'는 오히려 내면의 수양을 잊게 한다고 하였다. 북송 범순인(范純仁)은 제자들에게 다음과 같이 말했다. "사람이 비록 지극히 어리석어도 남을 책망하는 데는 밝고, 비록 총명하더라도 자신에게 관대한 데는 어둡다. 만약 남을 책망하는 마음으로 자신을 책망하고, 자신에게 관대한 마음으로 남에게 관대하다면, 성현의 지위에 이르지 못한다고 근심할 필요가 없다.(人雖至愚, 責人則明, 雖有聰明, 恕己則昏. 苟能以責人之心責己, 恕己之心恕人, 不患不至聖賢地位也.)" 『송사』「범순인전(范純仁傳)」 참조. 주희는 이를 받아서 말했다. "앞 구는 좋지만 뒷 구는 좋지 않다. 무릇 자신에게 관대하다고 말하는 것은 곧 이미 남에게 관대하지 않다는 것이다. 장재(張載)가 다음과 같이 말한 바와 같다. '자신을 사랑하는 마음으로 남을 사랑하면 곧 인(仁)을 다하는 것이다. 남을 책망하는 마음으로 자신을 책망하면 곧 도를 다하는 것이다.' 말이 곧 다르다. (…중략…) 이것이 학자가 도를 아는 것을 귀하게 여기는 까닭이다.(上句自好, 下句自不好. 蓋才說恕己, 便已不是. 若橫渠云 : "以愛己之心愛人, 則盡仁. 以責人之心責己, 則盡道." 語便不同. (…중략…) 此學者所以貴於知道也.)"

人不知道?

【해설】

세태를 풍자한 시이다. 연작과 홍곡을 대비시켜 무리 짓는 세태와 신분이 높아졌다고 이전의 친구를 잊는 풍기를 비판하였다.

왕부지는 시에 있어서 '이'理의 요소를 비교적 개방적으로 받아들였다. 왕부지가 당송 시인의 '이어理語'는 부정적인 데 비해 송대 성리학자가 쓴 시의 '이어理語'는 긍정적이었다. 왕부지는 '이어'를 쓰는 설리시說理詩에서도 '정情'이 있어야 하고, '정'이 주인이 되어야 한다고 했다. 제9, 10구는 전형적인 '이어'이고 전편에 '이어' 성분이 깔려있지만 이들이 시인의 정감을 떠나있게 된다면 주인은 없고 손님만 있는 셈이 된다. 말미의 두 구가 있음으로써 전편이 조리가 있고 안정되었다. 또 제10구의 '자신에 관대함恕己'으로부터 역대의 논의를 검토하면서 시인의 식견이 뛰어남을 말하였다.

제4수

我有異鄕憶,	나에게는 타향에 대한 기억이 있으니
宛在雲溶溶.[69]	마치 구름 속에 있는 듯하네.
憑此目不覩,	이에 의지하나 눈으로 볼 수 없으니
要之心所鍾.	요컨대 마음이 모이는 곳이라네.

69　溶溶(용용) : 구름이 많은 모양.

但欲附高鳥,	다만 높이 나는 새를 따르려 하지
安敢攀飛龍?[70]	어찌 감히 날아가는 용을 타겠는가?
至精無感遇,[71]	지극한 정성이 있지만 알아주는 사람이 없으니
悲悗塡心胸.	슬픔과 원망이 가슴 가득 들어차네.
歸來扣寂寞,[72]	돌아가 적막을 깨워내 글을 쓰려니
人願天豈從?[73]	사람이 원한다고 해서 하늘이 어찌 이루어주랴?

【왕평】

고시에는 이토록 미묘한 운치가 없고, 당대 시인 중에도 이토록 온화하고 부드러운 기운이 없다. 참으로 도를 아는 사람이 지은 시라 할 만하다.이후 결락

"눈으로 보지 못하지만, 여기에 꼭 의지한다憑此目不覩"는 구를 보라. 눈으로 보지 못하면서도 의탁한다니 어찌 진정한 깨달음이 아니겠는

---

70 攀飛龍(반비룡) : 제왕에 의지하여 공업을 이루다. 『법언(法言)』「연건(淵騫)」에 "용의 비늘 위로 오르고, 봉황의 날개에 붙는다(攀飛鱗, 附鳳翼)"는 말이 있다.
71 至精(지정) : 지극한 정성.
72 扣寂寞(구적막) : 시문을 구상하다. 육기(陸機)의 「문부(文賦)」에 "없음에서 있음을 찾고, 적막을 두드려 소리를 구한다(課虛無以責有, 叩寂寞而求音)"는 말이 있다.
73 人願(인원) 구 : 『상서』「태서(泰誓)」에 "하늘은 백성을 긍휼히 여기니, 백성이 원하는 바가 있으면 반드시 따른다(天矜於民. 民之所欲, 天必從之)"는 말이 있는데, 여기서는 그 뜻을 반대로 사용하였다.

가? 불가에서 말하는 "언어가 끊어지고 마음의 길이 끊긴다"는 말은 헛된 말에 지나지 않는다.

古無其微致, 唐無其和婉. 知道人作詩自^{原缺}

目旣不覩矣, 而必憑之, 豈非眞有所得? 釋氏"言語道斷, 心行路絶"之言, 徒孟浪爾.

【해설】

고향을 그리는 마음에서 시작하여 자신을 알아주지 못하는 처지를 탄식하였다. 제5, 6구를 보면 황제의 신망을 얻는 것이 아니라 스스로 가치있는 일을 추구하는 것이 자신의 바램이었다고 말하는 듯하다. 말미에서 인간의 모든 바램이 다 이루어지는 것은 아니라고 스스로 위로하였다.

왕부지는 이 시의 제3, 4구에 대해 풀이하였다. 눈이 있어도 고향을 볼 수 없으나 마음으로 본다는 말을 보편적인 인식 활동의 특징으로 확대하고, 이러한 노력은 의의가 있다고 하였다. 때문에 언어와 마음을 긍정하며 석가의 말을 부정하였다. 시의 언어도 통찰의 노정이 될 수 있다고 본 셈이다.

歲初巡屬縣登高安南樓言懷[74]

연초에 속현을 순시하다 고안의 남루에 올라 감회를 말하다

山城本孤峻,	산성은 본래 고립되고 험준한 곳인데
憑高結層軒.[75]	높은 산세를 빌려 층층의 누각을 얽었구나.
江氣偏宜早,	강의 기운은 이른 새벽이라 더욱 보기 좋고
林英粲已繁.	숲속의 꽃은 이미 한창이어서 현란하다.
餘滋含宿霽,[76]	어젯밤 갠 비에 물방울을 머금고
衆妍在朝暾.[77]	아침 해에 뭇 꽃들이 화사하다.
拂衣釋簿領,[78]	옷을 떨고 일어나 공무에서 벗어나
伏檻遺紛喧.	난간에 기대니 일체의 시끄러움이 사라진다.
深俯東溪澳,[79]	깊이 수그려 동쪽 시냇가 언덕을 바라보고
遠延南山樊.[80]	목을 빼 멀리 남산의 숲들을 조망한다.
歸雲納前嶺,	돌아가는 구름은 앞 고개로 빨려가고
去鳥投遙村.	날아가는 새는 먼 마을로 투신한다.

---

74 巡(순) : 순시하다. 『당육전(唐六典)』 권30에 자사는 "매년 한 번 속현을 순시한다(每歲一巡屬縣)"는 말이 있다. 이때 자사는 풍속을 보고, 민정을 살피고, 형송을 처리하며, 교화를 베푼다.
　 高安(고안) : 고안현. 지금 강서성의 속현. 당대에는 홍주에 속했다.
75 層軒(층헌) : 여러 층을 이루며 세워진 누각. 고안현의 남루(南樓)를 가리킨다.
76 餘滋(여자) : 비 온 후 초목에 맺힌 물방울.
77 朝暾(조돈) : 아침에 떠오르는 해.
78 簿領(부령) : 등기한 문서와 장부. 정무(政務)를 의미한다.
79 澳(오) : 물가의 땅.
80 樊(번) : 산의 옆.

日盡有餘意,	해 저문 뒤에도 남은 뜻 있고
心惻不可諼.[81]	마음은 서글퍼 쉽게 가라앉지 않는구나.
揭來彭蠡澤,[82]	팽려호에 이르고
載經敷淺原.[83]	부천원을 지나가네.
春及但生思,[84]	봄이 되면 다만 전원에 돌아갈 생각이 일어나
時哉無與言.	때를 만났지만 더불어 이야기할 사람이 없구나.
不才叨過舉,[85]	재주가 없는데 능력을 넘어선 임용을 받았으니
唯力酬明恩.	힘을 다해 밝은 군주의 은혜에 보답해야 하리.
美化猶寂蔑,[86]	아름다운 교화는 오히려 적막하게 보이고

---

81 諼(훤) : 잊다. 『시경』「고반(考槃)」에 "홀로 잠자고 깨어나 혼잣말을 하니, 영원히 이 즐거움을 잊지 않겠다고 맹세하노라(獨寐寤言, 永矢弗諼)"란 말이 있다.

82 揭來(걸래) : 오가다. 여기서는 이르다.
彭蠡澤(팽려택) : 팽려호(彭蠡湖). 일명 팽택(彭澤), 궁정호(宮亭湖)라고 한다. 지금의 강서성 파양호(鄱陽湖)이다. 고안현의 동북에 소재했다.

83 載經(재경) : 지나가다. 載(재)는 어조사.
敷淺原(부천원) : 고대의 지명. 『상서』「우공(禹貢)」에 "구강을 지나면 부천원에 이른다(過九江, 至於敷淺原)"는 말이 있다. 구체적 위치에 대해선 여러 설이 있으나 지금의 강서성 덕안(德安)으로 본다.

84 春及(춘급) : 봄이 오다. 도연명의 「귀거래사」에 "농부가 나에게 봄이 왔다고 알려주니, 장차 서쪽 밭에서 일이 있겠구나(農人告余以春及, 將有事於西疇)"는 말이 있다.

85 叨(도) : 함부로 차지하다. 부끄러운 마음으로 받아들이다.
過舉(과거) : 능력을 넘어선 임용.

86 美化(미화) : 미정(美政)과 교화.
寂蔑(적멸) : 아무것도 없다.

迅節徒飛奔.　　　　빠른 시간만 부질없이 나는 듯 달려가네.

雖無成立效,[87]　　　비록 뚜렷한 성과를 이루지는 못했으나

庶以去思論.[88]　　　백성들이 그리워하는 관리가 되길 바라니

行復徇孤跡,[89]　　　외로운 발자취를 따라 걸어가리니

亦云吾道存.[90]　　　'나의 도는 영원히 존재한다'고 말하리.

【왕평】

가구佳句가 이어지면서도 수려하고 우아한 풍도를 잃지 않는 것이 장편에서 귀하게 여기는 바이다. "해 저문 뒤에도 남은 뜻 있고日盡有餘意"와 "봄이 되면 다만 전원에 돌아갈 생각이 일어나春及但生思"에서 두 번 암전暗轉하는 것을 보니, 붉은 잉어를 타고 안개 속을 날아가는 신선이 자잘한 물고기들이 뱃전을 두드리는 소리에 놀라 무리 속으로 달아나는 걸 보며 이미 멀리 가버린 것과 같구나!

佳句如積, 而秀雅之度不喪, 乃所貴于長篇. 看他"目盡有餘意", "春及但生思"二暗轉, 赤鯉乘薄霧卽與飛去, 視弱魚聞鳴榔, 驚竄入火, 度越遠矣!

87　成立(성립) : 성취.

88　去思(거사) : 임기가 끝나 돌아간 지방관에 대한 백성들의 추념.

89　徇(순) : 따르다.

　　孤跡(고적) : 일반 사람과 다른 행적.

90　道存(도존) : '도'가 존재하다.

【해설】

홍주 자사로 속현을 순시하며 고안에 갔을 때, 남루에 올라 사방을 둘러보고 느낀 바를 썼다. 727년부터 730년 사이에 홍주 자사로 임직할 때 지었다.

왕부지의 평어에서 잉어를 탄 신선은 지은이 장구령을 비유하고, 자잘한 물고기들은 군소 시인들을 가리키는 듯하다. 두 번의 전환을 거치며 수려한 장편을 이끌어나가는 지은이가 마치 신선처럼 붉은 잉어를 타고 안개 속을 날아가는 듯하다.

彭蠡湖上[91]	팽려호에서
沿涉經大湖,[92]	강을 따라가다 거대한 호수를 지나가니
湖流多行洗.[93]	호수가 흐르다가 넘치는 곳이 많구나.
決晨趨北渚,[94]	새벽이 열릴 때는 북쪽 물가를 지났는데
逗浦已西日.	포구에 머무를 땐 해가 이미 서쪽으로 저무는구나.
所適雖淹曠,[95]	가는 곳은 비록 드넓으나
中流且閑逸.	물 가운데는 한가하고 조용하다.

---

91 彭蠡湖(팽려호) : 지금의 파양호. 강서성 북부에 소재한다.
92 沿涉(연섭) : 물의 흐름을 따라감.
93 洗(일) : 溢(일)과 같다. 물이 넘치다.
94 決晨(결신) : 새벽이 되다.
95 淹曠(엄광) : 드넓다. 광활하다.

瑰詭良復多,[96]　　　기이함이 진실로 많아

感見乃非一.　　　보고 느끼는 것이 하나가 아니로다.

廬山直陽滸,[97]　　　여산은 호수의 남쪽 물가에 있고

孤石當陰術.[98]　　　대고산은 호수의 북쪽 길가에 있으며

一水雲際飛,　　　한 줄기 물줄기가 구름 끝에서 날고

數峰湖心出.　　　봉우리 몇이 호수 가운데서 솟아 나오네.

象類何交紏,[99]　　　세상은 유사한 비유로 어지러이 가득 차

形言豈深悉.　　　형상과 말로 어찌 잘 알 수 있으리오?

且知皆自然,　　　이 모든 것이 '자연스러움'에서 나온 걸 알

　　　겠으니

高下無相恤.[100]　　　높고 낮은들 걱정하지 않으리라.

【왕평】

전아하다.

"한 줄기 물줄기가 구름 끝에서 날고"란 뜻의 '일수운제비一水雲際飛'

96　瑰詭(괴궤) : 기이하다.

97　直(직) : 있다.
　　陽滸(양호) : 남안(南岸).

98　孤石(고석) : 대고산(大孤山)을 가리킨다. 지금의 혜산(鞋山)으로 파양호 북단
　　에 소재한다.
　　陰術(음술) : 북로(北路).

99　象類(상류) : 유사. 비유.
　　交紏(교규) : 혼잡하고 어지러움.

100　恤(휼) : 걱정하다.

는 폭포를 묘사하는데 지극한 경지에 이르렀다. 그 이후로는 비록 공교해도 이 다섯 자에 미치지 못한다. 말미가 비로소 시인이 깨달은 이치이다.

雅.

“一水去際飛”, 寫瀑布已至. 下篇雖工, 反不逮此五字. 結句方是詩家名理.

【해설】

727년부터 730년까지 홍주 자사洪州刺史로 있을 때 팽려호를 지나며 지었다. 여로의 과정과 풍광을 서술하는 중간중간에 “보고 느끼는 것이 하나가 아니로다感見乃非一”이나 “세상은 유사한 비유로 어지러이 가득 차象類何交糾” 등 ‘이어理語’가 끼어든다. 이는 사령운이 산수시에 현언玄言을 붙인 영향이자, 이후 송대의 설리시說理詩의 선성이니, 결국 장구령은 문학사에서 유송과 송대를 연결하는 고리로 볼 수 있다.

入廬山仰望瀑布水[101]	여산에 들어가 폭포를 올려다보며
絶頂有懸泉,	산꼭대기부터 폭포수가 걸려 있어
喧喧出煙杪.[102]	구름 속에서 소리를 내며 터져 나오는구나.
不知幾時歲,	어느 해부터 시작되었는지 모르겠는데

---

101 廬山(여산) : 지금의 강서성 구강시(九江市) 남부에 소재한 산. 북으로 장강과 닿아있고 동쪽으로 파양호(鄱陽湖)와 면해있다. 일명 광산(匡山), 광려산(匡廬山), 남장산(南障山)이라고도 한다.
102 煙杪(연초) : 구름 속으로 높이 솟은 나뭇가지. 여기서는 구름.

但見無昏曉.　　다만 밤낮없이 쏟아지기만 하네.

閃閃靑崖落,　　번쩍이며 푸른 벼랑에서 떨어지고

鮮鮮白日皎.　　선명하게 태양 아래 빛나네.

灑流濕行雲,　　뿌려지는 물줄기는 지나가는 구름을 적시고

濺沫驚飛鳥.　　흩어지는 포달에 날아가는 새가 놀란다.

雷吼何噴薄,[103]　　우레같은 소티는 얼마나 진동하는가

箭馳入窈窕.[104]　　화살은 내달려 어두운 골짜기로 빗발치네.

昔聞山下蒙,[105]　　예전에는 산 아래서만 들었더니

今見林巒表.　　이제는 숲과 산 위에서 보는구나.

物情有詭激,[106]　　사물의 본성은 괴이하고 과격하며

坤元曷紛矯.[107]　　대지의 근본은 어찌 이리 다채롭고 기이한가?

默然置此去,　　묵묵히 이를 두고 떠나나니

變化誰能了.[108]　　천지간의 변화를 그 누가 알 수 있으리오?

103　噴薄(분박) : 힘차게 솟아오르다. 뒤흔들다.

104　窈窕(요조) : 깊은 모양.

105　蒙(몽) : 『주역』「몽괘」에 "산 아래 샘이 나오는 것을 '몽'이라 한다(山下出泉, 蒙)"이란 말이 있다.

106　物情(물정) : 사물의 본성.
　　詭激(궤격) : 괴이하고 과격하다. 상리에 어긋나다.

107　坤元(곤원) : 대지의 덕. 『주역』「곤괘」에 "지극하구나, 대지의 덕이여, 만물이 이에 힘입어 자라는구나(至哉坤元, 萬物資生)"란 말이 있다.
　　曷(갈) : 어찌
　　紛矯(분교) : 어지럽고 기이하다.

108　了(료) : 알다.

【왕평】

폭포에 관한 묘사는 지극히 쉽게 속인에게 공감을 주지만, 어찌 이 시처럼 훌륭하게 할 수 있겠는가!

'예전에 들은 것은[昔聞]' 이하 여섯 구는 시의 기세를 끌어와 주제를 정했으니 큰 기량이 있다. 오언고시는 반드시 기량이 있어야 하고 칠언가행은 반드시 기세가 있어야 하니, 만약 그렇지 않으면 뛰어나지 못한다.

瀑布詩刻畫極易入俗, 夫安得此良善!

'昔聞'以下六句, 引勢命意, 俱有雅量. 五言古詩之必其量, 七言歌行之必其氣, 非是則必不貴也.

【해설】

여산의 폭포를 노래하였다. 원경과 근경을 그리고 빛깔에서 소리까지 다양한 관점에서 묘사하였다. 말미의 4구에서 설리적인 발언으로 사물의 본성이 지닌 괴이함으로 대자연의 무궁한 변화를 나타냈다. 이는 인생의 예측하기 어려운 기복을 비유한 듯하다. 727년 홍주 자사로 부임할 때 여산을 지나며 지은 것으로 보인다.

왕구王丘 1수

<table>
<tr><td>

詠史

高潔非養正,[109]

盛名亦險艱.

偉哉謝安石,[110]

携妓入東山.[111]

雲巖響金奏,

空水灔朱顔.

蘭露滋香澤,

松風鳴珮環.

歌聲入空盡,

舞影到池閑.

杳眇同天上,[112]

繁華非代間.[113]

</td><td>

영사

고결함이 곧 바른 길은 아니며

빛나는 명성 또한 험난하고 위태롭다.

위대하구나, 사안謝安이여

기녀들과 손잡고 동산에 들어갔구나.

구름 낀 바위에서는 음악이 울려퍼지고

빈 수면 위론 붉은 얼굴이 일렁거렸지.

난초의 이슬은 향기와 윤기가 넉넉했고

소나무 바람소리는 패옥을 울렸지.

노랫소리가 허공으로 들어가고 나면

춤추는 그림자가 연못에 한가히 그려졌지.

멀리 아득히 보이는 게 천상의 세계와 같고

번화함을 다 누리는 게 인간 세상이 아니었지.

</td></tr>
</table>

---

109 養正(양정) : 바른 도를 닦다. 『주역』「몽괘」에 "몽매할 때 바른 도로써 기르는 것이 성인의 공덕이다(蒙以養正, 聖功也)"는 말이 있다.

110 謝安石(사안석) : 사안(謝安). 안석은 그의 자. 동진(東晉)의 명사로 일찍이 회계의 동산(東山)에서 은거하였다.

111 携妓(휴기) : 기녀들을 데리고 다니다. 사안이 회계의 동산에 은거할 때 기녀들을 데리고 산수를 완상하며 지냈다. 『세설신어』「식감(識鑑)」 참조. 문인이 편안하게 은거생활을 보내는 것을 뜻한다.

112 杳眇(묘묘) : 杳渺(묘묘)와 같다. 유원(悠遠)한 모양. 아득한 모양.

113 代間(대간) : 세간(世間)과 같다. 당 태종의 이세민(李世民) 이름을 피휘하기 위

卷舒混名跡,[114]　　　　　은거와 출사에 본래의 이름과 행적을 숨기고

縱誕無憂患.[115]　　　　　방종하고 자유로워 근심 걱정이 없었다네.

何必蘇門子,[116]　　　　　어찌 꼭 소문산의 은자들처럼

冥然閉淸關.　　　　　　　어둡게 문의 빗장을 닫아야겠는가.

【왕평】

시종 사안에 대해 말했다. 뜻을 끌어내고 펼쳐나가되, 풍부하면서도 넘치지 않는다.

始終是說太傅. 引伸出入, 富而不溢.

【해설】

동진의 사안謝安을 칭송하였다. 주로 그가 회계의 동산에서 은거할 때 기녀들과 어울리며 지내는 모습을 선망의 눈으로 여러 방면에서 그리고, 그러면서도 고결하고 바른 도를 함양하였다고 노래하였다. 은거의 방식이 고정된 것이 아니며, 근본적으로 양정養正을 잃지 않는다면 그 형식은 다양해도 좋다고 보았다.

해 세(世)를 대(代)로 썼다.

114 卷舒(권서) : 진퇴. 은거와 출사.

115 縱誕(종탄) : 방종과 임탄(任誕).

116 蘇門子(소문자) : 소문 은자(蘇門隱者). 위진 교체기에 소문산(蘇門山, 지금의 하남성 輝縣 서북)에 살았던 은사들. 그들의 행적은 『위지』「왕찬전」에서 주석한 『위씨춘추』 참조. 『진서』「완적전」에는 완적이 소문산에 있는 손등(孫登)을 찾아가 만나는 장면이 있다.

저광희|儲光羲 6수

采菱詞[117]	마름 따기
濁水菱葉肥,	탁한 물에서는 마름 잎이 잘 자라고
清水菱葉鮮.	맑은 물에서는 마름 잎이 깨끗해라.
義不游濁水,	의로우면 탁한 물에서 놀지 마라고
志士多苦言.	뜻있는 선비들이 고언을 많이 했다네.
潮沒具區藪,[118]	조수가 밀려와 태호의 물풀이 잠기고
潦深雲夢田.[119]	물이 넘쳐 운몽택의 밭이 깊이 잠겼네.
朝隨北風去,	아침에는 북풍 따라 갔다가
暮逐南風還.	저녁에는 남풍 따라 돌아오네.
浦口多漁家,	포구에는 어부가 많기에
相與邀我船.[120]	서로 자신의 배로 나를 부르네.
飯稻以終日,	쌀밥으로 하루를 보내고

---

117 采菱詞(채릉사) : 악부의 제목으로 '청상곡사(清商曲辭)'에 속한다. 남조 시기부터 지어졌는데, 유송의 포조(鮑照), 남제의 왕융(王融), 제량의 양 무제(梁武帝) 등의 작품이 있다.

118 具區(구구) : 고대의 호수 이름. 즉 지금의 태호(太湖).
藪(수) : 물은 적고 풀이 많은 소택지.

119 潦(료) : 물웅덩이.
雲夢(운몽) : 고대의 거대한 습지로, 호북성의 장강 남북에 걸쳐 분포되어 있었다. 원래 운몽택(雲夢澤)은 강북의 것을 운택(雲澤)이라 하고 강남의 것을 몽택(夢澤)이라 했지만, 소택지가 점점 육지가 되면서 이를 통칭하여 운몽택(雲夢澤)이라 하였다.

120 相與(상여) : 함께. 서로.

羹蓴將永年.[121]　　순채국으로 평생을 보내리.

方冬水物窮,　　바야흐로 겨울이 되면 물에서 나는 것이 적어

又欲休山樊.　　다시 산기슭에 가서 쉰다네.

盡室相隨從,[122]　　온 가족이 서로 사이좋게 따르니

所貴無憂患.　　귀한 것은 근심걱정이 없는 것이라네.

【왕평】

처음 4구는 곧 '비'이자 '흥'으로 이음새 없이 잘 결합되었다. 전편의 순서가 변화가 있으면서 원만하게 이루어졌다. 성당의 저광희와 중당의 위응물은 오언고시에 있어 이미 성증聖證, 증득에 들었다. 당대에 오언고시가 없다는 말을 어찌 두 사람을 보고도 할 수 있겠는가? 그 밝은 품질과 작문의 뛰어남은 모두 서한의 작품과 「고시 십구수」에서 나왔기에 비교할 수 없는 걸작이다. 속인의 눈에는 한일한 정취가 많기에 대략 도연명에 견주지만, 두 사람이 도연명보다 꿍박하고 심원하다. 본디 고금의 시인을 가지고 차등을 나누기 어렵다.

起四句卽比卽興, 妙合無垠. 通首序次變化而婉合成章. 盛唐之儲太祝, 中唐之韋蘇州, 于五言已入聖證.[123] 唐無五言古詩, 豈可爲兩公道哉? 乃其昭質敷文之妙, 俱自西京, 「十九首」來, 是以絶倫. 俗目以其多閑逸之旨, 遂槪以

121　羹蓴(갱순) : 국과 순채. 『악부시집』 권51에서는 蓴羹(순갱)이라 되어 있다.
122　盡室(진실) : 가족 전체. 온 가족.
123　聖證(성증) : 진실한 증득(證得). 전신입승(傳神入勝)의 경지에 오른 시문이나 문인을 비유한다.

陶擬之, 二公自有閎博深遠于陶者, 固難以古今分等殺也.

【해설】

마름을 따며 부르는 노래이다. 남조 시기에는 주로 청신한 어조로 여인들의 모습을 그리며 일말의 연정도 환기하였지만, 저광희는 은사의 자족적인 생활을 읊는 것으로 환골탈태하였다.

왕부지는 오언고시의 최고 전범은 「고시십구수」를 중심으로 한 한대 고시라고 보고, 이를 계승한 저광희를 위응물과 함께 가장 높이 평가하였다. 저광희와 위응물은 '굉박심원閎博深遠'한 풍격을 가진 시인으로, 도연명보다 뛰어나다고 하였다. 일반적으로 역대의 비평가들은 저광희와 위응물의 오언고시는 도연명의 전통을 계승했다고 보지만, 왕부지는 이를 '속인의 눈[俗目]'이라고 하였다. 당대 오언고시에 대한 왕부지의 관점을 보면, 진자앙, 왕유, 맹호연에 대해서 비판하였고, 이백과 두보에 대해서도 포폄이 섞여 있고, 백거이, 원진, 한유, 맹교는 언급할 가치도 없어 『당시평선』에 1수도 싣지 않았다. 이러한 상황에서 저광희와 위응물을 높이 친 것은 화평하고 돈후한 한위 고시의 전통을 이어받았기 때문이다. 당대에 새로 대두된 형식과 미감은 변체라 하여 받아들이지 않았다.

田家卽事[124]　　　　　농가에서 보이는 대로

蒲葉日已長,　　　　창포 잎은 날로 자라고

杏花日已滋.[125]　　　살구꽃도 날마다 무성한데

老農要看此,　　　　늙은 농부가 이를 보고

貴不違天時.[126]　　　하늘이 내린 때를 놓치지 않으려 하네.

迎晨起飯牛,　　　　새벽에 일어나 소에게 여물 먹이고

雙駕耕東菑.[127]　　　쌍 멍에로 동쪽 묵정밭을 가니

蚯蚓土中出,[128]　　　흙 속에서 지렁이가 나와

田鳥隨我飛.　　　　까마귀가 내 뒤로 날아드네.

群合亂啄噪,[129]　　　무리 지어 어지러이 쪼아 먹으며

嗷嗷如道飢.[130]　　　깍깍거리며 배고프다고 말하는 듯해라.

我心多惻隱,[131]　　　내 마음이 한껏 측은하여

124　卽事(즉사) : 눈앞의 사물이나 일을 제재로 한 시. 시 제목에 습관적으로 붙이는
　　경우가 많다.

125　滋(자) : 자라다.

126　天時(천시) : 농사를 하는데 필요한 자연 기후 조건. 이 구는 시기를 놓치지 않음
　　이 귀한 줄 안다는 말로, 이제 해야 할 일을 할 때임을 안다는 뜻이다.

127　東菑(동치) : 동쪽에 있는 개간한지 일 년이 된 밭. 전원을 가리킨다. 양(梁) 심약
　　(沈約)의 「교거부(郊居賦)」에 "동쪽 묵정밭에서 보습으로 이랑을 내고, 북쪽 밭
　　에 새 도랑에 물을 댄다(緯東菑之故耜, 浸北畝之新渠)"는 표현이 있다.

128　蚯蚓(구인) : 지렁이. 『예기』「월령(月令)」에 "땅강아지 울고, 지렁이가 나온다
　　(螻蟈鳴, 蚯蚓出)"는 말이 있다. 또 고대인은 지렁이가 나오면 비가 온다고 생각
　　하였다.

129　啄噪(탁조) : 쪼아 먹으며 울다.

130　嗷嗷(오오) : 새가 슬프게 우는 소리. 『시경』「소아(小雅)」「홍안(鴻雁)」에 "큰기
　　러기 날아가니, 우는 소리 애절하다(鴻雁于飛, 哀鳴嗷嗷)"는 말이 있다.

131　惻隱(측은) : 측은히 여기다. 동정하고 가엽게 여기다.

願此兩傷悲.[132]　　까마귀와 지렁이를 함께 슬퍼하여라.

撥食與田烏,[133]　　먹이를 흩뿌려 까마귀에게 주다가

日暮空筐歸.　　저녁에는 빈 광주리 들고 돌아오네.

親戚更相誚,[134]　　식구들과 친척들이 나를 향해 꾸짖어도

我心終不移.　　내 마음은 끝내 옳다 여기노라.

【왕평】

'구인蚯蚓' 구와 '전오田烏' 구를 대우로 만들었는데 바로 고시의 지극히 뛰어난 곳이다. 『시경』「빈풍」에 '관명우질鸛鳴于垤'과 '부탄우실婦歎于室' 또한 이와 같다. 주소注疏를 붙인 사람은 반드시 "황새가 개미를 먹는 걸 보고 비가 내리려는 것을 안다"는 설을 세우는데, 시를 이해하는 태도가 완고하다.

생각이 심원하고 힘차면서 한가하다. 힘이 있은 후에야 한가로울 수 있으니 '힘차면서 한가하다'고 했다.

以'蚯蚓'句與'田烏'句作排偶, 正是古詩至處. 「豳風」'鸛鳴''婦歎'亦但如此.[135] 注疏家必欲立"食蟻知雨"之說, 固哉其爲詩也!

132　願(원) : 뜻이 없는 어조사로 쓰였다.
　　　兩(양) : 까마귀에 먹힌 지렁이와 굶주린 까마귀.
133　撥食(발식) : 먹이를 뿌리다.
134　相(상) : 대상을 나타내는 허사로, 여기서는 '나를 향하여'라는 뜻. '서로'라는 뜻이 아니다.
　　　誚(초) : 꾸짖다.
135　豳風(빈풍) : 『시경』의 편명. 이 안에 「동산(東山)」이란 작품에 "내가 동쪽에서 돌아오는데, 비가 부슬부슬 내리는구나. 황새는 개미둑 위에서 울고, 아내는 방

思遠力閑. 有力而後能閑, 故曰 : ‘力閑’.

【해설】

봄날 밭을 갈다가 일어난 일을 소재로 쓴 시이다. 까마귀들이 지렁이를 게걸스럽게 먹는 모습에 까마귀도 살리고 지렁이도 살리기 위해 뿌려야 할 씨앗을 모두 먹이로 주었다. 생명에 대한 시인의 무한한 애정을 알 수 있다. 게다가 농부와 대조되는 가족과 친척의 실용적인 시각도 끼어넣어 장면을 입체적으로 만들었다. 사실적인 묘사에 농가의 일과 작자의 마음이 손에 잡힐 듯 생동적이다.

왕부지는 ‘구인蚯蚓’ 구와 ‘전오田烏’ 구의 대우가 뛰어나다고 평하였다. 그것은 저울이 균형을 맞추는 듯한 후세 시인들의 기계적 균형에서 오는 것이 아니라 오히려 그 반대로 비슷하면서도 비슷하지 않는 자연스러움을 강조하는 듯하다. 두 구의 문장성분의 대응도 약간 일치하지 않거니와 의미에 있어서도 비중이 다르기 때문이다. 예시한 『시경』「동산東山」도 황새가 우는 것과 아내가 탄식하는 것 사이에 이루어지는 자연스러운 서사 흐름이야말로 ‘고시의 지극히 뛰어난 곳’인데, 후대 학자들의 관심은 이런 데 있지 않은 것을 비판하였다.

안에서 탄식하고 있으리라(我來自東, 零雨其濛. 鸛鳴于垤, 婦歎于室)”란 구절이 있다.

同王十三維偶然作 二首[136] 왕유의 '우연히 짓다'에 화답하며 2수

제1수

野老本貧賤,　　　　촌로는 본디 가난하여

冒暑鋤瓜田.　　　　더위를 무릅쓰고 외밭을 호미질하네.

一畦未及終,[137]　　한 마지기가 아직 끝나지 않았는데

樹下高枕眠.　　　　나무 아래에서 베개를 높이고 잠을 자네.

荷蓧者誰子,[138]　　삼태기를 맨 자는 누구인가?

皤皤來息肩.[139]　　머리가 센 사람이 와서 어깨짐을 부리네.

不復問鄕墟,　　　　더 이상 고향은 묻지 않고

相見但依然.[140]　　만나면 다만 떠나기 아쉬워하네.

腹中無一物,　　　　뱃속에는 한 끼 먹은 것도 없으면서

高話羲皇年.[141]　　고담준론으로 복희씨 때의 일을 말하네.

落日臨層隅,[142]　　해 저물녘엔 떨어지면 높은 산에 이르고

136　王十三維(왕십삼유) : 왕유. 동일 증조부 아래의 형제 사이 항제(行第)가 열세 번째였다.

137　一畦(일휴) : 논밭의 너비를 나타내는 단위로, 고대에는 50무(畝)를 가리켰다.(1무는 사방 100보, 1보는 6척.)

138　荷蓧者(하조자) : 삼태기를 맨 사람.『논어』「미자(微子)」에 "자로가 공자를 따르다가 뒤처지다, 한 어른을 만났는데 지팡이에 삼태기를 매고 있었다.(子路從而後, 遇丈人, 以杖荷蓧)는 구절이 있다.

139　皤皤(파파) : 머리가 반백인 모습.
　　　息肩(식견) : 어깨에 맨 짐을 벗다.

140　依然(의연) : 미련이 남은 모양.

141　高話(고화) : 고담준론.
　　　羲皇年(희황년) : 복희씨가 살던 시대.

142　層隅(층우) : 높이 선 누각. 여기서는 높은 산.

逍遙望晴川.	소요하며 갠 시내를 바라보네.
使婦提蠶筐,	아내에게 누에 광주리를 들게 하고
呼兒榜漁船.[143]	아이를 불러 고깃배를 젓게 하네.
悠悠泛綠水,	푸른 물에 유유히 배를 띄워
去摘浦中蓮.	포구의 연밥을 따네.
蓮花豔且美,	연꽃은 곱고 또 아름다워
使我不能還.	나를 돌아가지 못하게 하네.

【왕평】

전환할 수 있는 곳은 모두 미리 설정하지 않았는데, 이는 도연명과
비슷하고 또 강엄이 도연명을 모의한 작품과도 비슷하다.

得轉皆無預設, 此乃似陶, 亦似江文通之擬陶.

【해설】

왕유가 지은 「우연히 짓다偶然作」 6수에 저광희는 모두 10수를 지어
화답했는데, 왕부지는 이중에서 2수를 골랐다. 이 시는 유유자적하면
서 안빈낙도하는 촌로의 모습을 형상화시켰다. 그 모습은 왕유가 「우
연히 짓다」 제2수에서 "농가에 늙은 노인이 있으니, 백발을 늘어뜨리
고 초라한 집에서 사네田舍有老翁, 垂白衡門裏"와 서로 호응하는 듯하다. 담
백한 언어에 소박한 생활과 여유로운 태도가 생생하게 각화되었다.

---

143 榜(방) : 노. 여기서는 동사로 쓰여 '노를 젓다'는 뜻.

제2수

空山暮雨來,	빈 산에 저녁 비가 내리니
衆鳥竟棲息.[144]	뭇 새들이 모두 깃들어 쉬네.
斯須照夕陽,[145]	잠시 사이 석양이 비추자
雙雙復撫翼.	쌍쌍이 다시 날개를 치는구나.
我念天時好,	나는 날씨가 좋은 걸 보니
東田有稼穡.	동쪽 밭에 농사일이 있음을 알겠네.
浮雲蔽川原,	뜬구름은 들과 내를 덮고
新流集溝洫.[146]	새로 생긴 물줄기는 시내에 모이네.
裴回顧衡宇,[147]	배회하며 초라한 집을 돌아보니
僮僕邀我食.	종복이 나를 불러 밥 먹으라 하네.
臥覽床頭書,	누워서 상머리에 있는 책을 보고
睡看機中織.	자면서 베틀에서 베 짜는 걸 본다.
想見明膏煎,[148]	불을 밝히는 기름이 자신을 태우는 걸 보고선
中夜起喞喞.[149]	한밤에 일어나 탄식하네.

---

144 竟(경) : 모두.
145 斯須(사수) : 잠시.
146 溝洫(구혁) : 산간의 물길. 도랑.
147 衡宇(형우) : 간소한 집.
148 想見(상견) : 추측한 결과 알게 되다.
　　明膏煎(명고전) : 기름이 불을 밝히며 타들어가다. 『장자』「인간세(人間世)」의
　　"기름은 불을 밝히느라 스스로를 태운다(膏火自煎也)"는 말을 환기한다. 또『한
　　서』「공승전(龔勝傳)」에도 "기름은 주위를 밝게 하느라 스스로를 녹인다(膏以明
　　自銷)"는 말이 있다.

'흥興'과 '부賦'가

처음 4구는 사물을 묘사하여 뜻을 보이는 것으로 미묘하고 심오한
경지에 이른다.

興賦淸順.

起四句體物見意, 微妙玄通.

【해설】

자연 속에서 살아가는 농부의 모습을 그렸다. 시는 먼저 경물 묘사
로 시작하여 농촌의 일상으로 이어지고, 마지막에는 밤을 밝히는 기름
이 스스로를 태우는 장면을 통해, 유용함이 오히려 자신을 해친다는
노장 사상으로 나아간다.

왕부지는 특히 첫머리 4구에 주목하였다. 새들이 비를 피해 쉬었다
가 석양이 비치자 다시 날개를 터는 평범한 자연 현상 속에서, 자연의
순리와 생명의 리듬에 대한 깨달음을 은유한다. 이 부분은 사실적인
묘사이므로 '부賦'의 기법이면서, 동시에 시 전체의 정취를 불러일으
키는 '흥興'의 기법이기도 하다. 석양 때의 정경을 묘사한 첫 4구 이후
시의 전개가 오히려 대낮의 시간대로 되돌아간 점은, 이 네 구가 시 전
체를 이끌어 내는 '흥'의 역할을 하고 있음을 잘 보여준다. 첫머리의
흥과 부는 말미의 2구와 자연스럽게 연결되어, 사물의 묘사가 은연중

---

149 喞喞(즐즐) : 의성어. 탄식하는 소리.

에 자연의 깊은 이치와 통하는 함의를 드러낸다.

釣魚灣   조어만

　垂釣綠灣春,   푸른 물굽이에 낚싯줄 드리우니

　春深杏花亂.   봄이 깊어 살구꽃이 분분해라.

　潭淸疑水淺,   못이 맑은 탓에 물이 얕은 듯하고

　荷動知魚散.[150]   연잎이 움직인 탓에 물고기가 있음을 알겠네.

　日暮待情人,[151]   해저물녘에 정 깊은 사람을 기다리니

　維舟綠楊岸.[152]   버들 푸른 강 언덕에 배를 묶어두노라.

【왕평】

물결이 찰랑이며 조어만을 굽이굽이 흘러드니, 갠 경치가 눈앞에 있

는 듯하다.

'해저물녘에[日暮]' 두 구가 홀연 끼어들어 절로 조리가 있다.

　漣漪赴曲, 晴色在眉.

150　荷動(하동) 구 : 이 구는 한대 악부시 「강남(江南)」의 이미지를 이용하였다. "강
　　남에선 연밥을 따기 좋아, 연잎은 얼마나 수려한가. 물고기가 연잎들 사이에서
　　헤엄치네. 물고기가 연잎의 동쪽에서 헤엄치네, 물고기가 연잎의 서쪽에서 헤엄
　　치네, 물고기가 연잎의 남쪽에서 헤엄치네, 물고기가 연잎의 북쪽에서 헤엄치네
　　(江南可采蓮, 蓮葉何田田, 魚戱蓮葉間. 魚戱蓮葉東, 魚戱蓮葉西, 魚戱蓮葉南, 魚戱
　　蓮葉".)
151　情人(정인) : 정이 깊은 사람. 일반적으로 친구를 가리킨다.
152　維舟(유주) : 닻줄로 배를 묶다.

'日暮'二句忽入, 自有條理.

【해설】

봄이 온 조어만釣魚灣의 수려한 풍경과 친구를 기다리는 마음을 표현하였다. 조용하고 한적한 물가에 봄소식이 분주한 장면은 이미지가 청신하고 필치가 활발하다. 이 시는 원래 「잡영雜詠」 5수 연작시 가운데 제4수로 시인이 종남산에 은거할 때 지은 것으로 보인다.

왕부지는 말미의 2구가 일으키는 효과가 뛰어나다고 하였다. 그것은 4구까지 서경敍景이었다가 인사人事로 전환되는 부분이지만, 서경의 틀을 깨지 않기에 '경景' 속에 완전히 녹아있어, 기다리는 사람의 등장은 풍경의 일부가 되었기 때문일 것이다.

| 終南幽居獻蘇侍郎[153] | 종남산에 은거하여 살며 소 시랑께 바치다 |
| 中歲尙微道,[154] | 중년에 심원한 도道를 숭상하여 |

---

153 蘇侍郎(소시랑) : 소진(蘇晉)을 가리킨다. 726년(개원 14)부터 730년(개원 18)까지 이부시랑을 지냈다. 侍郎(시랑)은 중서성, 문하성, 상서성 각 부의 부장관.
154 中歲(중세) : 중년. 이 시의 제목은 다른 판본에서는 "당시 태축에 임명되었으나 아직 나가지 않았다(時拜太祝未上)"는 부제가 덧붙여 있다. 소진(蘇晉)이 이부시랑을 마치던 730년은 저광희의 나이 24세였으므로, '중세(中歲)'라는 말과는 맞지 않는다. 현대 학자 진철민(陳鐵民)은 저광희가 하산하여 태축(太祝)의 관직에 든 때는 정확하게 알 수 없지만 대략 747년(천보 6)이나 748년(천보 7)으로 추측하였다.
尙(상) : 숭상하다.
微道(미도) : 정미하고 심원한 도.

始知將谷神.[155] 　비로소 오장신(五藏神)을 함양하기 시작하였네.

抗策還南山,[156] 　직언하는 상서를 올리고 남산에 돌아오면

水木自相親. 　물과 나무가 절로 친하였다네.

深林開一道, 　깊은 숲에 길을 하나 내어

青嶂成四鄰. 　푸른 봉우리를 사방의 이웃으로 만들고

平明去采薇,[157] 　새벽에는 고사리를 뜯으러 나가고

日入行刈薪. 　해가 지면 땔감을 베어 온다네.

雲歸萬壑暗, 　구름이 골짜기로 들어가면 어두워지고

雪罷千崖春. 　눈이 녹으면 수많은 봉우리에 봄이 온다네.

始看玄鳥來,[158] 　제비가 돌아온 걸 처음 보았는데

已見瑤華新.[159] 　벌써 옥 같은 꽃이 피어 새로워라.

寄言搴芳者,[160] 　꽃을 따는 사람에게 말해주노니

無乃後時人. 　다른 사람들보다 뒤늦지 마소서.

155　將(장) : 기르다.
　　谷神(곡신) : 노자가 말하는 '도'의 이름으로, 만물이 여기에서 태어나니 곧 성장의 신이자 원시의 모태라 할 수 있다. 『노자』에 "곡신은 죽지 않으니 그 이름을 현빈이라 한다(谷神不死, 是謂玄牝)"는 말이 있다. 여기서는 오장신(五藏神), 곧 도가에서 말하는 몸속에 있다는 오장의 신주(神主)를 가리킨다.
156　抗策(항책) : 상서를 올려 직언하다.
157　采薇(채미) : 고사리를 뜯다. 은거 생활을 가리킨다. 상나라 말기 백이와 숙제가 고사리를 뜯어먹으며 은거하였다.
158　玄鳥(현조) : 제비.
159　瑤華(요화) : 옥 같은 꽃. 전설 중의 선경에 있는 꽃. 굴원(屈原)의 『구가』「대사명(大司命)」에 "옥같이 하얀 요화(瑤華) 꽃을 따서, 장차 떨어져 사는 님에게 보내려 하네(折疏麻兮瑤華, 將以遺兮離居)"라는 말에서 유래했다.
160　搴(건) : 뽑다. 따다.

【왕평】

　도연명보다 한가하니 진정한 고시는 이와 같을 따름이다. 예컨대 "하늘과 땅이 모두 진동하였네天地皆震動", "내려다보니 다만 한 덩어리 기운이리俯視但一氣", "만고에 걸쳐 푸른빛으로 흐릿하구나萬古靑濛濛", "푸른 쥐가 낡은 기와 속으로 숨는구나蒼鼠竄古瓦" 등의 시편들은 마치 석륵 石勒이 책을 읽는 것과 같은데, 논평도 절로 사람을 놀라게 하고 독단적이며 논리도 없다. 고시가 없어졌다고 말하게 하는 것은 바로 이들 때문이다.

　較陶爲不迫, 眞古詩亦如此爾. 若"天地皆震動"161 "俯視但一氣"162 "萬古靑 濛濛"163 "蒼鼠竄古瓦"164 諸篇,　正似石勒讀書,165　論說亦自驚人,　而豪橫非

161　天地(천지) 구 : 이백의 「하비 이교를 지나며 장자방을 그리다(經下邳圯橋懷張子 房)」에 나오는 구이다. "한나라를 위해 원수를 갚지는 못했지만, 하늘과 땅이 모 두 진동하였네.(報韓雖不成, 天地皆震動.)"

162　俯視(부시) 구 : 두보의 「여러 시인의 '자은사 탑에 올라'에 화답하며(同諸公登慈 恩寺塔)」에 나오는 구이다. "내려다보니 다만 한 덩어리 기운이라, 어디가 장안 인지 어찌 분별할 수 있으랴?(俯視但一氣, 焉能辨皇州?)"

163　萬古(만고) 구 : 잠삼의 「고적, 설거와 함께 자은사 탑에 올라」(與高適, 薛據同登 慈恩寺浮圖)에 나오는 구이다. "오릉이 있는 북쪽 언덕 위, 만고에 걸쳐 푸른빛으 로 흐릿하구나.(五陵北原上, 萬古靑濛濛.)"

164　蒼鼠(창서) 구 : 두보의 「옥화궁(玉華宮)」에 나오는 구이다. "시내가 굽이돌고 솔바람 길게 부는데, 푸른 쥐가 낡은 기와 속으로 숨는구나.(溪廻松風長, 蒼鼠竄 古瓦.)"

165　石勒讀書(석륵독서) : 오호십육국 시대에 후조(後趙)를 건국한 석륵(石勒)은 갈 족(羯族)으로 원래 글을 읽을 줄 몰랐으나, 장빈(張賓) 등 지식인으로부터 책의 내용을 듣기 좋아하였다. 게다가 석륵은 책 내용을 들으며 수시로 자신의 견해를 말하였다. 예컨대 『한서』에서 한 고조에게 어떤 사람이 육국의 후예들에게 이전 의 작위를 책봉하기를 권하는 대목에 이르자, 석륵은 "유방이 그런 잘못을 저지 르면 어찌 천하를 얻을 수 있겠나?"라고 했다. 책 읽는 신하가 나중에 장량의 권

理. 古詩掃地, 正在此類.

【해설】

종남산에서 은거하는 즐거움을 노래했다. 선명하고 명랑한 음조에 낙천적인 정서가 가득하다. 말미의 2구는 자신을 천거해주기를 바라는 뜻으로 보인다.

왕부지는 '진정한 고시眞古詩'라고 높이 평가하였다. 왕부지는 당대 오언고시의 최고봉은 저광희와 위응물로 보았다. 앞의 저광희의 「마름 따기采菱詞」 평어에서 보듯이 '굉박심원閎博深遠'한 풍격에 도연명보다 뛰어나다고 하였다. 이에 비한다면 오히려 이백, 두보, 잠삼의 일부 고시야말로 고시답지 않다고 비판하였다. 이들 시인의 고시에 대한 역대 비평가의 평론도 마치 석륵이 책 내용을 들으며 제멋대로 말하는 것과 같이 독단적이고 논리가 없다고 신랄하게 비판하였다.

유에 따라 그러한 조치를 취하지 않았다고 하자 그제서야 석륵은 "그래야 맞지." 라고 말했다.

왕유王維 4수

渭川田家[166]	위수의 농가
斜光照墟落,[167]	비낀 석양이 촌락을 비추면
窮巷牛羊歸.[168]	소와 양이 골목으로 돌아오네.
野老念牧童,	노인은 목동을 염려하여
倚杖候荊扉.[169]	사립문에 나와 지팡이 짚고 기다리네.
雉雊麥苗秀,[170]	꿩이 울자 보리 이삭이 패고
蠶眠桑葉稀.	누에가 잠들자 뽕잎이 드물구나.
田夫荷鋤至,	농부들은 호미 들고 오가다가
相見語依依.[171]	만나면 이야기하며 헤어지기 아쉬워하네.
卽此羨閑逸,	이를 대하니 한일閑逸이 부러워
悵然歌式微.[172]	'돌아가자'는 「식미式微」편을 노래하네.

---

166 渭川(위천) : 위수(渭水). 감숙성 위원현(渭源縣) 조서산(鳥鼠山)에서 발원하여 서안시 남쪽을 지나 동관(潼關) 부근에서 황하로 흘러든다. 오늘날에는 위하(渭河)라고 부르며, 황하의 최대 지류로 길이 818킬로미터이다. 여기서는 장안의 남쪽 남전현을 지나가는 위수를 가리킨다.
　　田家(전가) : 농가.
167 斜光(여광) : 석양.
　　墟落(허락) : 촌락.
168 窮巷(궁항) : 깊은 골목.
169 荊扉(형비) : 가시나무를 엮어 만든 사립문.
170 雉雊(치구) : 꿩이 울다.
　　秀(수) : 보리 이삭이 패다.
171 依依(의의) : 헤어지기 아쉬운 모양.
172 悵然(창연) : 실의에 차 슬퍼하는 모양.

【왕평】

전편이 '즉차卽此' 2자를 사용하여 개괄하고 마감하였다. 앞 8구는 모두 '정어情語'이지 '경어景語'가 아니다. 시를 쓰는 형식이 언제나 건안 이전과 일치한다.

通篇用'卽此'二字括收. 前八句皆情語, 非景語. 屬詞命篇, 總與建安以上合轍.

【해설】

담백한 필치로 초여름 황혼 무렵의 농촌 풍경을 그렸다. 특히 골목으로 소와 양이 돌아오고, 노인이 사립문에서 목동을 기다리고, 농부들이 호미 들고 이야기를 나누는 장면들은 지극히 생동감이 넘친다. 이 시는 전원생활에 대한 찬가임과 동시에, 다른 한편 방관자인 시인이 관념으로 그린 이상화된 전원의 모습이기도 하다.

왕부지는 시의 구조가 앞 8구에서 위수의 능가를 그리고, 말미 2구에서 개괄하는 방식을 택했다고 하였다. 또 앞 8구도 '정어'와 '경어'라는 용어로 해설하였는데 이는 왕부지가 창안한 주요한 개념이다. '경어'는 풍광이나 물색을 묘사한 말이고, '정어'는 감정을 나타낸 말

式微(식미) : 『시경』「패풍(邶風)」 중의 한 편인 「식미(式微)」를 가리킨다. 구설(舊說)에는 여(黎)나라의 제후가 적인(狄人)에게 쫓기어 위(衛)나라에서 지내자 신하가 돌아갈 것을 권한 시라고 했다. 시 속에 "날 저물고 어두워지려 하니, 어찌 돌아가지 않는가!(式微, 式微, 胡不歸!)"라는 구절이 있다. 여기서는 '돌아가자'는 뜻을 취하여, 버슬을 버리고 전원으로 돌아가겠다는 뜻을 나타내었다.

을 가리킨다. 또 모든 뛰어난 '경어'와 '정어'는 상호의 요소를 품고 있다고 하였고, 뛰어난 시는 '경어'와 '정어'가 서로 융합되어 있는 '정경교융情景交融'의 경지가 되어야 한다고 하였다. 그는 『강재시화薑齋詩話』에서 "경어를 짓지 못하면 어찌 다시 정어를 지을 수 있겠는가不能作景語,又何能作情語邪?"라고 하여 경어 속에 정어를 쓸 줄 알아야 한다고 하였다. '경 속에서 정이 나오고景中生情' '정 속에 경이 포함되는情中含景' 것을 이상적인 미적 상태로 보았다. 그런 뜻에서 이 시의 앞 8구는 모두 정경을 묘사한 '경어'이면서 동시에 '정어'라는 것이다. 왕부지가 생각하는 최고의 경지이다.

終南別業[173]	종남산 별장
中歲頗好道,[174]	중년이 되어 불교를 무척 좋아하였더니
晚家南山陲.[175]	근래에 종남산 기슭에 집을 얽었어라.
興來每獨往,[176]	흥이 일어나면 매번 거리낌 없이 혼자 다니며

173　終南(종남) : 종남산.
　　別業(별업) : 별장. 제목이 『하악영령집(河岳英靈集)』에는 「입산한 후 성안의 친구에게 부침(入山寄城中故人)」이라 되어 있고, 744년 예정장(芮挺章)이 편찬한 『국수집(國秀集)』에는 「처음 산에 이르러(初至山中)」라 되어 있다.
174　中歲(중세) : 중년.
　　道(도) : 불가의 이치.
175　晚(만) : 최근. 요즈음.
　　家(가) : 집을 짓다. 동사로 쓰였다.
　　南山陲(남산수) : 종남산 기슭.
176　獨往(독왕) : 혼자 다니다. 사물의 한계를 벗어나 천지간을 자유롭게 오간다는 의미를 중의적으로 표현하였다. 『장자』「재유(在宥)」에 "천지 사방을 드나들며,

勝事空自知.[177]　　즐거운 일을 다만 혼자서 체득할 뿐이네.

行到水窮處,　　　걷다가 보면 샘물이 솟아나는 곳에 이르고

坐看雲起時.　　　앉아서 바라보면 구름이 일어나는 때라.

偶然値林叟,[178]　　우연히 나무하는 노인을 만나면

談笑無還期.[179]　　말하고 웃으며 돌아갈 때를 잊어라.

【왕평】

이 시의 '청미淸靡'함은 당시 유행하던 곡조 중 으뜸이어서, 사람들로
하여금 애정을 거두려고 해도 거둘 수 없게 한다.

淸靡爲時調之冠,[180] 亦令人欲割愛而不能.

【해설】

종남산에 은거하며 느끼는 한가롭고 즐거운 정취를 표현하였다. 산
수의 묘사나 정서의 유로는 모두 간단한 흔적만을 제시하고 있어 독자
가 감정을 이입하여 그 속에 들어가지 않으면 느끼기 어렵다. 자연에
대한 지극한 경도를 작위 없이 평담하게 펼쳐 보이는 데서 그 누구도

　　구주(九州)를 마음대로 노닐며, 홀로 오가는 것을 '독유(獨有)'라고 한다. 이러
　　한 '독유'의 경지에 든 사람을 일러 '지극히 존귀하다(至貴)'고 한다(出入六合,
　　遊乎九州, 獨往獨來, 是謂獨有. 獨有之人, 是謂至貴)"는 말이 있다.
177　勝事(승사) : 마음에 드는 좋은 일. 여기서는 산속에서 지내며 느끼는 기쁜 마음
　　을 가리킨다.
178　値(치) : 만나다.
179　無還期(무환기) : 돌아갈 때를 잊다.
180　淸靡(청미) : 풍격 용어로 '청신하고 화려하다'는 의미이다.

모방할 수 없는 경지에 이르렀다. 왕유는 728년경부터 장안 천복사薦福寺의 도광道光 선사로부터 불교를 수련하였고, 743년경부터 종남산 망천장을 사들여 은거하였다. 왕유의 자연에 대한 애호를 송대 황정견黃庭堅은 '고황에 들어간 병膏肓之疾'이라 불렀다.

왕부지는 이 시를 '청미淸靡'하다고 평하였다. 청신하고 화려하다는 뜻이다. 산수에 대한 애정과 시원스러운 멋을 짧은 형식에 산뜻하게 담아내는 것은 그야말로 왕유에 이르러 절정에 달하였다. 신선한 감수성에 생명감이 가득하고 거기에 여유있는 인품까지 환기하는 이러한 시야말로 당대에 유행한 새로운 시풍, 즉 시조時調로 사람들이 좋아하지 않을 수 없다.

<table>
<tr><td>西施詠[181]</td><td>서시를 노래함</td></tr>
<tr><td>艶色天下重,</td><td>천하 사람들이 미색을 중시하니</td></tr>
<tr><td>西施寧久微?</td><td>서시가 어찌 오랫동안 미천하게 있으리오?</td></tr>
<tr><td>朝爲越溪女,</td><td>아침에는 월나라 개울가의 여인이었지만</td></tr>
<tr><td>暮作吳宮妃.</td><td>저녁에는 오나라 궁중의 왕비가 되었네.</td></tr>
<tr><td>賤日豈殊衆?</td><td>미천한 시절에는 다른 사람과 다를 바 없었</td></tr>
</table>

181　西施(서시) : 춘추시대 월나라 미녀. 가난한 집안에서 태어나 저라산(苧蘿山)에서 빨래하고 땔나무를 하였다. 월왕 구천(句踐)이 오왕 부차(夫差)에게 패한 뒤, 부차가 미색을 좋아한다는 사실을 알고 서시에게 삼 년 동안 가무를 가르쳐 오나라에 바쳤다. 부차는 이를 기뻐하며 구천이 충성을 다 하는 것으로 알았다. 부차는 결국 미색에 빠져 국정에 소홀하게 되었고 구천에게 패하였다. 『오월춘추(吳越春秋)』 권9에 자세하다.

	지만
貴來方悟稀.	존귀해지니 비로소 드물다고 여기었네.
邀人傳脂粉,[182]	사람을 불러 지분을 바르고
不自著羅衣.	비단옷도 남이 입혀주었다지.
君寵益嬌態,	군왕이 총애하자 더욱 교태를 부리고
君憐無是非.	군왕이 아끼자 시비를 가릴 필요 없었지.
當時浣紗伴,[183]	미천한 때에 함께 빨래하던 동무들
莫得同車歸.	수레 타고 함께 갈 수 없었으니
持謝鄰家子,[184]	이러한 말을 이웃집 아가씨에 알려주노니
效顰安可希?[185]	눈썹만 찡그릴 수 있다고 어찌 바랄 수 있으랴?

【왕평】

풍자적 의미는 다소 좁다. 그러나 전환이 매우 자연스러워 근본적인 운율[元韻]이 있다. 전환이 혼성渾成하고 원운元韻이 있다.

---

182 邀人(요인) : 사람을 시키다.
  傳(부) : 바르다.
183 浣紗(완사) : 빨래하다. 서시는 어렸을 때 강가에서 빨래하였다고 한다. 유적지
  는 절강성 제기현(諸暨縣) 남쪽의 저라산 아래이다.
184 持謝(지사) : 이를 가지고 경계하다. 謝(사)에 알리다는 뜻이 있다. 한대 악부시
  「초중경의 아내(焦仲卿妻)」에 "후세 사람들이여! 정중하게 알리노니, 이 일을 경
  계하고 부디 잊지 말게나!(多謝後世人, 戒之愼勿忘!)"란 구절이 있다.
185 效顰(효빈) : 눈썹 찡그리는 모습을 따라 하다. 『장자』「천운(天運)」에 나오는 전
  고로, 서시가 속병이 있어 눈썹을 찡그리자 마을의 추녀가 이를 예쁘다고 생각하
  고 자신도 가슴을 안고 눈썹을 찡그리고 다녔다. 이를 본 마을의 부자는 문을 닫
  고 나오지 않았으며, 이를 본 가난한 사람은 아내를 데리고 마을을 떠났다.

諷刺亦褊. 其轉折渾成, 猶有元韻.

【해설】

미천한 여인에서 총애받는 왕비가 되기까지의 서시 일대기를 묘사하였다. 시는 비록 짧지만 묘사가 세밀하며 우의寓意가 깊다. 서시의 정신적인 변모를 묘사하고 세태의 가벼움을 개탄하였다. 서시가 존귀해지자 "사람을 불러 지분을 바르고", "군왕이 아끼자 시비를 가릴 필요 없는" 면도 있지만, 말 4구에서는 서시의 옛 동무들이 따르래야 따를 수 없는 경지도 그렸다. 이처럼 서시, 군왕, 동무 등의 시각이 겹쳐 복합적인 형상을 만들어 다양한 해석이 가능하게 하였다.

왕부지는 왕유 시에 대해 정경교융에 뛰어나고 '청미淸靡', '청유淸幽', '한광閑曠', '심원홍려[深遠鴻麗]'의 풍격으로 전반적으로 뛰어나다고 보았다. 여기서도 풍자가 있긴 하지만 두드러지지 않게 스며들었고, 구성에 있어서도 통합성이 있다고 하였다. 왕부지는 혼성과 원운이란 말로 분할할 수 없는 통합된 미감을 나타냈다고 보았다.

自大散以往深林密竹磴道盤曲四五十里至黃牛嶺見黃花川[186]

산관에서 숲과 대밭 쪽 사십오 리 돌길을 굽이 돌아 황우령에 이르러 황화천을 보며

危徑幾萬轉,	가파른 길을 몇만 번이나 돌았던가
數里將三休.[187]	몇 리마다 세 번쯤 쉰다.
回環見徒侶,	길을 휘어 돌아오면 동료들이 보이다가
隱映隔林丘.	숲과 언덕에 가려 때때로 사라진다.
颯颯松上雨,	쏴아쏴아 소나무 위에 비가 뿌려지고
潺潺石中流.	졸졸 돌 위로 물이 흐른다.
靜言深谿裏,	깊은 계곡에서 조용히 말하고
長嘯高山頭.	높은 산 위에서 길게 휘파람 분다.
望見南山陽,[188]	종남산 남면을 멀리 바라보니
白露靄悠悠.	흰 이슬에 안개가 한가롭다.
青皐麗已淨,[189]	푸른 봉우리는 씻은 듯 곱고
綠樹鬱如浮.	녹색 나무는 떠 있는 듯 울창하다.

---

186 大散(대산) : 산관(散關). 지금의 섬서성 보계시(寶鷄市) 남쪽의 대산령(大散嶺) 위에 소재. 사천성과 경계를 이룬다.
  磴道(등도) : 돌로 쌓아 올려 만든 길.
  黃牛嶺(황우령) : 봉주(鳳州, 지금의 섬서성 鳳縣 동북)의 동북에 소재한 고개로 봉상부(鳳翔府) 보계(寶鷄)와 접경에 있다.
  黃花川(황화천) : 봉주에 있는 강.
187 三休(삼휴) : 세 번 쉬다.
188 南山(남산) : 종남산(終南山). 진령(秦嶺) 산맥의 일부.
189 皐(고) : 물가.

曾是厭蒙密,　　　　　한동안 우거진 속에 답답해하다가

曠然銷人憂.　　　　　광활한 풍경에 사람의 근심이 사라진다.

【왕평】

두루 고르게 어우러졌다.

왕유는 오언시가 본래 그의 특기였으나, 오언율시는 이미 경지에 이르렀던 반면, 오언고시는 소홀히 여겨 거의 맹호연과 동급으로 전락할 뻔하였다. 그의 시에서 뛰어난 장면은 독자의 시선을 붙잡아 여기 싣고 싶지만 모두 실을 수 없어, 남겨두고 싶은 작품이 위와 같을 뿐이다. 그밖에 '조급하고 가벼운[褊促浮露]' 풍격으로 맹호연과 같은 가락의 작품은 비록 소품으로 사람을 즐겁게 하지만 '시단의 말단 관리[吟壇之衙官]'에 불과하기에 뽑기 부족하다. 왕유가 저광희와 창화한 작품은 고체시의 가치가 갑자기 떨어졌으니, 유행을 좇고 새로운 것을 좋아하는 폐습으로 인해 이 지경에 이르렀다. 왕유와 맹호연은 오언고시에 있어 변법의 시작으로, 그들이 내놓는 작품을 보면 비록 지나치게 형식에 공들여 답답하지만, 기상과 운치는 순조롭고 편안하여 보통 사람들의 마음과도 크게 다르지 않다. 왕창령, 상건, 유신허 등과 같은 사람들을 보면 그 필묵이 무거워, 한번 전환하고 한번 마무리 짓는 것이 마치 비루먹은 나귀가 땔감을 실을 수레를 끄는데 몇 걸음 가지 않아 넘어지는 것과 같다. 어쩔 수 없이 각박하고 위태로운 말을 쓰니 시는 졸렬하고 둔하며 잡다하고 중복되니 읽은 사람이 답답해 견딜 수 없다. 왕창령은 재주가 뛰어나 칠언절구에는 능수이다. 상건과 유신허는 여러 시체詩體에 통달하지 못해 논할 바가 못 된다. 이반룡이 입을 열어 일갈하기를 "당대에는 오언고시가 없다"고 했는데, 응당 이들 시인들을 두고 한 말이다. 이백, 두보, 저광희, 위응물에 대해선 본디 밤에 침상에서 버선을 꿰매듯 세밀하고 정교하니, 이반룡이 알 수 있는 바가 아니다.

勾浹.

右丞于五言自其勝場, 乃律已臻化而古體輕忽, 迨將與孟爲儔. 佳處迎目, 亦令人欲置不得, 乃所以可愛存者, 亦止此而已. 其他褊促浮露與孟同調者, 雖小藻足娛人, 要爲吟壇之衙官, 不足采也. 右丞與儲唱和, 而于古體聲價頓絶, 趨時喜新, 其敝遂至于此. 王, 孟于五言古體爲變法之始, 顧其推送, 雖以褶紋見凝滯, 而氣致順適亦不異人人意. 若王昌齡常建劉愼虛一流人, 旣筆墨濃敗, 一轉一合, 如蹇驢之曳柴車, 行數步卽躓. 不得已, 而以溪刻危苦之語文其拙鈍, 則其雜冗尤令人悶煩不堪. 龍標超忽之才, 自七言絶句能手. 常劉則于諸體率以澀窒行之, 又無足論已. 曆下開口一喝, 說"唐無五言古詩", 自當爲此諸公而設. 若李杜儲韋則夜床襪線, 固非曆下所知.

【해설】

굽이도는 산행길에서 풍광과 정감을 노래했다. 장안에서 촉 지방으로 넘어가는 진령산맥의 특징을 잘 나타냈으며, 중간중간 청신한 경색이 나타나 산수 여행의 흥취를 잘 살려냈다. 왕유가 아직 벼슬하기 전 촉 지방에 유람갈 때 쓴 것으로 보인다.

왕부지는 전편에 걸쳐 서경과 서정이 잘 배치되었다고 보았다. 왕부지는 왕유와 맹호연의 오언고시에 대해 평하면서 "왕유와 맹호연은 오언고시에 있어 변법의 시작王, 孟于五言古體爲變法之始"이라 하여 고시를 쓰는 방법을 바꾸었기에 고시의 전통을 잇지 못하였다고 비판하였다. 두 사람은 모두 '조급하고 가벼운[褊促浮露]' 경향이 있으며, 왕유는 '시단의 말단 관리[吟壇之衙官]'에 불과하다고 하였다. 이는 진자앙에 대한 비판과 비슷하다. 물론 "뛰어난 장면은 독자의 시선을 붙잡아 여기 싣고 싶지만 모두 실을 수 없어, 남겨두고 싶은 작품이 위와 같을 뿐이다"고 하여 긍정적인 평가가 없지 않지만, 여기선 대체로 부정적인 평가를 하였다. 덧붙여 이백, 두보, 저광희, 위응물을 오언고시의 대표 시인으로 들고, 반대로 왕창령, 상건, 유신허 등의 오언고시는 전면적으로 부정했다.

노상盧象 1수

永城使風[190]	영성에서 바람에 배를 띄우며
長風起秋色,	긴 바람이 가을 풍광을 일으키고
細雨含落暉.	가는 비는 낙조를 품었구나.

---

190 永城(영성) : 지금의 하남성 동부에 있는 영성현. 그 현성(縣城)의 남쪽에 휴수(睢水)가 흐른다.
使風(사풍) : 돛을 올려 바람을 타다.

夕鳥向林去,　　　저녁 새는 숲으로 향하고

晚帆相逐飛.　　　밤의 돛단배는 서로를 좇으며 날아간다.

蟲聲出亂草,　　　벌레 소리가 어지러운 풀에서 나오고

水氣薄行衣.　　　습기가 나그네의 옷에 스며든다.

一別故鄕道,　　　한번 고향을 더나온 길

悠悠今始歸.　　　지금 비로소 유유히 돌아간다.

【왕평】

붓 끝에 다만 머무는 기세만 있을 뿐이다. 사령운, 사조와 같은 글 짓는 재주가 없다면, 차라리 편폭이 짧고 뜻이 솔직한 것이 좋다. 백유伯有는 취한 정기가 많고 누린 물질이 많았으나, 그저 원귀가 되었을 뿐이다.

筆端但有留勢. 非二謝操觚之才, 無寧章短而意直. 伯有之取精多,[191] 用物

191　伯有(백유) 2구 : 백유(伯有)는 이름이 양소(良霄)로, 춘추시대 정나라의 경대부
　　이다. 술을 좋아해 지하에 술을 저장해놓고 밤새 마셨다. 한번은 공손흑(公孫黑)
　　이 기회를 엿보다가 사대(駟帶)의 병사를 데려와 공격하였다. 백유는 다행히 가
　　신의 덕으로 피난하였고 술이 깨어서야 진상을 알았다. 그러나 조정의 관리들은
　　사대와 맹약을 하고 있어 백유를 옹호하지 않았고 벽유는 결국 사대의 공격으로
　　죽게 되었다. 몇 년 후 백유는 귀신이 되어 나타났고 올해 임자일(壬子日)에 사대
　　를 죽이고 다음해 임인일(壬寅日)에 공손단(公孫段)을 죽이겠다고 하였다. 그해
　　임자일 과연 사대가 죽었고, 다음해 임인일에 과연 공손단이 죽었다. 사람들이
　　공포에 떨 때, 대부 자산(子産)이 백유의 아들 양지(良止)를 대부로 세우고 백유
　　의 귀혼을 위로하는 제사를 지내게 하였다. 그러자 백유의 귀신은 더 이상 사람
　　을 해치지 않았다. 사람들이 그 연유를 묻자 괴답하였다. "귀신은 돌아갈 곳이
　　있으면 원귀가 되지 않습니다.(鬼有所歸, 乃不爲厲.)" "사람이 높은 지위에 있으
　　면 권세가 강하고, 누린 물질이 정미하고 풍성하면 그 혼백도 강해집니다.(用物
　　精多, 則魂魄强.)" "백유는 삼대에 걸쳐 정권을 잡았으니, 그가 사용한 물질이 많

弘, 徒爲厲而已.

　　가을날 배를 타고 고향으로 돌아가는 감흥을 그렸다. 주로 가을 풍
광에 대한 담담한 묘사를 늘어놓으면서 그 속에 고향으로 돌아가는 심
정을 눌러두어 긴장감이 있다.

　　기세[勢]는 시인의 뜻[意]이 자연스럽게 흘러가는 추세를 말한다. 그
러므로 "뜻이 다하면 기세가 멈추고 거의 남은 말이 없게 된다意已盡則止,
殆無剩語"고 하였다. 이는 마치 상류의 강물이 낮은 곳으로 흘러가는 것
과 같다. 그렇지만 때로 말이 끝났어도 뜻은 끝나지 않고 기세도 멈추
지 않은 경우도 있다. 위의 평어에서 "붓끝에 기세가 머물러 있다"는
것은 시인의 뜻이 충만함을 가리킨다.

고, 쓰는 정수가 많았는데, 갑자기 죽었으니 원귀가 되는 것은 당연하지 않겠습
니까?(伯有三世執政, 其用物弘矣, 其取精多矣. 而强死, 能爲鬼, 不亦宜乎?)"『춘추
좌전』 '양공(襄公) 28년'조 참조.

고적高適 2수

宋中[192]　　　　　　　　송중

梁王昔全盛,[193]　　　　양왕이 예전에 전성 시기였을 때

賓客復多才,[194]　　　　빈객들은 재능이 많았으니

悠悠一千年.　　　　　유유히 천년이 흘렀네.

陳跡唯高臺,[195]　　　　남겨진 흔적이라곤 오직 높은 누대뿐

寂寞向秋草,　　　　　가을 풀은 적막하고

悲風千里來.　　　　　슬픈 소리 내는 바람은 천리를 불어간다.

【왕평】

'유唯'자가 곧바로 말미까지 꿰뚫는다. 열다섯 글자에 압운을 두 번
하여 한 구를 이루었으니 아주 기이하다.

192　宋中(송중) : 송주(宋州). 지금의 하남성 상구시(商丘市). 서한 초기 양왕(梁王)
　　　의 봉지(封地)였다.
193　梁王(양왕) : 서한 초기 양효왕(梁孝王) 유무(劉武). 동생인 양회왕(梁懷王) 유
　　　승(劉勝)의 자리를 이어받아 양왕이 되었다. 양효왕은 토원(兎園)을 축조하였는
　　　데, 주위 삼백여 리로, 정원에 각양의 산과 소택지, 궁궐과 기화요초가 있었다.
194　賓客(빈객) 구 : 양왕이 토원(兎園)을 짓고, 사방의 호걸을 초빙하니 관동 지역의 유
　　　세객들이 모여들었고, 추양(鄒陽), 매승(枚乘), 장기(莊忌), 사마상여(司馬相如) 등
　　　도 이곳을 찾았다. 매승이 쓴 「양왕토원부(梁王兎園賦)」는 이를 제재로 하였다.
195　高臺(고대) : 평대(平臺). 『술정기(述征記)』에선 양효왕이 지은 것은 여대(蠡臺)
　　　라고 보았으나, 역도원(酈道元)은 『수경주(水經注)』에서 이를 반박하였다. 삼국
　　　시대 여순(如淳)은 성 동쪽 20리에 있는, 넓지만 늪지 않은 대(臺)를 평대라고
　　　하였다.

‘唯’字直貫到末. 十五字兩韻爲一句, 大奇.

【해설】

송중에서 서한 초기 양왕의 유적지를 본 감회를 서술했다. 양왕은 많은 인재를 발탁하였기에 시 속에 나타난 ‘적막’은 시인을 알아주고 발탁해주는 사람이 없는 데 대한 아쉬움이라 할 수 있다. 723년개원11에 지었다. 「송중」 10수 연작시 가운데 한 수이다.

왕부지는 장법에 있어 특이한 점을 지적하였다. 의미 맥락으로 보면 전체 6구 시에서 전반 3구와 후반 3구로 끊어지고, 후반 3구는 ‘대臺’와 ‘래來’의 상평上平 회운灰韻으로 압운하였기에 특이하다. 그러나 이 시를 각 2구씩 끊어 압운에 따라 읽어도 여전히 뛰어나다.

薊門196	계문
黯黯長城外,197	어두운 장성 밖
日沒更煙塵.	해가 지자 더욱 뿌옇구나.
胡騎雖憑陵,198	오랑캐 기병이 침범해 온다 해도

---

196 薊門(계문) : 계현(薊縣)의 성문. 또는 계문관(薊門關). 당시 범양군(范陽郡)에 속했으며 지금의 북경시 일대에 해당한다. 『악부시집』에는 이 시의 제목이 「계문의 노래(薊門行)」라 되어 ‘잡곡가사’에 분류되어 있다.
197 黯黯(암암) : 어둡고 검은 모양. 마음이 슬프고 침울하다는 뜻도 있다.
198 憑陵(빙릉) : 침범하다. 다른 사람을 압박하고 침범하다. 고적이 쓴 「연가행(燕歌行)」에서도 “오랑캐 기마병이 비바람처럼 공격해왔다(胡騎憑陵雜風雨)”는 구가 있다.

漢兵不顧身.　　　　한나라 병사들은 몸을 돌보지 않으리라.

古樹滿空塞,　　　　고목이 빈 변새에 가득한데

黃雲愁殺人.　　　　누런 구름이 사람을 시름 깊게 하네.

【왕평】

암중에서 꺾어지고 운행하니, 거의 포조鮑照의 보루를 빼앗을 기세다. 고적은 기세를 잘 부리는데, 오직 짧은 편폭에서 그 위세를 기를 수 있다. 기세가 한번 일어났다가 끝나가면 "황하의 물줄기를 말아서 몸을 향해 쏟아부을" 지경이지만, 양씨 집안의 남색이 될 뿐이다.

推折黙運, 殆摩明遠之壘. 達夫善使氣勢, 唯于短章能養其威. 一往欲盡, 則'卷起黃河向身瀉',[199] 爲梁家弄童[200]而已.

【해설】

국경 지역인 계문에서 장성 너머 이민족 지역을 마주하는 병사의 눈으로 풍광과 감회를 그려냈다. 짧은 편폭에 쓸쓸하면서도 장중한 이미지를 담아 무뚝뚝하면서 신뢰할만한 건아의 기상이 충만하다. 5수로 이루어진 「계문」 가운데 한 수이다.

199　이하, 「진궁시(秦宮詩)」에 나오는 구이다. 이 구는 양기가 조정의 돈(水衡錢)을 빼돌려 물 쓰듯 쓴 일을 비유하였다.

200　梁家弄童(양가농동) : 양씨 집안의 남색. 동한 양기(梁冀)의 감노(監奴)인 진궁(秦宮)을 가리킨다. 양기의 총애를 받아 관직이 태창령에 이르렀고 양기의 처소를 드나들었다. 한번은 양기의 처 손수(孫壽)가 진궁을 보더니 주위의 사람을 물리치고 다른 일을 빌려 말을 나누더니 이로 인해 그와 사통하였다.

왕부지는 "두보의 배율은 지극히 산만한데, 재주와 기세가 가는 대로 썼기에 '내재적 맥락[神理]'이 크게 손상되었다杜于排律極爲爛爛, 使才使氣, 大損神理"고 한 데서 알 수 있듯이 재주와 기세로 쓰는 시를 비판하였다. 고적도 '기세를 잘 부리는데善使氣勢' 비록 짧은 작품에서 그 장점이 드러난다고 하더라도, 어디까지나 사치와 황음을 일삼은 양기梁冀 집안의 남색 진궁秦宮과 같이, 겉으로 드러나는 표면적인 효과일 뿐이다고 평하였다. 다만 이 시는 세 연이 각기 다른 의미이지만 내재적 맥락으로 연결되었기에 통합된 구성을 보인다는 점에서 높이 평가하였다.

잠삼岑參 2수

暮秋山行	늦가을 산행
疲馬臥長坂,[201]	지쳐빠진 말이 긴 비탈길에 드러눕고
夕陽下通津.[202]	석양이 나루터를 내려간다.
山風吹空林,	산바람이 빈 숲을 스치니
颯颯如有人.[203]	쏴쏴 마치 사람이 있는 듯하다.
蒼旻霽凉雨,[204]	가을하늘에 찬비가 맑게 걷히니

---

201 長坂(장판) : 긴 산비탈.
202 通津(통진) : 사통팔달한 나루터.
203 颯颯(삽삽) : 의성어. 바람소리.
204 蒼旻(창민) : 푸른 하늘.

石路無飛塵.　　　　　돌길에는 먼지 하나 날리지 않는구나.

千念集暮節,[205]　　　저무는 계절이라 온갖 상념이 모여들고

萬籟悲蕭辰.[206]　　　소슬한 날이라 온갖 소리가 슬퍼

鶗鴂昨夜鳴,[207]　　　소쩍새가 어젯밤 울더니

蕙草色已陳.[208]　　　혜초가 그새 시들었구나.

況在遠行客,　　　　　더구나 먼 길 가는 나그네

自然多苦辛.　　　　　자연히 더욱 고생이 많아라.

【왕평】

고요한 빛이 공령空靈하고 정묘精妙하다. 마무리가 특히 악부다운 가
구佳句이다. 이러한 시는 높은 경지에 오른 사람만이 얻을 수 있으니,
곧 개원 천보 연간의 으뜸이다!

靜光靈警, 一結尤樂府佳句. 此等詩自非高所得匹, 卽以冠開, 天可矣!

---

205 暮節(모절) : 음력 구월 구일 중양절. 여기서는 늦가을.
206 萬籟(만뢰) : 산과 골짜기 사이에 나는 바람소리나 물소리 등 여러 가지 소리.
　　蕭辰(소신) : 가을바람이 소슬한 때.
207 鶗鴂(제결) : 소쩍새. 소쩍새는 초여름에 울므로 이 새가 울면 꽃들이 시든다고
　　여겼다. 이 구는 『초사(楚辭)』 「이소(離騷)」에 나오는 "두려운 것은 소쩍새가 먼
　　저 울어, 온갖 꽃들이 시들어 떨어지는 것이라네(恐鶗鴂之先鳴兮, 使夫百草爲之
　　不芳.)"를 이용하였다.
208 陳(진) : 오래되다. 여기서는 시들다. 혜초가 시들었다는 말은 세월이 가고 자신
　　의 나이가 많아져 재능을 펼칠 기회가 없어질까 걱정한다는 뜻이다.

【해설】

늦가을에 산길을 지나면서 노래한 시이다. 먼 길을 가는 도중으로, 가을날의 황량한 풍경 속에 나그네의 고독과 어려움을 묘사하였다. 더불어 자신의 능력을 발휘하지 못한 안타까움도 나타내었다.

緱山西峰草堂作[209]　　　구산의 서봉 초당에서 짓다

結廬對中嶽,[210]　　　중악을 마주 보고 집을 지으니

靑翠常在門.　　　비췻빛이 언제나 문에 걸려 있네.

遂耽水木興,[211]　　　그리하여 물과 나무의 흥취에 빠지고

盡作漁樵言.　　　온통 어부와 나무꾼의 말로 살아가네.

頃來闕章句,[212]　　　근래에는 책이 없어

但欲閑心魂.　　　다만 마음과 정신이 한가하고자 하네.

日色隱空谷,　　　햇빛은 빈 골짜기에 숨고

蟬聲喧暮村.　　　매미 소리는 저무는 마을에 요란하구나.

曩聞道士語,[213]　　　예전에 도사의 말을 들었는데

209　緱山(구산) : 지금의 하남성 언사시(偃師市) 남쪽에 있는 구산진(緱山鎭)에 소재한 산. 숭산에 가까운 곳으로 그 서쪽에 위치한다.
210　結廬(결려) : 집을 짓다.
　　中嶽(중악) : 오악의 하나인 숭산(嵩山).
211　耽(탐) : 즐기다.
212　頃來(경래) : 근래.
　　闕(궐) : 결(缺)과 같다. 부족하다.
　　章句(장구) : 장절(章節)과 구독(句讀). 한대에 유행했던 경서의 분석 방법이다. 여기서는 책을 가리킨다.

偶見淸淨源.[214] 　우연히 청정한 근원을 보게 되었네.

隱几閱吹葉,[215] 　안궤에 기대어 바람에 흔들리는 나뭇잎을
보고

乘秋眺歸根.[216] 　가을이 되면 뿌리로 돌아가는 걸 바라본다.

獨遊念求仲,[217] 　혼자 노닐며 구중求仲을 그리고

開徑招王孫. 　오솔길을 만들어 은자를 부른다.

片雨下南澗,[218] 　한바탕 비가 남쪽 계곡에 내리고

孤峰出東原. 　봉우리 하나가 동쪽 들판에서 솟아 나온다.

棲遲慮益澹,[219] 　산림에 살아가도 생각은 더욱 담박해지고

脫略道彌敦.[220] 　구속 없이 지내도 도道는 더욱 돈독해진다.

野靄晴拂枕, 　들의 안개는 개면서 베개를 스치고

客帆遙入軒. 　돛단배는 멀리 창문 안으로 들어온다.

---

213 道士(도사) : 여기서는 스님. 도사는 원래 덕이 있는 사람을 말했으나 나중에 도
교를 신봉하는 사람을 가리켰다.
214 淸淨(청정) : 불교에서 말하는 세속의 번뇌에서 벗어난 상태.
215 隱几(은궤) : 안궤에 기대다.
　吹葉(취엽) : 바람에 나부끼는 나뭇잎.
216 歸根(귀근) : 낙엽이 떨어져 뿌리로 돌아가다. 사물이 근본으로 돌아가다.
217 獨遊(독유) : 독왕(獨往)과 같다. 은자의 독립된 보행을 말한다.
　求仲(구중) : 한대 은사의 이름. 왕망(王莽)이 신(新)을 세우자 연주자사(兗州刺
　史) 장후(莊詡)가 고향 두릉(杜陵)에 돌아간 후 문밖으로 나오지 않고, 방 앞 대
　숲에 작은 길 셋을 내고 구중과 양중(羊仲)하고만 왕래하였다. 여기서 시인은 자
　신을 장후에 비유하였다.
218 片雨(편우) : 한바탕 내리는 비.
219 棲遲(서지) : 쉬다. 살아가다. 『시경』「형문(衡門)」에 "가로 막대로 문을 삼아도,
　편안히 쉴 수 있으니(衡門之下, 可以棲遲)"란 말이 있다.
220 脫略(탈략) : 구속되지 않다. 소탈하다.

尙平今何在,[221]　　상평尙平은 지금 어디에 있는가

此意誰與論.　　이 뜻을 누구와 함께 논하랴.

佇立雲去盡,　　우두커니 서 있으니 구름이 모두 지나가고

蒼蒼月開園.　　창창한 달빛만이 정원을 비추는구나.

【왕평】

'뜻'을 다듬은 시구가 많으면서도 번잡하지 않다. 절로 「고적, 설거와 함께 자은사 탑에 올라與高適, 薛據同登慈恩寺浮圖」보다 열 배나 뛰어나다.

多煉意之句, 亦不冗沓. 自高于「登塔」詩十倍.

【해설】

구산에서 은거하는 즐거움을 노래했다. "비췻빛이 언제나 문에 걸려 있는靑翠常在門" 집에서 "바람에 흔들리는 나뭇잎을 보고閱吹葉", 왕래하는 사람은 세속의 영리를 탐하는 자들이 아니라 "말을 나누는 사람은 모두 어부와 나뭇꾼盡作漁樵言"이어서, "마음과 정신이 한가한閑心魂" 심경을 나타냈다. 청년기에 소실산에 은거할 때 구산으로 가서 지낸 적이 있는데, 이때 지은 것으로 보인다.

많은 선집에서 잠삼의 대표작으로 「고적, 설거와 함께 자은사 탑에

---

221 尙平(상평) : 동한 상장(尙長). 자는 자평(子平). 자식들을 결혼시키고 나서 더 이상 집안일을 하지 않고 오악 명산을 찾아 유람하였다. 혜강의 『고사전』 및 『후한서』 참조.

올라」를 뽑지만 왕부지는 오히려 이 시가 더 낫다며 뽑았다. 왕부지의
안목을 볼 수 있다.

가지賈至 1수

| 寓言 | 우언 |

寓言

우언

春草紛碧色,[222]
봄풀은 벽옥 빛으로 무성하건만

佳人曠無期.[223]
가인佳人은 오래도록 기약이 없구나.

悠哉千里心,
아득하구나, 천리 멀리 그리는 마음

欲采商山芝.[224]
차라리 상산商山에 가서 영지를 캘거나.

歎息良會晚,
좋은 만남이 오지 않음을 탄식하나니

如何桃李時?
복사꽃과 오얏꽃 핀 때를 어이할거나?

懷君晴川上,
갠 강가에서 그대를 그리니

佇立夏雲滋.[225]
우두커니 선 자리에 여름 구름만 자욱해라.

---

222 紛碧色(분벽색) : 봄풀이 푸른색으로 무성하다.
223 曠(광) : 오래되다. 공간을 표시할 때는 넓다는 뜻이지만, 시간을 표시할 때는 지
　　나온 시간이 길다는 뜻으로 쓰인다.
　　無期(무기) : 정해진 기일이 없다. 기회가 없다. 여기서 기일이란 제5구의 양회
　　(良會)를 말한다.
224 商山芝(상산지) : 상산의 영지. '상산사호(商山四皓)'가 진(秦)의 폭정을 피해 상
　　주(商州) 상락산(商洛山)에 들어가 「자지가(紫芝歌)」를 불렀다는 전고. 일반적
　　으로 은거생활을 비유한다.
225 佇立(저립) : 우두커니 서다.

오언고시의 정통이다. 날마다 이러한 편장으로 인도하고 보조한다
면 응당 나쁜 시가 가슴속에 남지 않을 것이다! 나쁜 시란 이기李頎의
'술독을 기울여 식초 쏟아내기'와 상건의 '병든 누에의 실 뽑기'이다.

　　五言嫡系. 日繹繹此等篇章, 當不許惡詩留胸中矣! 所謂惡詩者, 李頎之"和
瓶傾醋", 常建之"病蠶牽絲"也.

【해설】

젊은 여인이 오지 않는 임을 그리며 기다리는 시이다. 그러나 가인佳
人이 여자인지 남자인지 명확하지 않으며, 기다리는 임이 집을 떠난 사
람인지 아니면 막연히 좋은 배필을 기다리는 것인지도 명확하지 않다.
구체적인 부분을 허화虛化시키고 정서만 남겨 다양한 해석이 가능하게
하였다. 봄풀이 푸른 때부터 구름이 많은 여름까지 시간은 삽시간에
흘러가는 가운데 한창 때의 아름다움이 알아주는 사람 없이 쇠락해가
는 안타까움을 그렸다. 명대 당여순唐汝詢은『당시해唐詩解』에서 악주사
마岳州司馬로 좌천되었을 때 군왕을 그리워하며 지은 시로 보았다. 제목
을「우언」으로 한 것으로 보아 남녀의 정을 빌어 군신의 관계를 비유
한 것으로 볼 수도 있다.

　왕부지는 가지의 시를 오언고시의 정통으로 칭하면서, 이와 반대로
나쁜 시를 쓴 시인으로 이기와 상건을 꼽았다. 이들은 고시에 율격을
도입했기 때문에 고시의 풍모를 해쳤다고 보았다. 특히 이기에 대해서

는 고적 시의 평어에서도 악평을 했는데, 고적이 이기를 본받아 시를 써서 그 악습이 전해졌기 때문이다. 여기서는 '술독을 기울여 식초 쏟아내듯' 거칠고 조잡하다고 비유하였다. 특히 명대 시단에서 이기를 추앙했기 때문에, 왕부지가 명대 시단의 폐단을 지적하는 의도도 있으리라 본다. 상건의 시를 '병든 누에의 실 뽑기'에 비유한 것은 맥락이 잘 끊어져 답답한 점을 지적한 것으로 보인다.

최국보崔國輔 1수

雜詩[226]	잡시
逢著平樂兒,[227]	평락관의 청년들을 만나
論交鞍馬前.[228]	말을 탄 채 사귀자고 하였지.
與酤一斗酒,	술 한 말을 사서 주면서
恰用十千錢.[229]	일만 전을 썼었지.

---

226 雜詩(잡시) : 『우현집(又玄集)』에서는 제목이 「잡언(雜言)」이라 되어 있다.

227 平樂(평락) : 평락관. 한대 궁전 이름으로 낙양성의 서쪽에 있었다. 동한과 위나라 때는 황제가 자주 이곳에서 신하들에게 잔치를 베풀었다. 平樂兒(평락아)는 귀족을 자제를 가리킨다.

228 論交(논교) : 친구를 사귀는 일을 도모하다.

229 恰用(흡용) 구 : 조식의 「명도편(名都篇)」에 나오는 "돌아와 평락관에서 잔치를 벌이니, 맛 좋은 술은 한 말에 일만 냥이나 된다네(歸來宴平樂, 美酒斗十千)"는 말을 이용하였다. 十千錢(십천전)은 한 말에 만전이란 뜻으로 지극히 비싸고 좋은 술을 가리킨다.

後余在關內,[230]	나중에 나는 관중에 살면서
作事多迍邅.[231]	하는 일이 안 풀릴 때 많았는데
何肯相救援,	서로 도와주려 하지 않으니
徒聞寶劍篇![232]	부질없이 「보검편」을 듣노라!

【왕평】

경솔하고 조급한 듯 보이나 사실은 깊고 무거우니, 작가의 경지를 잃지 않았다.

평락관의 청년들을 풍자하는 듯하지만 사실은 그렇지 않다. 전편이 모두 이를 빌려 자신을 욕하고 있기 때문에 뛰어나다. 만약 당초의 술값을 기억한 것은 협객이 되자고 구걸한 게 아닌가? 그러기에 '십천전 十千錢'일만전 세 글자는 참으로 사람을 부끄럽게 한다.

似輕狷而實沉重, 不失爲作者.

意似誚平樂兒而實非, 通首皆借口自罵, 所以爲佳. 且如記得當初酒價, 豈非乞相俠客? '十千錢'三字, 慚惶殺人.

---

230 關內(관내) : 관내도(關內道). 지금의 섬서성 중부와 북부 및 감숙성 동부. 즉 관중 지역을 가리킨다.

231 迍邅(둔전) : 걸어가기 어려운 모양. 곤경에 빠진 처지를 비유한다.

232 寶劍篇(보검편) : 초당 때 활동한 곽진(郭震)이 지은 「오래된 검(古劍篇)」을 가리킨다. 비범한 보검이 버려진 데 대한 안타까움으로 인재가 매몰되는 현실을 탄식하는 내용이다. 곽진이 무측천을 알현할 때 바친 것으로, "무측천이 읽고는 칭찬하여 여러 장을 써서 학사 이교와 염조은 등에게 두루 내렸다." 두보도 「곽진의 고택에 들러(過郭代公故宅)」에서 "「보검편」을 소리 높여 노래하니, 내 정신을 가없는 세계에 맡기노라(高詠寶劍篇, 神交付冥漠)"고 칭송하였다.

귀족의 자제들과 사귀었으나 어려울 **때** 돕지 않는 세태를 비판하였다. 전반 4구의 호방한 기세는 후반 4구에서 급격하게 꺾였다.

왕부지가 후반 4구를 사회 비판적 성격으로 읽지 않고, 오히려 의기를 중시하기보다는 대가를 바란 자신을 탓한 것으로 보았다. 젊은 날의 돈 계산과 대가를 바라는 허세, 그리고 이에 대한 늦은 반성을 통해, 자신의 내면에 숨겨진 협객 흉내 내기의 유치함과 초라함을 예리하게 꿰뚫어 보았다. '십천전'은 이러한 자신의 허세와 냉정한 현실 사이의 괴리를 보여주는 기호라 할 수 있다. 그러나 「보검편」 자체가 보검으로 비유되는 인재가 사람들이 알아주지 않아 버려진 처지를 탄식했기에, 평락관의 청년들을 비판하는 것으로 볼 수도 있다.

최서崔曙 2수

山下晩晴   산 아래에서 맑게 갠 저녁에

寥寥遠天靜,[233]   드넓은 먼 하늘은 고요하고

溪路何空濛![234]   계곡 길은 안개로 자욱하다.

斜光照疎雨,   비낀 햇빛이 성긴 빗줄기를 비추자

---

233 寥寥(요료) : 드넓고 비어있는 모습.
234 空濛(공몽) : 가는 비가 내리거나 안개가 끼어 자욱한 모습.

秋氣生白虹.　　　가을 기운 속에 흰 무지개 일어난다.

雲盡山色暝,　　　구름이 사라진 뒤 저녁 산이 어두워 오고

蕭條西北風.　　　쓸쓸하게 서북풍이 불어오네.

故林歸宿處,　　　숲속의 거처로 돌아오니

一葉下梧桐.[235]　　오동잎 하나 떨어지네.

【왕평】

때로 완곡하게 때로 직설적으로 묘사하여, 생생함이 이미 극에 달했
으나 기세는 다치지 않았다.

或曲或直, 寫生已至, 而氣不傷.

【해설】

비 갠 저녁 무렵 산속의 그윽한 흥취를 그렸다. 비가 온 끝에 가을바
람이 불고 낙엽이 떨어지기 시작하는 때에, 숲속에 사는 고사高士의 정
서를 형상화하였다.

왕부지는 서경에는 곡서와 직서가 있음을 말하고 이 시에선 두 가지
가 모두 있음을 지적하였다. 예컨대 시는 주로 직서를 사용하여 실제
보이는 것을 서술했지만, "오동잎 하나 떨어진다一葉下梧桐"는 것은 곡서

235　一葉(일엽) : 낙엽 하나. 『회남자』「설산훈(說山訓)」에 "떨어지는 낙엽 하나를 보
　　고 한 해가 저물 것을 안다(見一葉落而知歲之將暮)"에서 유래한 '일엽지추(一葉
　　知秋)'의 의미이다.

에 해당한다. 일반적으로 경어景語는 무료하고 기운이 약해지는데 이 시는 그러하지 않음을 지적하였다. 그의 주장대로 '경어'는 '정어'를 만나야 충만한 생기가 돈다. 그런데도 이 시에서 '경어'가 무료하지 않은 것이 이 시의 매력일 것이다.

早發交崖山還太室作[236]

아침에 교애산을 떠나 태실산으로 돌아와 지음

東林氣微白,[237]	동쪽 숲에 흰 기운이 피어오르니
寒鳥急高翔.	겨울새가 빠르고 높이 선회하는구나.
吾亦自茲去,	나 또한 이곳을 떠나
北山歸草堂.	북산에 있는 초당에 돌아가야 하리.
杪冬正三五,[238]	음력 십이월에 마침 십오일
日月遙相望.[239]	해와 달이 멀리 마주하는 때라네.
蕭蕭過潁上,[240]	부랴부랴 영수를 건너니

236　交崖山(교애산) : 숭산의 남쪽에 있는 산으로 소실산과 마주보고 있다.
　　太室(태실) : 중악(中嶽) 숭산(嵩山)의 36봉 가운데 동쪽에 있는 태실산. 서쪽의 소실산과 약 10킬로 떨어져 있다. 하남성 등봉시 북쪽에 소재.
237　氣(기) : 숲속의 안개 기운.
238　杪冬(초동) : 늦겨울. 음력 12월의 별칭. 杪(츠)는 나뭇가지의 끝.
239　日月(일월) 구 : 해와 달이 마주 보다. 『상서』「소고(召誥)」의 "2월 16일(二月旣望)"에 대한 공안국(孔安國)의 주(注)에 "15일은 해와 달이 마주본다(十五日, 日月相望也)"라 하였다.
240　蕭蕭(숙숙) : 여러 가지 뜻이 있으나, 여기서는 빨리 가는 모습.
　　潁上(영상) : 영수(潁水).

曨曨辨少陽.[241]　　어슴푸레 동방이 밝아온다.

川冰生積雪,　　얼음 덮인 강에 눈이 쌓이고

野火出枯桑.[242]　　마른 뽕나무에 인광이 번득이네.

獨往路難盡,　　혼자 가는 길에 길은 끝이 없고

窮陰人易傷.[243]　　겨울의 막바지라 마음이 쉽게 슬퍼져.

傷此無衣客,　　옷도 없는 이 나그네

如何蒙雪霜?　　눈과 서리를 맞으니 어이할거나.

【왕평】

건안체를 배워도 이처럼 '온화하고 느려야[和緩]' 한다. 이반룡이 붉은 얼굴에 화를 내며 구했지만, 질타만 있을 뿐 문장이 없었다!

學建安體亦須如此和緩.[244] 曆下以頳顔盛氣求之, 有叱咤而無文章矣!

【해설】

241　曨曨(농롱) : 동이 트기 시작할 무렵 햇빛이 점점 밝아짐.
　　少陽(소양) : 동방. 동쪽.
242　野火(야화) : 여기서는 인광(燐光)을 가리킨다. 『포박자』「등섭(登涉)」에 "밤에 산속에 불빛이 보이는 것은 모두 오래된 고목에서 나온 것이니 괴이하게 여길 필요가 없다(山中夜見火光者, 皆久枯木所作, 勿怪也)"고 했는데, 이 현상을 말했다.
243　窮陰(궁음) : 한겨울. 또는 극한 지역. 가을과 겨울을 음(陰)의 계절로 보았는데 이 가운데서도 음기가 성한 겨울의 막바지를 가리킨다.
244　建安體(건안체) : 동한 말기 건안 연간에 삼조와 건안칠자를 중심으로 성립된 시체(詩體). 사실적인 묘사에 강개한 감정으로 현실과 자아를 직서하며, 격률은 힘차고 강한 것을 특징으로 한다.

겨울에 초당으로 돌아가는 노정을 통해 추위와 가난을 사실적으로 묘사하였다. 산수시 가운데 개인적인 정감을 찾아내는 서정시 계열에 속한다. 작가가 젊었을 때 숭산에서 고학苦學한 모습을 알 수 있다.

왕부지는 이 시가 건안체를 잇고 있으면서도 '온화하고 느리다[和緩]'고 하였다. 음악적 성질은 왕부지의 시가 미학에서 아주 중요한 요소로, 태종황제의 「'부교'를 제목으로 하여賦得浮橋」 평어에서 보듯 '아雅'와 '정鄭'을 나누는 요소이자 고시의 정신이 있고 없고를 판정하는 요소이다. 이에 비해 이반룡은 건안체를 힘써 추구했지만 오히려 강건한 일면을 구했기에 목소리만 높였지 진정한 시는 얻지 못했다고 비판하였다.

이억李嶷 3수

林園秋夜作	숲속 정원에서 가을밤에 짓다
林臥避殘暑,	숲에 누워 늦더위를 피하니
白雲長在天.	흰 구름이 하늘에 오래도록 있구나.
賞心旣如此,²⁴⁵	즐거운 마음이 이와 같으니
對酒非徒然.	술을 마주해도 부질없지 않구나.

---

245 賞心(상심) : 편안하고 즐거운 마음.
　　如此(여차) : 이와 같다. 『하악영령집』에는 '如醉'(여취, 취한 듯하다)로 되어 있다.

月色遍秋露,　　　달빛은 가을 이슬에 가득하고

竹聲兼夜泉.　　　대나무 흔들리는 소리에 샘물 소리가 섞인다.

涼風懷袖裏,　　　서늘한 바람이 가슴과 소매 속에 불어오니

茲意與誰傳?[246]　　이러한 뜻을 누구에게 전할 수 있으랴?

【왕평】

좋은 시구가 대략 장재張載, 장협張協, 장항張亢 형제들로부터 왔다.

佳句略自張孟陽兄弟來.

【해설】

가을밤 숲속의 정원에서 고요하고 즐거운 마음을 노래했다. 서경과 서정이 교대로 섞이는 가운데 자연에 대한 깊은 공감의 철리를 말했다.

왕부지는 이 시의 기원을 서진의 삼장三張에서 찾았다. 삼장의 시는 서경을 통해 현실 사회의 고민을 표현하였다. 그래서 구법은 비교적 침중한 편이다.

246　茲意(자의) : 이 뜻. 참된 도리. 도연명의 「술을 마시며(飮酒)」 제5수에 나오는 "여기에 참된 도리가 있으니, 그 뜻을 따지려 하나 이미 말을 잊는다(此中有眞意, 欲辨已忘言)"는 구절을 의미한다.

少年行²⁴⁷ 二首　　　　　소년의 노래 2수

제1수

玉劍膝邊橫,　　　　　옥검은 무릎 옆에 가로 차고

金杯馬上傾.　　　　　말 위에서 금 술잔을 기울이며 마신다.

朝遊茂陵道,²⁴⁸　　　아침에는 무릉 가는 길에서 노닐고

暮宿鳳凰城.²⁴⁹　　　저녁에는 봉황성에서 묵는다.

豪吏多猜忌,　　　　　의심 많고 권세 부리는 관리들이여

無勞問姓名.　　　　　수고로이 나의 이름을 묻지 말라.

【왕평】

혼연일체로 자연스럽다.

渾成有餘.

【해설】

청년의 호방한 기개를 나타내었다. 공명을 바라기보다는 협기에 넘
쳐 원수를 질시하고, 억울한 사람을 대신해 칼을 뽑는다. 이런 이미지

247　少年行(소년행) : 소년의 노래. 行(행)은 악곡을 뜻한다. 악부제(樂府題)의 하나
　　　로 잡곡가사(雜曲歌辭)에 속한다. 당시 속의 少年(소년)은 오늘날의 청소년이란
　　　뜻이 아니라 청년의 뜻으로 보아야 한다. 이 악부제의 시는 대부분 청년의 기상
　　　과 유협 정신 그리고 잔치의 즐거움을 그렸다.
248　茂陵(무릉) : 한 무제의 능묘.
249　鳳凰城(봉황성) : 장안성을 가리킨다. 일설에는 농옥(弄玉)이 퉁소를 불어 봉황
　　　이 날아왔기에 이름지어졌다고 한다.

는 당대의 시대 풍조에서 나온 것으로 당시 속에 많이 나타난다. 이 시
역시 호협을 내세우는 젊은이를 그렸다. 말미 2구는 이들의 의기와 기
세에 '권세 부리는 관리豪吏'마저 얼마간 위축되는 모습을 그렸다.

왕부지는 전편이 여섯 구로 된 이 시가 혼연일체로 이루어졌다고 하
였다. 앞의 4구는 개별적인 행동이고, 말미 2구는 이에 대한 제삼자의
반응인데, 이들이 서로를 보완하고 강화한다.

제2수

十八羽林郞,[250]	열여덟 살 우림랑
戎衣侍漢王.	군복을 입고 한나라 왕을 모셨지.
臂鷹金殿側,[251]	궁전 옆에서 사냥매를 팔뚝에 올리고
挾彈玉輿旁.	옥 가마 옆에서 탄환을 끼고 다녔지.
馳道春風起,[252]	한길에 봄바람이 일어나면
陪遊出建章.[253]	출유하는 군왕 모시고 건장궁을 나온다네.

---

250 羽林郞(우림랑) : 도성을 호위하는 금군. 한대에는 우림기(羽林騎)를 설치하여
　　 우림중랑장이 통솔하고 아래에 우림랑을 두었다. 당대에는 좌우우림군(左右羽
　　 林軍)을 설치하여 대장군, 장군 등의 관직을 두었다.
251 臂鷹(비응) : 길들인 사냥매를 팔뚝 위에 올리다.
　　 金殿(금전) : 군주의 궁전. 금빛으로 휘황하다는 뜻을 취하였다.
252 馳道(치도) : 군왕의 수레가 다니는 큰 길. 진(秦) 통일 이후 50보 넓이로 치도를
　　 만들었다. 일반적으로 마차가 달리는 한길을 가리킨다. 진한(秦漢) 때에는 치도
　　 양쪽에 소나무를 심고 수당(隋唐) 때에는 홰나무를 심었다.
253 建章(건장) : 건장궁(建章宮). 한대 도성의 미앙궁 서쪽에 있는 궁전.

평평하다.

平.

【해설】

우림랑이 군왕을 모시고 건장궁을 나서는 위풍당당한 모습을 그렸
다. 한대 신연년辛延年은 「우림랑」에서 우림랑의 발호를 그렸지만 여기
서는 다른 각도에서 우림랑의 위세를 칭송하였다. 비록 한나라 상황을
그렸지만, 당나라의 상황을 비유한 것이다.

왕부지는 '평平'이란 한 글자로 이 작품을 평하였다. 그것은 특이하
거나 돌출된 장면 없이 전체적으로 기세를 품고 있으나 온화하고 원만
하게 전개된 풍격을 가리키는 것으로 보인다. 왕부지에게 있어 '평'이
란 평어는 부정적인 뜻이 아니라 긍정적인 뜻이다.

이백李白 17수

古風 七首   고풍 7수
제1수
　我行巫山渚,   내가 무산의 강가를 지날 때
　尋古登陽臺.254   옛 자취를 찾아 양대陽臺에 올랐지.

天空綵雲滅,[255]　　　　빈 하늘에 채색 구름이 사라지고

地遠淸風來.　　　　　먼 땅으로 맑은 바람이 불어왔네.

神女去已久,　　　　　선녀가 떠난 지 이미 오래인데

襄王安在哉.　　　　　양왕襄王은 어디에 있는가?

荒淫竟淪沒,[256]　　　　황음에 결국 나라가 망했으니

樵牧徒悲哀.　　　　　나뭇꾼과 목동이 덧없다고 슬퍼하네.

【왕평】

한 가지 색이다.

제3, 4구는 본래 '정어'이나 '경'으로 보아도 마침 아름다운데, 이를 '쌍행雙'行이라 한다. '쌍행'이란 고금의 문필에서 절묘한 기예이다.

一色.

三四本情語, 而命景正麗, 此謂雙行. 雙行者, 古今文筆之絶技也.

---

254 陽臺(양대) : 중경시 무산현 소재. 초 양왕이 고당에 놀러가 꿈에서 무산의 선녀를 만나 운우지정을 나눈 이야기로 유명하다.

255 綵雲滅(채운멸) : 채색 구름이 사라지다. 진자앙의 「감우(感遇)」 제27수에 "무산에 채색 구름은 사라지고(巫山綵雲沒)"란 시구가 있다.

256 荒淫(황음) : 음탕한 짓을 하며 향락에 빠짐. 삼국시대 완적(阮籍)은 「영회(詠懷)」 제11수에서 "초나라에는 빼어난 선비가 많아, 조운의 이야기로 황음을 부추겼다(三楚多秀士, 朝雲進荒淫)"는 구절이 있다. ○ 淪沒(윤몰) : 물에 빠지다. 사라지다.

무산을 지나면서 초 회왕과 무산의 선녀 조운 사이의 이야기를 회고하였다. 송옥이 쓴 「고당부高唐賦」에 의하면, 초 회왕懷王이 고당에 놀러 갔다가 꿈에 선녀를 만났는데, 그녀가 스스로 말하기를 자신은 "아침에는 구름이 되고 저녁에는 비가 됩니다. 아침마다 저녁마다 양대의 아래에 있습니다旦爲朝雲, 暮爲行雨. 朝朝暮暮, 陽臺之下"고 하였다. 또 송옥은 조운을 묘사하기를 "솔솔 불기는 바람 같고, 서늘하기는 비와 같습니다. 바람이 그치고 비가 개면 구름은 사라집니다湫兮如風, 凄兮如雨. 風止雨霽, 雲無處所"라고 하였다. 이렇게 문인들이 왕의 황음을 부추켰다고 보았고, 그 결과 초나라가 망하였다고 보았다.

왕부지는 제3, 4구에서 '경어'와 '정어' 사이의 관계를 말하였다. 사실 제3, 4구는 얼핏 보아서는 경어이지만 무한한 정을 가지고 바라본 풍광이므로 정어라고 하였다. 이처럼 경어오 정어가 겸하는 것을 '쌍행'이라 하면서, 정경교융의 경지를 이룬 시문의 절묘한 기예로 보았다.

제2수

蟾蜍薄太清,[257]	두꺼비가 하늘에 올라가
蝕此瑤臺月.[258]	요대가 있는 달을 먹어 들어가니
圓光虧中天,	둥그런 빛이 하늘 가운데서 이지러지고
金魄遂淪沒.[259]	마침내 보름달이 사라졌어라.
蠕蝀入紫微,[260]	희미한 벌레가 자미궁에 들어가니
大明夷朝暉.[261]	태양이 아침 빛을 잃었어라.
浮雲隔兩耀,[262]	구름이 해와 달을 가리니

---

257 蟾蜍(섬서) : 두꺼비. 『회남자』「정신훈(精神訓)」에 "달 속에 두꺼비가 있다(月中有蟾蜍)"라는 말이 있다. 전설에 의하면 달 속에 있는 두꺼비가 조금씩 달을 먹어 월식(月蝕)이 생긴다.
　太清(태청) : 하늘. 도교에서 말하는 옥청(玉清), 상청(上清), 태청(太清)의 세 하늘 가운데 가장 높은 하늘.
258 瑤臺(요대) : 옥으로 만든 화려한 누대. 신선이 사는 궁전.
259 金魄(금백) : 황금빛으로 환한 보름달. 원래 백(魄)은 달의 미약한 빛으로, 음력 초하루의 달을 사백(死魄)이라 하고 보름날의 달을 생백(生魄)이라 한다.
260 蠕蝀(체동) : 무지개. 고대인들은 무지개를 천지간의 사악한 기운으로 이해하였다. 『춘추잠담파(春秋潛潭巴)』에 "홍(虹)이 해 옆 나타나면 후비(后妃)가 군주를 위협하는 징조이다(虹出日旁, 后妃陰脅主)"라 하였다. 『후한서』에서는 "해 옆에 있는 기운으로, 색이 하얗고 순수한 것을 홍(虹)이라 한다(凡日旁氣, 色白而純者名爲虹)"고 하였다. 청대 왕기(王琦)는 무지개와 흰 기운을 모두 홍(虹)이라 부르나 사실은 다른 것이며, 태양 옆에 있는 흰 기운을 가리킨다고 보았다.
　紫微(자미) : 자미원(紫微垣), 자궁(紫宮), 중원(中垣) 등이라고도 한다. 15개의 별로 이루어진 별자리로, 북두칠성의 동북에 벌려 마치 호위하는 형상이다. 고대에는 천상의 별자리를 지상의 일과 대응시켰는데, 자미를 제왕의 자리로 여겼다.
261 大明(대명) : 해.
　夷(이) : 사라지다. 멸하다.
262 兩曜(양요) : 해와 달.

萬象昏陰霏.[263]　　　　모든 사물이 어두워지고 궂은 비 뿌려라.

蕭蕭長門宮,[264]　　　　후비가 갇힌 쓸쓸한 장문궁

昔是今已非.[265]　　　　예전에는 옳았으나 지금은 그르구나.

桂蠹花不實,[266]　　　　좀 먹은 계수나무는 꽃이 피어도 열매 맺지

　　　　　　　　　　　　못하고

天霜下嚴威.　　　　　　하늘에서 된서리 내려 위세를 떨치는구나.

沉歎終永夕,　　　　　　밤이 다하도록 깊이 탄식하니

感我涕沾衣.　　　　　　이를 생각하매 눈물에 옷이 젖는구나.

---

263 陰霏(음비) : 궂은 비가 흩뿌리다.

264 蕭蕭(소소) : 적막하고 쓸쓸함.
　　長門宮(장문궁) : 한 무제 때 진황후(陳皇后)가 거주하던 궁전. 무제가 위자부(衛
　　子夫)를 총애하게 되자 아들이 없는 진황후가 이를 질투하여 해치려 하였으며,
　　이 사실이 발각되어 장문궁에 살게 되었다. 사마상여가 이를 소재로「장문부(長
　　門賦)」를 쓴 이래, 총애를 잃은 여인이 사는 적막한 궁을 의미하게 되었다.

265 昔是(석시) 구 : 예전에는 옳았으나 지금은 그르다. 이 말의 의미에 대해선 역대
　　로 의견이 분분하다. 원대 소사빈은 한 무제가 사마상여의 「장문부」를 읽고 진
　　황후를 다시 총애한 일은 잘 한 일이나, 현종은 왕인(王諲)의 「취우장부(翠羽帳
　　賦)」를 읽고도 왕황후를 찾지 않은 일은 그르다고 보았다. 청대 당여순(唐汝詢)
　　은 한 무제가 진황후를 장문궁에 유폐시킨 일은 적절한 이유가 있으나, 현종이
　　왕황후를 폐위한 일은 잘못되었다고 보았다.

266 桂蠹(계두) : 계수나무의 좀. 좀 먹은 계수나무. 동방삭(東方朔)의 「칠간(七諫)」
　　에 "계수나무의 좀벌레는 세월이 가는 줄 모르고(桂蠹不知所淹留兮)"라는 말이
　　있고, 한대 「성제 때 가요(成帝時歌謠)」에 "계수나무가 꽃이 피되 열매를 맺지
　　못하고, 누런 참새가 그 꼭대기에 둥지를 틀었네(桂樹花不實, 黃雀巢其顚)"라는
　　말이 있다.

【왕평】

규원시의 본체이다.

怨詩本體.

【해설】

이 시는 전체가 비유로 되어 있어 구체적으로 가리키는 일이 무엇인지에 대해서 논란이 많다. 송대 양제현楊齊賢은 현종이 무혜비武惠妃를 총애한 탓에 아들이 없는 왕황후王皇后를 폐위시킨 일을, 한 무제가 진 황후를 폐위시킨 일로 비유하였다고 하였다. 원대 소사빈蕭士贇, 명대 호진형胡震亨 역시 기본적으로 이 설에서 크게 벗어나지 않고 있다. 청대 왕기王琦 역시 『구당서』의 "개원 12년724년 7월 임신壬申일에 월식이 있고, 기묘己卯일에 황후 왕씨를 서인으로 폐하였다"는 기록을 인용하며 서두의 월식을 폐위 사건과 연관하여 해석하였다. 청대 말기 방동수方東樹는 안록산의 반란을 보고 지은 것으로 추정하였고, 현대의 구태원瞿蛻園 등은 문인이 내쳐진 일을 비유한 것으로 해석하였다.

왕부지는 이 시에 규원시閨怨詩의 본질이 있다고 보았다. 원망을 하되 완곡하고 은미하여 그 정감을 더 깊이 표현하는 것이다. 규원시 또는 궁원시宮怨詩의 전통이란 바로 이런 시라는 뜻이다. 왕부지가 생각하는 '가이원可以怨'의 전범을 알 수 있다.

제3수

鳳飢不啄粟,	봉황은 굶주려도 좁쌀을 쪼지 않고
所食唯琅玕.[267]	먹는 것이라곤 오직 낭간琅玕 뿐.
焉能與群鷄,	어찌 뭇 닭과
蹙促爭一飡?[268]	옹색하게 밥 한 끼를 다투리오?
朝鳴崑丘樹,[269]	아침에는 곤륜산의 나무에서 울고
夕飮砥柱湍.[270]	저녁에는 지주석 옆 급류를 마신다.
歸飛海路遠,	돌아 날아가는 바닷길은 멀고
獨宿天霜寒.	홀로 자는 하늘에 서리가 차가와라.
幸遇王子晉,[271]	다행히 왕자진을 만나
結交靑雲端.	푸른 구름 위에서 사귀었다네.

---

267 琅玕(낭간) : 아름다운 옥의 이름. 신화에 나오는 열매로 봉황이 먹고산다고 한다. 『예문유취』(藝文類聚) 「조부(鳥部)」에서 『장자』를 인용하며 봉황과 낭간의 관계를 적고 있다. "내가 듣기에 남방에 있는 새의 이름은 봉(鳳)으로, 사는 곳은 바위가 천리에 걸쳐있소. 하늘이 먹을 것을 내었으니 그 나무 이름을 경지(瓊枝)라 하고 높이가 백 길인데 구림(璆琳)과 낭간(琅玕)을 열매로 한다오.(吾聞南方有鳥, 其名爲鳳, 所居積石千里. 天爲生食, 其樹名瓊枝, 高百仞, 以璆琳琅玕爲實.)"
268 蹙促(축촉) : 핍박하다.
　　飡(찬) : 餐(찬)과 같다. 먹다.
269 崑丘(곤구) : 곤륜산(崑崙山).
270 砥柱(지주) : 지주산. 지주석. 하남성 삼문협시(三門峽市) 동편 황하 가운데 있다. 모양이 기둥 같아서 붙은 이름이다.
271 王子晉(왕자진) : 왕자교(王子喬)라 하기도 한다. 주 영왕의 태자. 생황을 잘 불어 봉황의 울음을 내었으며, 이수(伊水)와 낙수(洛水) 유역에서 노닐었다. 도사 부구공(浮丘公)을 따라 숭산에 들어가 삼십여 년을 수련하여 신선이 되었다. 『열선전』 참조.

懷恩未得報,　　　은혜를 입었으나 아직 보답하지 못했는데
感別空長歎.　　　떨어져 있게 되니 오래도록 탄식하여라.

【왕평】

이 작품은 마치 신령스런 용과 같아, 머리와 꼬리가 없는 건 아니나, 세속의 기준으로 추측할 수 없다. 다만 완적阮籍, 곽박郭璞과 함께 하늘 길을 달릴 뿐이다!

此作如神龍, 非無首尾, 而不可以方體測之. 直與步兵弘農幷驅天路矣!

【해설】

곤궁한 처지에 있던 봉황이 자신을 도와준 지기에 대해, 멀리 떨어져 있어 보답할 수 없음을 안타까워하였다. 전반부는 주로 봉황의 거대한 비상과 고고한 풍도를 나타내었지만, '귀로歸路'부터는 어려운 처지에서 왕자진을 만난 감격과 헤어진 후 이룰 길 없는 보답을 나타내었다. 이백은 자신을 봉황에 비유하는 경우가 많았기에 이 시 역시 같은 맥락에 볼 수 있다. 왕자진이 누구를 비유하는가에 대해 역대로 평자들은 대체로 자신을 도와준 종실宗室 인물인 여양왕 이진李璡 등으로 추측하기도 했고, 그 시기도 이백이 744년 장안을 떠날 때로 보았다.

왕부지는 이 시를 '신령스런 용神龍'과 같다며 높이 평가하였다. 또 완적의 「영회시」나 곽박의 「유선시」와 같이 그 정신이 높고 비유가 깊다고 하였다. 완적과 곽박의 작품에 비한 것을 보면, 왕부지가 '신령스

런 용'이라 언급한 것은 내용의 측면도 있지만, 일종의 '정신의 여행'이라 할 수 있는 변화막측한 구성에 초점을 둔 것으로 보인다.

제4수

莊周夢蝴蝶,[272]	장자가 나비가 된 꿈을 꾸고서는
蝴蝶爲莊周.	나비가 장자가 되었는지 의심하였지.
一體更變易,[273]	몸 하나조차 이처럼 쉽게 바뀌니
萬事良悠悠![274]	만사는 진실로 파악하기 힘들어라.
乃知蓬萊水,[275]	그러므로 봉래산 앞 바닷물이
復作淸淺流.	다시 얕은 시내가 될 것을 알겠노라.
靑門種瓜人,[276]	청문 밖에서 참외 심은 사람도
舊日東陵侯. [277]	예전엔 동릉후였었지.

---

272 莊周(장주) 구: 장자의 '나비 꿈'을 가리킨다. 『장자』「제물론(齊物論)」에 장자가 꿈에 나비가 되어 훨훨 날았는데, 꿈에 깨어난 후 장자가 나비 꿈을 꾼 것인지 나비가 장자를 꿈꾼 것인지 의아해했다.

273 一體(일체): 몸.
更(갱): 아직도. 그래도.

274 悠悠(유유): 아득하다. 멀다.

275 蓬萊水(봉래수): 신선이 사는 봉래산 앞의 바닷물. 이 두 구는 갈홍(葛洪)의 『신선전(神仙傳)』에 나오는 선녀 마고(麻姑)의 이야기에서 유래하였다. 마고는 일찍이 동해가 세 번 뽕나무밭으로 바뀌는 걸 브았는데, 봉래산으로 가는 중 바닷물이 예전보다 얕아진 것을 보고 앞으로 평지가 될 것이라고 예상하였다. 상전벽해(桑田碧海)의 이야기를 통해 세상의 변화가 큼을 비유하였다.

276 靑門(청문): 한 장안성의 동남문. 원래 패성문(霸城門)이었는데 문의 색이 청색이어서 청성문(靑城門) 또는 청문(靑門)이라 하였다.

277 東陵侯(동릉후): 진(秦)의 소평(召平)을 가리킨다. 동릉후였으나 진나라가 망

富貴故如此,　　　　　　부귀란 원래 이와 같으니

營營何所求?[278]　　　　분주히 무엇을 구하랴?

【왕평】

전고를 사용할 때는 언제나 '뜻'과 '말'의 틈새에 깊은 의미를 부여
하여, 만리의 풍광을 한 척의 화폭에 담는다.

用事總別意言之間, 藏萬里于尺幅.

【해설】

장자의 나비 꿈, 전설 속의 상전벽해, 동릉후의 참외 등을 들어 세상
에는 고정된 현상이 없고 일체가 변화 속에 있음을 설파하였다. 평소 공
명과 부귀를 경시하였던 이백의 광달曠達한 면모를 잘 보여주며, 나아가
분주하게 부귀를 추구하기보다는 고결한 품덕을 닦기를 권하고 있다.

왕부지는 이 시에서 사용된 전고가 자체의 의미보다 더 크게 운용되
었음을 지적하며, '만리척폭萬里尺幅'의 효과가 있다고 하였다. 그림에
서 한 척의 화폭에 만 리의 거리를 그릴 수 있듯이, 시의 전고도 몇 마
디 말로 인생의 깊은 우의를 가리킬 수 있다. 예컨대 진나라의 동릉후
소평이 나라가 망한 뒤 성문 밖에서 참외 장수를 했다는 '동릉후의 참

하자 평민이 되어 청문 밖에서 참외를 심어 팔면서 살았다. 그 참외가 무척 달아
사람들이 동릉과(東陵瓜)라고 불렀다. 사람의 부귀와 빈천이 오래가지 않고 수
시로 변함을 나타내는 전고로 많이 쓰인다.

278 營營(영영) : 쉬지 않고 힘써 일함.

외[東陵瓜]'는 예측할 수 없는 사람의 운명을 나타내기도 하지만, 그 참외 맛이 달았다는 점에서 인생은 살 만하다는 의미도 나타낸다. 전고의 비유란 사고의 각도에 따라 더 다양하게 적용할 수 있고, 사고의 깊이에 따라 더 깊은 의미도 길어낼 수 있는데, 이백의 이 시가 그러한 특징이 있다고 한 것이다.

제5수

世道日交喪,[279]	세상의 도리가 날로 망가지고
澆風散淳源.[280]	경박한 풍조는 순박한 근본을 흩어버렸네.
不采芳桂枝,	향기로운 계수나무의 꽃을 좋아하지 않고
反棲惡木根.	오히려 사악한 나무의 뿌리에 깃들어 사네.
所以桃李樹,[281]	때문에 복사나무와 오얏나무는
吐花竟不言.	꽃을 피울 뿐 끝내 말을 하지 않는다네.
大運有興沒,[282]	천도와 국운은 흥망의 법칙이 있는데도
群動爭飛奔.	여러 동물은 그저 다투어 날고 달리기만 하는구나.

---

279 世道(세도) 구: 이 구는 『장자』「선성(繕性)」에 나오는 "세상은 도를 잃고 도는 그 도를 실현할 세상을 잃었으니, 세상과 도가 서로 상대를 잃었다(世喪道矣, 道喪世矣, 世與道交相喪也)"의 뜻을 이용하였다.
280 澆風(요풍): 부박한 사회 풍조. ○ 淳源(순원): 돈후함과 순박함의 원천.
281 桃李(도리) 구: 이 구는 『사기』「이장군열전」에 나오는 "복사꽃과 오얏꽃은 말을 안 해도 그 아래로 절로 샛길이 난다(桃李不言, 下自成蹊)"의 뜻을 이용하였다.
282 大運(대운): 천운. ○ 群動(군동): 여러 동물.

| 歸來廣成子,[283] | 돌아가자꾸나, 광성자에게 |
| 去入無窮門. | 그를 따라 무궁의 문으로 들어가자꾸나. |

【왕평】

유신庾信이 중원에 들어간 이후의 시와 아주 비슷하다. 두보는 유신의 시를 '종횡으로 오가다'고 하거나 아니면 '청신'하다고 했지만, 두보가 도달하지 못한 것은 바로 면밀함이다.

大似庾子山入關後詩. 杜以爲縱橫, 抑以爲淸新, 乃其不可及者, 正在緬密.

【해설】

세상의 도덕이 무너지고, 가치관이 전도된 사회를 비판하면서, 천도를 통찰하고 생사를 초월하기 위해, 신선을 따라 영원한 진리를 찾고자 하였다.

두보는 「장난삼아 지은 절구 여섯 수戲爲六絶句」에서 유신의 작품이 "구름 위로 솟구치듯 강건한 필력에 뜻이 종횡으로 오간다凌雲健筆意縱橫"고 하였고, 「봄날 이백을 그리며春日憶李白」에서 이백을 "청신하기로는

---

283 廣成子(광성자) : 상고시대의 도가 인물로, 공동산(崆峒山)에서 수행하였다. 찾아온 황제(黃帝)에게 몸을 다스리고 나라를 다스리는 방법을 가르쳤다. "저 만물은 무궁하나 사람들은 모두 한계가 있다고 생각한다. 저 만물은 헤아릴 수 없는데 사람들은 모두 한정이 있다고 생각한다. (…중략…) 그러므로 나는 장차 너를 떠나 무궁의 문으로 들어가 무극의 들에서 노닐 것이다.(彼其物無窮, 而人皆以爲有終. 彼其物無測, 而人皆以爲有極. (…중략…) 故余將去女, 入無窮之門, 以遊無極之野.)" 『장자』「재유(在宥)」 참조.

유신이요, 준일하기로는 포조라^{清新庾開府, 俊逸鮑參軍}"라 비유하였다. 왕부지는 두보가 유신을 높이 평가하였고 특히 후기에는 유신을 배워 시를 지었지만, 오히려 두보 자신은 지나쳐 시가 나빠졌다고 하였다.『고시평선古詩評選』의 유신이 지은「영회시를 모의하며擬詠懷」의 평어에서 다음과 같이 말하였다.

"(유신은) 처음에는 하나의 조종으로 세워져 처방법으로 쓰이지 않았으나 두보에 의해 우연히 제시되었다. '청신'이라 하고 '건필종횡'이라 하면서 종파의 맹주로 추대되어 즐거이 모방되었다. 두시에 나타나는 '새로움[新]을 추구하다가 편벽해지고', '강건[健]을 숭상하다가 거칠어지고', '맑음[淸]이 지나쳐 차가워지고', '종횡縱橫을 힘쓰다가 잡다해진' 것이 모두 여기에서 나왔다. 두보가 쓴 '오로지 분주히 다니기만 한다^{오只是走踆踆}', '붉은 대문 안에서는 술과 고기 냄새 진동하니^{朱門酒肉臭}', '늙은이가 이른 아침에 백발을 빗질하는데'^{老大淸晨梳白頭}, '어진 자는 형이요 어리석은 자는 동생이라네^{賢者是兄愚者弟}' 등 일체의 시들어 빠진 소리가 공공연히 시단의 일이 되어버렸고, 이에 시는 모두 없어졌다.(初不自立一宗以開涼法, 乃無端爲子美所推, 題曰"淸新", 曰"健筆縱橫", 擁戴宗盟, 樂相仿效. 凡杜之所以, 趨新而僻, 尙健而野, 過淸而寒, 務縱橫而莽者, 皆在此出. 至于"只是走踆踆", "朱門酒肉臭", "老大淸晨梳白頭", "賢者是兄愚者弟", 一切枯菅敗荻之音, 公然爲政于騷壇, 而詩亡盡矣.)"

왕부지는 이 시를 유신의 후기시와 유사하다고 하면서, 오히려 두보는 유신이 가지고 있는 장점은 배우지 못했다고 비판하였다. 왕부지가 말한 '면밀緬密'은 시의 내용과 형식이 혼연일체가 되는 경지로 노련하고 천의무봉의 수준을 가리킨다. 두보는 유신의 시에서 분방과 청신은 보았지만 '면밀'은 보지 못했다는 것이다. 이에 반해 이백의 이 시야말로 오히려 유신의 장점을 모두 가지고 있다고 보았다.

제6수

燕臣昔慟哭,[284]	예전에 연나라의 추연鄒衍이 억울하여 통곡하니
五月飛秋霜.	오월인데도 서리가 내렸다지.
庶女號蒼天,[285]	제나라 과부가 누명을 뒤집어써서 하늘에 부르짖자
震風擊齊堂.	벼락과 바람이 제나라 궁궐을 내리쳤다지.
精誠有所感,	지극한 정성에 감동하여

284 燕臣(연신) : 전국시대 연나라의 신하인 추연(鄒衍)을 가리킨다. "추연이 연 혜왕을 섬기며 충성을 다했지만 좌우에서 참언을 하니 왕이 추연을 묶게 하였다. 추연이 하늘을 바라보며 곡을 하자 오월인데도 이 때문에 서리가 내렸다.(鄒衍事燕惠王盡忠, 左右譖之, 王繫之, 仰天而哭, 五月天爲之下霜.)"『초학기』에서 인용한『회남자』일문과『논형』「감허(感虛)」참조.

285 庶女(서녀) : 서출 여인. 즉 측실 또는 첩이 낳은 여인. 여기서는 제나라의 과부. 제나라 과부가 남편이 죽자 개가를 하지 않고 시어머니를 공경히 모시며 지냈다. 시누이가 친모의 재산을 탐내 죽이고 그 죄를 올케에게 뒤집어씌웠다. 과부는 무죄를 해명할 수 없자 억울함을 하늘에 호소하였다. "과부가 하늘을 향해 외치니 번개가 내리쳐 경공의 누대가 부서지며 경공이 지체를 다쳤으며 바닷물이 크게 넘쳤다.(庶女叫天, 雷霆下擊, 景公臺隕, 支體傷折, 海水大出)"『회남자』「남명훈(覽冥訓)」참조.

造化爲悲傷.	조물주도 그들을 위해 슬퍼하였다네.
而我竟何辜?	그런데 나는 도대체 무슨 잘못이 있어
遠身金殿旁.	궁궐을 멀리 떠나야 하는가?
浮雲蔽紫闥,[286]	구름이 궁궐을 덮으니
白日難回光.	하늘의 해도 빛을 내기 어렵구나.
群沙穢明珠,	모래는 구슬을 더럽히고
衆草凌孤芳.	여러 가지 풀들은 홀로 핀 꽃을 업신여기는구나.
古來共歎息,	예부터 모든 사람이 탄식했으니
流淚空沾裳.	눈물을 흘리며 부질없이 옷을 적시네.

【왕평】

뜻은 깊어도 말이 평이하니 그 곧음을 해치지 않는다.

意至詞平, 不害其直.

【해설】

억울한 처지를 호소한 시이다. 제7, 8구에서 무고한 자신이 참훼를 받아 궁궐을 떠나게 된 상황을 선명하게 드러내었다. '군사群沙'와 '중초衆草'라고 한 것으로 보아 이백을 비난한 사람이 한두 사람이 아니었던 것을 알 수 있다. 이 시는 이백이 744년 황궁을 떠날 때 지은 것으

---

286 紫闥(자달) : 제왕이 사는 궁궐.

로 그의 분노를 알 수 있다.

　왕부지가 말하는 뜻[意]은 '자신의 정에서 절로 나오는 것[己情之所自發]'을 가리킨다. 중국 전통 비평에서 입의立意의 중요성은 당대 왕창령王昌齡 등에서부터 이미 말해온 것이지만, 이때의 뜻[意]은 시인의 작시 의도를 가리킨다. 이러한 작시 의도에서 출발하여 남조 제량齊梁 시기 궁체시宮體詩의 기려한 시어가 만들어졌고 송대 강서시파江西詩派에서 "글자마다 출처가 있어야 한다字字有出處"는 강조 아래 어휘를 그러모으게 되었다. 이들의 시에는 주제와 시어 사이에 강한 논리성을 갖게 된다. 그러나 왕부지에게 있어 뜻[意]은 시인이 의식적으로 주제를 내세우고 관련 어휘와 전고를 붙여넣는 것이 아니라, 흥회興會가 일어나 자연스럽게 터져 나오는 자발성을 가진다는 점에서 가장 큰 특징이 있다. 이백과 두보를 대가라 한 것도 자연스러운 뜻[意]으로 이루어진 작품이 대부분이기 때문이다. 이러한 뜻[意] 개념은 왕유의 「재주로 가는 이 사군을 보내며送梓州李使君」에 대한 평어에서도 나온다. 때문에 뜻[意]은 내세우고 표현하는 것이 아니라 절로 '이르는[至]'는 것이며, 그 결과 언어[詞]는 부족함 없이 '가득 찬다[苹]'. 왕부지 평어에서 평苹은 구성과 맥락이 자연스럽게 통합되어 전편이 높은 수준으로 완성된 것을 말한다. 뜻[意]의 내적 논리가 자연스럽게 드러났기에, 시인이 말하는 자신의 '곧음[直]'도 작위적이지 않고 진실스럽다.

제7수

鳳飛九千仞,[287]	봉황이 구천 길 하늘에서 날아오니
五章備綵珍.[288]	오색의 깃털이 온통 화려한 채색이어라.
銜書且虛歸,[289]	상서로운 글을 물고 왔다가 헛되이 돌아가니
空入周與秦.[290]	부질없이 장안에 온 셈이로다.
橫絶歷四海,	사해를 가로질러 두루 날아다녔지만
所居未得隣.	사는 곳에 이웃을 얻지 못했어라.
吾營紫河車,[291]	나는 단약 자하거紫河車를 제조하면서
千載落風塵.	천년 동안 풍진 속에 묻혀 살았네.
藥物祕海嶽,	약물이 바다와 산악에 감춰져 있으니
採鉛靑溪濱.[292]	납을 캐러 청계 물가로 왔다네.

---

287 鳳飛(봉비) 구: 봉황이 구천리 하늘을 날아다님을 말한다. 『춘추후어(春秋後語)』에 "봉황은 구천리를 치솟아 오르며, 아득한 곳에서 날아다닌다(鳳凰上擊九千里, 鶤翔乎窈冥之上)"는 말이 있다. 인(仞)은 길이 단위로 약 160~180센티미터.

288 五章(오장): 오색. 청, 적, 황, 백, 흑 등 다섯 색을 말한다. 이 구는 봉황의 깃털이 오색임을 말한다.

289 銜書(함서): 글을 물다. 『춘추원명포(春秋元命苞)』에 "봉황이 글을 물고 문왕의 도성에서 노니, 무왕이 봉서의 기록을 받았다(鳳凰銜书, 遊文王之都, 故武王受鳳書之紀)"는 말이 있다. 봉황의 글은 제왕이 천경을 받는 상서로운 징조이다. 나중에 제왕의 사신이 조서를 전달한다는 뜻으로 쓰인다.

290 周與秦(주여진): 주나라와 진나라. 주의 도성은 호경이고 진의 도성은 함양으로 모두 장안 근처에 있었으므로, 여기에서는 장안을 가리킨다.

291 紫河車(자하거): 단약 이름. 도교에서 단약을 만들 때 옥액(玉液)이 자주색을 띠게 되는 것을 가리킨다. 『포박자』에 "단사로 황금을 만들 수 있고, 하거로 은을 만들 수 있다(丹砂可爲金, 河車可作銀)"는 말이 있다.

292 鉛(연): 약물의 일종.
　　靑溪(청계): 淸溪(청계). 지금의 안휘성 지주시(池州市) 북쪽에 소재한다.

時登大樓山,[293]	때때로 대루산에 오르고
擧首望仙眞.[294]	머리 들어 신선이 사는 쪽을 바라보노라.
羽駕滅去影,[295]	봉황 수레는 그림자도 찾을 수 없고
飇車絶回輪.[296]	바람 수레는 돌아오지 않아라.
尙恐丹液遲,	더구나 단약이 더디 만들어지면서
志願不及申.	나의 뜻을 이루지 못할까 걱정되어라.
徒霜鏡中髮,	거울 속 머리카락에는 헛되이 서리가 내렸으니
羞彼鶴上人.[297]	학을 타고 오는 신선에게 부끄러워라.
桃李何處開,	복사꽃과 오얏꽃은 도처에 피었으나
此花非我春.	이 꽃은 내가 바라는 봄이 아니구나.
唯應淸都境,[298]	오로지 청도淸都 선경에 가서
長與韓衆親.[299]	오래도록 한중韓衆과 친하게 지내리라.

---

293 大樓山(대루산) : 지주(池州)에 있는 산. 지금은 대룡산(大龍山)이라고 한다.

294 仙眞(선진) : 신선.

295 羽駕(우가) : 난새나 학이 끄는 수레. 신선이 타고 다니는 수레. 때로 신선을 가리킨다.

296 飇車(표거) : 바람을 타고 가는 수레. 신선이 타고 다니는 수레.

297 鶴上人(학상인) : 학을 타고 다니는 신선.

298 淸都(청도) : 천제가 거주하는 궁궐.『열자』「주목왕(周穆王)」에 "청도, 자미, 균천, 광악은 천제가 거주하는 곳이다(淸都, 紫微, 鈞天, 廣樂, 帝之所居)"는 말이 있다.

299 韓衆(한중) : 전설 중의 신선. 한종(韓終)이라고도 한다.『열선전』(列仙傳)에 "제 나라 사람 한종은 왕을 위해 약을 캐었는데, 왕이 먹으려 하지 않자 자신이 먹고 신선이 되었다(齊人韓終, 爲王採藥, 王不肯服, 終自服之, 遂得仙也)"는 말이 있다. 갈홍의『신선전』「유근(劉根)」에는 유근이 화양산(華陽山)에 들어갔을 때 흰 노

규모의 운용이 넓고 심원하면서, 사람에게 언제나 새롭고 치밀함을
보여준다. 만약 이백을 호탕한 사람으로만 여긴다면 이런 시를 보고
무슨 말을 할 것인가?

規運廣遠, 而示人者恆以新密, 若直以太白爲一往豪宕人, 則視此類詩爲何
語耶?

【해설】

신선 세계를 갈망하나 이루기 어려움을 말하였다. 비록 유선시의 형
식을 빌었으나 자신이 처한 상황에 대한 불만으로 장안을 떠나고자 하
는 심경을 담았다. 자신의 실제 이력과 정신적인 경력을 혼합하여 자
전적인 내용을 시화하였다.

擬古西北有高樓	'서북에 있는 높은 누대'를 본떠 지음
高樓入靑天,	높은 누각이 푸른 하늘에 솟아있고
下有白玉堂.[300]	아래는 백옥당이 있네.
明月看欲墮,	명월을 바라보니 떨어질 듯하더니
當窓懸淸光.	창문에 맑은 빛이 걸려 있구나.
遙夜一美人,[301]	밤새 잠들지 못한 미인은

루를 탄 사람을 만났는데 그가 한중(韓衆)이라고 말하는 대목이 있다.
300 白玉堂(백옥당) : 백옥같이 훌륭한 집. 부호의 저택.

羅衣沾秋霜.	비단옷이 가을 서리에 젖어
含情弄柔瑟,	정을 품고 슬瑟을 뜯으니
彈作陌上桑.[302]	「길가의 뽕」을 연주하는구나.
絃聲何激烈,	현의 소리는 얼마나 격렬한지
風卷遶飛梁.[303]	바람에 휘말리는 소리는 들보를 감아 돈다.
行人皆躑躅,[304]	지나가는 행인은 모두 걸음을 멈추고
棲鳥去廻翔.	깃든 새는 떠났다가 날아돌아온다.
但寫妾意苦,	다만 첩의 쓰린 마음을 쏟아낼 뿐이니
莫辭此曲傷.	이 곡이 슬프다고 말하지 마오.
願逢同心者,	원컨대 마음을 알아주는 지음을 만나
飛作紫鴛鴦.	한 쌍의 자주색 원앙이 되어 날아가고파.

【왕평】

완전한 고시로 전혀 흔적이 없다.

---

301 遙夜(요야) : 긴 밤.
302 陌上桑(맥상상) :「길가의 뽕」. 한대 악부제 작품. 현존하는 작품은 태수가 뽕을
     따는 나부(羅敷)를 유혹했으나 거절당하는 내용이다. 처음『송서(宋書)』「악지
     (樂志)」에 「염가나부행(豔歌羅敷行)」이라는 제목으로 기록되었고, 『옥대신
     영』에는「일출동남우행(日出東南隅行)」, 『악부시집』에는「길가의 뽕(陌上桑)」
     이란 제목으로 각각 실려있다.
303 遶飛梁(요비량) : 들보를 울리며 도는 여운. 전국시대 한국(韓國)의 가인 한아
     (韓娥)는 제나라 임치에 갔는데 노자가 떨어져 옹문(雍門)에서 노래를 불러 음식
     을 구하였다. 그녀의 노래는 아름답고 감동적이었다. 그녀가 떠난 뒤 노래의 여
     운이 사흘이 지나도 끊이지 않았다, 『열자』「탕문(湯問)」 참조.
304 躑躅(척촉) : 배회하다. 서성거리다.

“명월을 바라보니 떨어질 듯하더니明月看欲墮” 두 구는 ‘고루高樓’와 ‘옥당玉堂’으로부터 나왔다. 비록 전환하는 기세가 내려갔지만, 연결에 있어 더 뜻을 만들지 않았다. 두보는 이러한 과정에서 말을 만들기 때문에, 부수적인 말이 있게 된다. 두보는 ‘고시의 운[古韻]’을 얻고 이백은 ‘고시의 신[古神]’을 얻었으니, ‘신神’고 ‘운韻’의 구별은 또한 이백과 두보의 품격의 순서이다.

마무리에서 앞의 내용을 모두 거슬러 바라보는 기세인데, 본래 직서로 포괄하여야 할 것이다.

十全古詩, 一無纇迹.

“明月看欲墮”二句從‘高樓’‘玉堂’生出, 雖轉勢趨下, 而相承不更作意, 少陵從中生語, 便有拖帶. 杜得古韻, 李得古神. 神韻之分, 亦李杜之品次也.

一收直溯觀上勢, 固不得不以直領之.

【해설】

「고시십구수」 중의 제5수 「서북에 있는 높은 누대西北有高樓」를 모의해 지었다. 이백은 모두 12수를 모의했는데 그중 하나이다. 전체적인 구성이나 내용이 대체로 「고시십구수」의 틀을 유지하였다. 높은 누각에서 들려오는 애달픈 음악에서 화자는 노래하는 사람에 대해 동정하고 지음知音이 없음을 아쉬워한다. 시의 첫 부분에서 노래하는 사람이 있는 장소를 제시하고, 중간에서 노랫소리를 묘사하고, 말미에서 자신의 회재불우懷才不遇의 감개를 서술하였다.

　왕부지의 두보에 대한 평가는 포폄褒貶 양방향으로 이루어져, 시인 가운데 가장 복잡한 면모를 보이지만, 이백 대해선 대체로 높이 평가하였다. 역대 '이두李杜 우열론'의 시각에서 보면 왕부지는 그야말로 이백 우위를 주장하면서 두보를 가장 낮춘 비평가이다. 그의 '이백을 존중하고 두보를 낮추는' 존이폄두'尊李貶杜 색채는『당시평선』뿐만 아니라『명시평선』과『고시평선』에도 적지 않게 등장한다. 여기서는 "두보는 '고시의 운[古韻]'을 얻고, 이백은 '고시의 신[古神]'을 얻었다杜得古韻, 李得古神"며 두 사람을 대비시키고 있다. 이어서 "정신[神]'과 '운韻'의 구별은 또한 이백과 두보의 품격의 순서이다神韻之分, 亦李杜之品次也"고 한 것을 보면 왕부지는 '신神'을 '운韻'보다 높인 것을 알 수 있다. '신'과 '운'은 둘 다 예술의 가장 높은 경지를 말하는 것으로, '신'은 주로 고시의 정신과 전통을 가리키고, '운'은 고시의 운율을 가리키는 것으로 보인다.

子夜吳歌	자야오가
長安一片月,[305]	장안에 뜬 조각 달
萬戶擣衣聲.[306]	집집마다 울리는 다듬이 소리.
秋風吹不盡,	가을바람 그치지 않고 불어오니

305　一片月(일편월) : 달 하나. 一片(일편)은 한 조각이란 뜻이 아니라 하나라는 뜻이다. 이 외에 長安一片∨月이라 끊어 읽어 "장안의 한 부분을 비추는 달"이라 해석할 수도 있다.

306　擣衣(도의) : 옷을 다듬이질하다. 가을이 되어 날씨가 쌀쌀해지면 멀리 객지에 나갔거나 군대에 나간 사람에게 보낼 옷을 준비하여야 한다. 이러한 다듬이질 소리는 남편을 생각하는 아낙에게 깊은 그리움을 일으킨다.

總是玉關情.[307]　　이 모두가 옥문관에 대한 그리움이라네.

何日平胡虜,[308]　　어느 날에야 오랑캐를 평정하여

良人罷遠征?[309]　　낭군이 원정을 마치고 돌아올까?

【왕평】

앞 4구는 천지지간에 절로 생겨난 좋은 시구인데, 이백이 주웠다.

前四語是天壤間生成好句, 被太白拾得.

【해설】

　장안의 가을밤에 집집마다 다듬이질하는 소리를 듣고, 멀리 원정 나간 남편을 그리워하는 아낙의 심경을 그렸다. 깊은 정감이 우러나는 장면을 감각적으로 형상화하는 이백의 능력이 잘 드러났다. 역대 시평가詩評家들의 상찬을 받았으며, 일부 평자는 말 2구를 잘라내면 더욱 함축적이라고 하였다.

307　總是(총시) : 모두. 여기서는 달, 다듬이 소리, 가을 바람 등 모든 것. 1구는 시각, 2구는 청각, 3구는 촉각과 관련된다.
　　玉關(옥관) : 옥문관(玉門關). 한 무제 때 설치한 관문. 서역으로 통하는 요로에 있었다. 서역의 옥이 들어오는 문이라 하여 이름 붙여졌다. 한대에는 지금의 감숙성 돈황시에서 서쪽으로 약 75㎞ 떨어져 있었으나, 당대에는 그곳에서 다시 동으로 15㎞ 지점으로 옮겼다. 옥관정(玉關情)은 옥문관에서 수자리 지키는 남편에 대한 그리움.
308　胡虜(호로) : 중국 서북지방의 민족에 대한 멸칭(蔑稱). 이 시는 한대(漢代)의 상황으로 당대(唐代)를 비유하고 있다. 그러므로 호로(胡虜)는 한대에 음성했던 흉노족을 가리킨다.
309　良人(양인) : 남편. 아내가 자신의 남편을 지칭하는 말.

왕부지는 앞 4구를 극찬하였다. 이백이 시구를 '주웠다'고 함으로써 구상하여 만들어낸 것이 아니라 천연의 아름다움을 다만 자연스럽게 선택하였다는 점을 인상적으로 비유하였다. 왕부지는 시인에게 중요한 것은 천부적인 재능이고, 시는 천지간에 자연과 인간이란 두 개의 거울이 서로를 비추며 드러난 천연의 본성을 시인이 주워 담듯 쉽게 쓴 것이라 보았다. 그렇게 쉽고 자연스럽게 얻은 원성元聲과 원운元韻은 천지의 생생한 기운이자 생명의 소리이다. 『시경』의 작품이 그러하고 「고시십구수」가 그러하다.

春思	봄의 그리움
燕草如碧絲,[310]	연燕 땅에 봄풀이 실처럼 푸를 때
秦桑低綠枝.[311]	진秦 땅은 뽕 가지가 휘어질 정도로 무성해요.
當君懷歸日,	그대 집으로 돌아오고자 그리워하는 날
是妾斷腸時.	이내 몸 애간장이 끊어지는 때.
春風不相識,[312]	봄바람은 나를 알지 못하는데
何事入羅幃?	무슨 일로 비단 휘장에 들어오나요?

---

310 燕草(연초) : 연 지방의 풀. 연 지방은 지금의 북경과 하북성 일대. 남편이 출정 나가 있는 곳이다.
311 秦桑(진상) : 진 지방의 뽕나무. 진 지방은 지금의 서안과 섬서성 일대. 연 지방은 북쪽이라 봄이 늦게 오므로 진 지방에 뽕나무 잎이 날 때 그곳은 비로소 봄풀이 푸르러지기 시작한다.
312 春風(춘풍) : 봄바람이 휘장에 들어온다는 것은 낯선 사람의 침입을 비유하는 것으로 볼 수 있다. 여기서는 이를 거절하는 견결한 정조를 말하고 있는 듯하다.

【왕평】

글자마다 날아가려고 하니, '정'에 매이지도 않고 '경'에 묶이지도 않는다. 『화엄경』에 두 개의 거울이 서로를 비추어 무궁한 빛이 나온다는 뜻이 있는데, 오직 이백만이 벗어나지도 않고 빠지지도 않는다.

제5, 6구는 나와 세상이 하나이므로, '무리 지을 수 있고' '원망할 수 있다'.

字字欲飛, 不以情, 不以景. 『華嚴』有兩鏡相入義, 唯供奉不離不墮.
五六一卽一切, 可群可怨也.

【해설】

출정 나간 남편을 그리는 아내의 심사를 표현하였다. 진 땅지금의 장안이나 섬서성 지역에 살고 있는 여인이 연 땅지금의 북경이나 요녕 일대의 변경 지역에 있는 남편을 향한 애절한 마음을 호소하였다. 말미의 2구는 춘풍을 향해 말하는 아내의 순진한 행동으로부터. 춘풍이 분다고 해도 마음이 흔들리지 않는다는 뜻으로, 남편에 대한 견결한 심정을 비유한 것으로 보인다.

왕부지가 "'정'에 매이지도 않고 '경'에 묶이지도 않는다不以情, 不以景"고 말한 것은 '정'과 '경'이 어우러져 '정경교융'이 일어났다는 뜻이다. '정' 또는 '경'을 단독으로 운용하여서는 시어들이 '날아갈 듯' 살아나지 않는다. '정'과 '경'이 마치 두 개의 거울이 서로를 비추듯 혼융되었을 때 무한한 상승효과가 일어난다. '양경상입'兩鏡相入은 잠삼의 「가지

중서사인의 '대명궁 아침 조회'에 삼가 화답하며奉和中書舍人賈至早朝大明宮」의 평어에 나오는 '양경취영兩鏡取影'과 같은 개념으로, 용어 속에 거울과 그림자란 말은 존재 자체가 아니면서 존재를 간접적으로 나타낸다. '두 개의 거울'兩鏡은 하늘의 거울과 인간의 거울을 가리키며, '서로를 비춘다相入'는 주체와 객체가 서로 의지하며 서로를 드러낸다는 뜻이다. 이는 곧 사람의 정감과 정신을 대자연의 무한한 모습을 빌려 곡진하게 드러냈다는 뜻이 된다. 그 결과 시가 만들어낸 정경 속에서 시적 화자는 고정되지 않게 된다. 즉 이 시에서 '그대君', '이내 몸是妾', '비단 휘장'羅幃이란 말에서 아내가 시적 화자가 된 사실을 알 수 있지만, 다른 한편 이 모든 걸 출정 나간 남편이 자신의 아내가 그렇게 하고 있으리라 상상한 것으로도 읽을 수 있다. 제1구의 "연 땅에 봄풀이 실처럼 푸를 때"는 명백히 남편의 시각이기 때문이다. 이처럼 왕부지는 화엄의 가장 높은 경계인 '사사원융事事圓融'의 경계를 시학에 응용하여 정情으로 만물의 경景을 모으는 현상을 표현하였다. 그러므로 시적 공간이란 천지간에 자연스럽게 놓여 있으며 시인은 그저 이를 줍기만 하면 되는 것이다. 왕부지가 보는 시의 최고 경지이다.

送張舍人之江東[313]　　　강동으로 가는 장 사인을 보내며

　張翰江東去,[314]　　　　장한張翰이 강동으로 갈 때

313　張舍人(장사인) : 미상. 사인은 군주나 태자를 근시(近侍)하는 직책이다.
314　張翰(장한) : 서진 때 오군(吳郡) 사람. 낙양에 있을 때 제왕(齊王) 사마경(司馬

正值秋風時.　　　　　마침 가을바람이 부는 시절.

天淸一雁遠,　　　　　맑은 하늘에 기러기 한 마리 멀리 날고

海闊孤帆遲.　　　　　넓은 바다에 돛단배 하나 느리게 가는구나.

白日行欲暮,　　　　　해는 저물어 가는데

滄波杳難期.　　　　　창파는 아득하여 기약하기 어려워라.

吳洲如見月,³¹⁵　오 땅에서 만약 달을 보거든

千里幸相思.　　　　　다행히 천리 멀리 서로를 생각하리.

【왕평】

이백의 시를 읽으면 풍채와 모습은 화장에서 오는 것이 아님을 깨닫는다. 온정균과 양억楊億은 격에 맞지 않고 믿음이 가지 않는다.

'맑은 하늘에 기러기 한 마리 멀리 날고[天淸一雁遠]'는 '큰 강은 밤낮으로 흐르고[大江流日夜]'와 '물가 언덕에 나뭇잎 떨어지고[亭皐木葉下]'와 함께 절로 신선의 기운을 띠고 있다. 가도의 '낙엽이 장안에 가득하네[落葉滿長安]'는 대구 흉내를 냈을 뿐이니, 재주가 없으면서 재주가 있는 척했으니 하늘을 속인 게 아니겠는가?

讀太白詩乃悟風華不由粉黛, 溫飛卿, 楊大年殊郞當不俚賴.

"天淸一雁遠"與"大江流日夜"³¹⁶ "亭皐木葉下",³¹⁷ 自挾飛仙之氣. 賈島"落

岡)의 동조연(東曹掾)으로 초빙을 받았으나 가을바람이 불자 오 지방의 순채국과 농어회가 생각나 벼슬을 그만두고 귀향한 일이 유명하다. 『세설신어』「식감(識鑑)」 참조.
315　吳洲(오주) : 오 땅의 모래톱.

葉滿長安”, 妝排語耳. 無才而爲有才, 欺天乎?

【해설】

친구와 헤어지는 아쉬운 마음을 표현하였다. 성씨가 같은 장한을 등장시켜 장 사인 또한 장한과 마찬가지로 소탈함을 환기시켰다. 비록 이별이 아쉽지만 낙관적인 정서가 가득하며, 말미의 2구에서 떨어져 있어도 서로를 잊지 말자고 하였다.

왕부지는 이백의 시는 인위적인 수식 없이 썼기에 뛰어나다고 하였다. 그것은 마치 풍채와 미모가 '화장에서 오는 게 아닌[不由粉黛]' 것과 같다. 이백 시에 대한 평에서 종종 '본래의 면모[本色]'란 말을 썼는데 바로 이 뜻이다. 조탁을 하지 않으면서 청신자연淸新自然의 '정'과 '경'이 펼쳐진다. 예시한 사조謝朓와 유운柳惲의 시구도 마찬가지이다. 이러한 시인이 진정한 시인이다. 이러한 시각에서 보면 온정균, 양억, 가도 등의 시는 작위적이다.

---

316 사조(謝朓), 「잠시 사신으로 도성에 갈 때 밤에 신림을 떠나 도성에 이르러 — 형주의 동료에게 주며(暫使下都夜發新林至京邑贈西府同僚)」의 제1구이다.
317 유운(柳惲), 「다듬이질(擣衣詩)」의 제11구이다.

蘇武[318]   소무

  蘇武在匈奴,   소무蘇武는 흉노 땅에 있으면서

  十年持漢節.[319]   십여 년 동안 한나라 부절을 들고 다녔지.

  白雁上林飛,[320]   흰 기러기 상림원으로 날려 보내

  空傳一書札.   편지 한 통 부질없이 전하려 했었지.

  牧羊邊地苦,   양을 치며 변방의 고생을 다 하였으니

  落日歸心絶.   해가 지면 돌아갈 희망조차 끊어졌다네.

  渴飮月窟冰,[321]   목이 말라 달이 지는 서역의 얼음을 먹고

---

318 蘇武(소무) : 서한 때 명신. 자(字)는 자경(子卿). 한 무제 때인 기원전 100년 중
     랑장의 직책으로 흉노에 사신으로 갔다가 억류되었다. 소무가 북해(北海)로 추
     방되어 양을 기르면서도 언제나 부절을 들고 다녔기에 부절의 털이 모두 닳아져
     빠졌다. 다음해인 기원전 99년 이릉이 싸움에 패해 흉노에 항복하였다. 이릉과
     소무는 원래 함께 시중(侍中)의 직책에 있었으므로 흉노의 선우는 이릉을 시켜
     소무가 항복하도록 하였다. 이릉과 여러 날 연회를 가졌지만 소무는 항복하지
     않았다. 어쩔 수 없이 소무는 19년 동안 살았고, 이릉은 선우의 사위가 되어 우교
     왕(右校王)이 되었다. 그 후 소제(昭帝)가 즉위한 후 한나라는 흉노와 화친을 맺
     게 되어 기원전 81년 소무는 비로소 한으로 돌아갈 수 있게 되었다. 이때 이릉은
     소무를 위해 일어나 춤을 추며 노래했다.『한서』「소무전(蘇武傳)」과「이광 소
     건 전(李廣蘇建傳)」참조.
319 漢節(한절) : 한나라 사신의 부절(符節). 부절은 사신을 나타내는 표시이다.
320 上林(상림) : 상림원(上林苑). 한대 황가 정원으로 지금의 서안시 서쪽 교외의 주
     지현(周至縣)에서 종남산 사이에 소재했다. 소제(昭帝)가 흉노와 화친하면서 소
     무 등을 송환해줄 것을 요구하자 흉노는 소무가 이미 죽었다고 거짓말을 하였다.
     한나라 사신이 흉노에 갔을 때 소무의 부하 상혜(常惠)가 계책을 내놓았다. 한나
     라 천자가 상림원(上林苑)에서 사냥할 때 기러기를 잡았는데 그 발에 소무 등이
     어느 지방에 있다고 쓴 비단 편지가 묶여 있었다고 말하라는 것이다. 사신은 상
     혜의 계책대로 말하니 선우가 놀라서 소무가 실은 살아 있다고 실토하였다.『한
     서』「소무전」참조.
321 月窟(월굴) : 전설 속에 나오는 지명으로, 달이 져서 머무는 곳. 곧 서방의 끝. 양

飢餐天上雪.[322] 배가 고파 천산 위에 내리는 눈을 먹었다네.

東還砂塞遠, 동으로 돌아가는 사막의 길은 멀고 먼데

北愴河梁別.[323] 북쪽을 향해 슬퍼하며 다리 위에서 이별하였네.

泣把李陵衣, 흐느끼며 이릉李陵의 옷을 붙잡고

相看淚成血.[324] 마주 보며 흘리는 눈물은 피가 되었네.

【왕평】

영사시는 역사를 노래하는 것으로, 노래로 '내재적 맥락神理'을 쓰기에, 듣는 사람이 그 슬픔과 기쁨을 일으킨다. 시에 논찬을 가하면 더이상 시가 되지 않으니, 하물며 그 문체에 있어서랴. "장자방이 아직 호랑이처럼 포효하기 전子房未虎嘯"과 같은 시편은 마치 익양강弋陽腔의 잡

웅(揚雄)의 「장양부(長楊賦)」에 "서쪽으로 달이 지는 월굴을 넘고, 동으로 해가 뜨는 일역을 진동시켰다(西逾月窟, 東震日域)"는 구절이 있다.

322 天上(천상) : 천산(天山)의 위. 천산은 지금의 신강 위구르자치구 경내에 있는 산. 산에는 일 년 내내 눈이 덮여 있어 설산(雪山) 또는 백산(白山)이라고도 한다. 소무가 양을 친 곳은 이곳이 아니다. 이백은 개략적인 위치를 말하였다.

323 河梁(하량) : 다리. 『문선』에 실린 이릉(李陵)의 「소무에게(與蘇武)」 제3수에 "손잡고 다리 위에 오르니, 날 저무는데 나그네는 어디로 가는가? 좁은 길 위에서 걸음을 옮기지 못하고, 서글퍼 차마 잘 가라는 말도 못하네(携手上河梁, 遊子暮何之? 徘徊蹊路側, 悢悢不能辭)"라는 구절이 있다. 이릉의 이 시는 진위 문제가 있지만, 시의 내용을 따른다면, 흉노 땅에서 이릉이 한나라로 돌아가는 소무와 작별한 곳은 다리 위이다.

324 淚成血(루성혈) : 눈물이 피가 되다. 이릉의 「소무에게 답하는 편지(答蘇武書)」에 "이것이 저 이릉이 하늘을 우러러 가슴을 치며 피눈물을 흘리는 이유입니다(此陵所以仰天椎心而泣血也)"는 구절이 있다.

극雜劇에서 대정大淨으로 분장하고 나온 것과 같아 속인의 눈에는 잘 들어온다. 그러나 이 「소무」 시는 겉으로 드러나지 않지만 깊은 울림이 있다. "거대한 소리는 들을 수 없다大音希聲"는 말의 내력은 오래되었다.

詠史詩以史爲詠, 正當於唱歎寫神理, 聽聞者之生其哀樂. 一加論贊, 則不復有詩用, 何況其體? "子房未虎嘯"[325]一篇如弋陽雜劇, 人妝大淨, 偏入俗眼, 而此詩不顯. 大音希聲, 其來久矣!

【해설】

서한 때 흉노에 사신으로 갔다가 억류된 소무의 역경과 이릉과의 이별을 그렸다. 소무에 대해서는 어떠한 포폄도 가하지 않고 그의 고난과 친구 이릉과의 정을 나타내었다.

왕부지는 시는 순간적으로 일어난 직접적인 감수를 쓰기에 다의성을 가진다고 하였으며, 때문에 시에 의논議論의 요소는 들어와선 안 된다고 하였다. "당송 시인들은 '이'理에서 기이함을 구했기에, 의론은 있되 가영歌詠은 없어졌으니, 어찌하여 차라리 시를 버리고 논변을 쓰지 않는가唐宋人於理求奇, 有議論而無歌詠, 則胡不廢詩而著論辨也!"라고 비판하였다. 때문에 영사시詠史詩는 역사 인물에 대한 포폄을 하거나 논찬을 하기 쉬운데, 이리되면 시적 요소가 사라져버리게 되는 것이다. 때문에 영사시역시 노래唱歎인 점을 의식하여 '내재적 맥락神理'을 가져야 듣는 사람

---

325 子房(자방) 구 : 이백이 쓴 「하비 이교를 지나며 장자방을 그리다(經下邳圯橋懷張子房)」를 가리킨다.

이 슬픔과 즐거움을 일으킨다고 하였다. 그렇지 않고 논찬을 가하면 마치 익양강弋陽腔의 잡극에서 대정大淨이 과장된 검보臉譜를 하고 나오는 것과 같이 속인의 눈에만 들 뿐이라고 하였다.

下終南山過斛斯山人宿置酒[326]

종남산을 내려와 곡사 산인의 집에 들러 묵으며, 술자리를 차리고

暮從碧山下,	저물녘에 푸른 산을 내려가니
山月隨人歸.	산의 달이 나를 따라 내려오는구나.
却顧所來徑,[327]	내려온 산길을 되돌아보니
蒼蒼橫翠微.[328]	파르스름한 취미翠微가 걸려 있구나.
相攜及田家,	함께 손잡고 농가에 이르니
童稚開荊扉.	아이들이 사립문을 열어주네.
綠竹入幽徑,	녹색의 대나무가 그윽한 느티나무로 이어지고
靑蘿拂行衣.[329]	파란 겨우살이가 행인의 옷을 붙드네.

---

326 終南山(종남산) : 태일산(太一山). 지폐산(地肺山), 중남산(中南山), 주남산(周南山) 등으로 불리며, 일반적으로 남산(南山)이라고도 한다. 지금의 섬서성 서안시 남쪽 교외에 있는 산으로, 서쪽 감숙성에서 동쪽으로 하남성까지 이어지는 진령산맥(秦嶺山脈)의 일부이다.
　　過(과) : 들르다. 방문하다.
　　斛斯山人(곡사산인) : 곡사라는 복성(複姓)을 가진 은사(隱士). 행적은 미상.
327 却顧(각고) : 머리 돌려 바라보다.
328 翠微(취미) : 산 중턱의 깊은 곳에 낀 파르스름한 기운. 『이아(爾雅)』에 "산의 정상 아래를 취미라 한다(山未及上, 翠微)"고 했다. 여기서는 푸른 산을 가리킨다.
329 靑蘿(청라) : 여라(女蘿) 또는 송라(松蘿)라고도 한다. 소나무겨우살이. 이끼류 식물로 주로 소나무에 기생하는데, 줄기와 가지에 붙어 황록색의 실 모양으로

歡言得所憩,[330]	쉴 만한 좋은 곳을 얻어 즐거이 환담하고
美酒聊共揮.[331]	맛있는 술로 함께 술잔을 들어라.
長歌吟松風,[332]	노랫소리에 솔바람 소리가 서로 울리고
曲盡河星稀.[333]	곡이 끝나니 은하수 별들이 드물어졌구나.
我醉君復樂,	나는 취하고 그대 또한 즐거우니
陶然共忘機.[334]	즐거이 함께 세속의 명리를 잊노라.

【왕평】

청광淸曠한 가운데 영기英氣가 없다. 도연명을 본떠서는 안 될 것이다. 이 작품으로 맹호연을 보면 이 시야말로 '진정한 산인의 시[眞山人詩]'이다.

淸曠中無英氣, 不可效陶. 以此作視孟浩然, 眞山人詩爾.

【해설】

저녁에 친구를 찾아가 술을 마시며 "즐거이 함께 세속의 명리를 잊

주렁주렁 매달린다.
330 所憩(소게) : 쉬는 장소.
331 揮(휘) : 잔에 남은 술을 털어서 버리다. 『예기』「곡례(曲禮)」의 "옥잔에 술을 마시는 사람은 남은 술을 털어서 버리지 않는다(飮玉爵者弗揮)"는 말에서 유래하였다. 여기서는 술을 마시다.
332 松風(송풍) : 솔바람소리. 악부의 금곡(琴曲)에 있는 「풍입송(風入松)」을 가리키기도 한다. 여기서는 두 가지 의미를 환기하는 쌍관어로 쓰였다.
333 河星(하성) : 은하수의 별들.
334 陶然(도연) : 술이 거나하게 취한 모양. 또는 기뻐하는 모양.
　　忘機(망기) : 기심(機心)을 잊다. 세속의 이해득실을 헤아리지 않는 광달(曠達)하고 담백한 마음.

는”정경을 묘사하였다. 고요한 산빛과 소박한 전원 속에서 친구와 더불어 술 마시고 노래하는 진솔한 즐거움이 한담閑澹하다.

왕부지는 이 작품으로 전원시를 쓴 도연명의 작품과 비교하였다. “청광淸曠한 가운데 영기가 없다淸曠中無英氣!”는 것은 이백은 청광淸曠만 있을 뿐인데, 도연명은 청광淸曠과 함께 영기英氣가 모두 있다는 뜻이다. 여기에서 영기英氣는 ‘호매함’ 또는 ‘호방함’이란 뜻으로, 시가 가져야 하는 ‘온유돈후’에서 벗어난 것이므로 부정적인 뜻으로 사용되었다. 때문에 “도연명을 본떠서는 안 될 것不可效陶”이라고 하였다. 영기英氣를 배제한 청광淸曠이야말로 진정한 시의 정신이라는 것이다. 여기에서 더 나아가 맹호연의 작품과 비교하였는데, “맹호연의 시는 열에 아홉은 편협한데, 편협하기에 종이 가득 ‘산인기[山人氣]‘가 있다孟浩然詩十九失之褊, 褊則滿紙皆山人氣”『명시평선』권4고 하며 “종종 ‘정’과 ‘경’이 나뉘어 있고, 격법格法에 구속되고, 전개에 생기가 없기에往往于情景分界處, 爲格法所束, 安排無生趣”「동정호를 바라보며 장구령 승상께 드림」 평어 그의 시는 ‘진정한 산인의 시眞山人詩’라고 할 수 없다고 했다. 오히려 곡사산인斛斯山人에 대한 이백의 이 작품이야말로 ‘진정한 산인의 시眞山人詩’라는 것이다. 이백의 이 작품에 대한 정면의 서술과 함께, 도연명과 맹호연과의 차이도 서술함으로써 이 작품의 특징을 명확히 드러내었다.

속에 지내는 자신의 처지와 은거에 대한 지향을 말했다.

왕부지의 "운필이 평하다"는 말은 구성이 높은 수준으로 고르게 통합되었다는 뜻이다. 평이한 언어 속에 높은 정신 세계와 독창적인 경지를 응축하였다고 평하였다. 한산이 돌벽을 가르고 들어가 흔적도 없이 사라지듯, 이백의 예술적 성취는 남의 모방을 허용하지 않는 독창적이고 절대적인 경지에 도달하였다고 찬양하였다.

<table>
<tr><td>上三峽³⁴²</td><td>삼협을 거슬러 오르며</td></tr>
</table>

巫山夾靑天,[343]	무산이 양쪽에서 푸른 하늘을 끼고 있어
巴水流若茲.[344]	파수가 그 사이를 빠르게 흘러간다.
巴水忽可盡,	파수는 문득 다할 수 있지만
靑天無到時.	푸른 하늘은 오를 수가 없구나.
三朝上黃牛,[345]	사흘 아침 내내 황우협을 오르지만

---

342 三峽(삼협) : 중경시에서 호북성에 장강을 따라 걸쳐 있는 3개의 협곡인 구당협(瞿塘峽), 무협(巫峽), 서릉협(西陵峽)의 총칭. 전체 길이는 193㎞이나, 이 가운데 협곡만을 친 구간은 약 97㎞이다. 삼협의 연안에는 명승고적이 많은데, 예컨대 백제성(白帝城), 석보채(石寶寨), 장비 사당(張飛廟), 선녀봉(仙女峰), 고당관(高唐觀), 자귀(秭歸) 굴원 생가(屈原故里), 향계(香溪) 소군 생가(昭君故里) 등이다.

343 巫山(무산) : 삼협의 중간 지역인, 중경시와 호북성 사이에 있는 산. 무협(巫峽)이라고도 한다.

344 巴水(파수) : 삼협을 지나가는 장강. 강이 지나가는 곳이 삼파(三巴 : 파군, 파동, 파서) 지역이므로 이름 붙여졌다. 고대의 기록에선 파(巴)자 모양으로 세 번 휘도는 강이라 하였는데 이는 지금의 가릉강(嘉陵江)을 가리킨다.

345 黃牛(황우) : 산 이름. 황우협(黃牛峽)이라고도 한다. 호북성 의창시 서쪽 45㎞쯤 떨어진 장강 남안에 있다. 산 위에 늘어선 봉우리의 모습이 마치 신선이 소를

三暮行太遲.　　　　　　사흘 저녁 내내 황우협에 있구나.

三朝復三暮,　　　　　　사흘 아침에 또 사흘 저녁

不覺鬢成絲.[346]　　　　어느 사이 귀밑머리 하얗게 세었네.

【왕평】

낙필落筆이 모두 신묘하다. 원히袁嘏는 "시는 잡아두어야 하니 그렇지 않으면 곧 날아가 버린다"고 하였다. 이백이 아니라면 이를 감당하지 못하니, 진정한 『시경』이요, 진정한 「고시십구수」이다. 원래 이반룡과 왕세정도 알지 못하거늘 하물며 종성鍾惺과 담원춘譚元春이 어찌 알겠는가?

落卸皆神. 袁淑[347]所云 : "須捉著, 不爾便飛者." 非供奉不足以當之, 眞『三百篇』, 眞「十九首」, 固非曆下, 琅琊所知, 況竟陵哉?

【해설】

삼협의 험난함과 거슬러 오르기 어려움을 형용하였다. 민요풍의 과장과 비약이 돋보인다. 현대 학자들은 일반적으로 759년 봄 야랑夜郎

끌고 가는 모습이다. 예전에 이곳은 강물이 구비 돌고 물살이 급하여 나무배로 강을 거슬러 여러 날을 올라도 여전히 황우산을 벗어나지 못하였다고 한다. 민요에 "아침에도 황우산을 보고, 저녁에도 황우산을 보네. 사흘 아침 사흘 저녁 황우산이 그대로네(朝見黃牛, 暮見黃牛. 三朝三暮, 黃牛如故)"라는 구절이 있다.

346 鬢(빈) : 귀밑머리.
　　絲(사) : 흰색.
347 袁淑(원숙) : 『시품(詩品)』에 원하(袁嘏, ?~497)의 말로 적혀있는데, 왕부지가 원숙(袁淑, 408~453)으로 잘못 적었다.

으로 유배되어 가는 도중 삼협을 거슬러 오르며 쓴 시로 본다.

왕부지는 각 구의 낙필이 모두 신묘하다고 하였다. 원하의 "시는 잡아두어야 하니 그렇지 않으면 곧 날아가 버린다."는 말은 붙잡아두지 않으면 사라질 듯 그렇게 생동적이고 그렇게 표일하다는 뜻일 것이다. 진정의 토로와 시적 영감은 순식간에 왔다가 사라지므로 가까이 어른거릴 때 언어의 투망을 던져야 한다. 『시경』과 「고시십구수」가 모두 순수한 정감의 토로이다.

秋夕書懷	가을밤 회포를 쓰다
北風吹海雁,	북풍이 불자 바다 기러기는
南渡落寒聲.	남으로 건너가다 차가운 울음을 운다.
感此瀟湘客,	이를 들은 소상의 나그네
淒其流浪情.	유랑하는 마음이 더욱 쓸쓸하다네.
海懷結滄洲,[348]	바다같이 넓은 물가에서 창주를 그리워하고
霞想遊赤城.[349]	멀리 상상하며 적성산을 노닐 생각을 하네.
始探蓬壺事,[350]	봉래산을 찾아가려고 알아보기 시작하니
旋覺天地輕.	비로소 천지가 가볍다고 깨닫는다.

348 滄洲(창주) : 원래 강가 또는 바닷가라는 뜻이나, 일반적으로 은사가 지내는 곳을 가리킨다.
349 霞想(하상) : 遐想(하상)과 같다. 멀리 생각하다.
　　赤城(적성) : 적성산. 지금의 절강성 천태산 북쪽에 소재. 흙이 모두 붉은색이며 그 모습이 노을 같아 멀리서 보면 성벽처럼 보이기에 이름 붙여졌다.
350 蓬壺(봉호) : 봉래(蓬萊). 신선이 산다는 바다 가운데 있는 섬의 이름.

澹然吟高秋,	담담히 높은 가을을 읊고
閑臥瞻太淸.[351]	한가히 누워 태청을 바라본다.
蘿月掩空幕,	여라 사이 달빛이 빈 장막을 비추고
松霜結前楹.	솔숲의 서리가 앞 기둥에 응결되었네.
滅見息群動,	등불 끄고 둘러보니 만물이 쉬고 있는데
獵微窮至精.[352]	정미함을 탐구하며 지극히 순수한 진리를 찾는다.
桃花有源水,	도화원에는 강물의 근원이 있어
可以保吾生.	나의 생을 보전할 수 있다네.

【왕평】

두보가 이백에게 준 시에 "이백에겐 좋은 구가 있어, 종종 음갱과 비슷하다."는 말이 있는데 바로 이와 같은 작품을 말한 것이다. 송대 사람들은 이를 모르고, 함부로 같고 다른 점을 논했으니, 음갱과 비슷해지기가 어찌 쉽겠는가?

순수하고 좋은 것이 음갱보다 낫다.

杜贈李詩云 : "李侯有佳句, 往往似陰鏗." 正謂此等. 宋人不知, 橫生異同, 陰鏗豈易似耶?

---

351 太淸(태청) : 하늘. 도교에서 말하는 옥청(玉淸), 상청(上淸), 태청(太淸)의 세 하늘 가운데 가장 높은 하늘.

352 至精(지정) : 지극히 순수한 것. 『장자』「추수」에 "지극한 정기는 형체가 없다(至精無形)"는 말이 있다.

純好勝陰.

【해설】

　가을날에 소상 지역을 떠돌다 은거를 생각하였다. 제3구에서 소상에 있다고 한 것으로 보아 야랑으로 유배되었다가 사면을 받아 돌아오는 중 호남 지역에서 지은 것으로 보인다. 그 시기는 759년으로 본다.

　왕부지는 음갱의 시와 비교하였다. 음갱은 남조의 양진梁陳 때 활동한 시인으로, 주로 서경敍景에 있어 신선한 시구를 많이 지었으며, 제량 시기까지의 회삽한 어조를 밝게 만들어 당시唐詩의 길을 열었다는 평을 받는다. 현재 『음상시집陰常侍集』에는 시 34수가 남아있다. 왕부지는 송대 말기 마단림馬端臨이 『문헌통고文獻通考』에서 "지금 살펴보건대 음갱이 이백과 비슷한 점은 보지 못하였다. 이백은 본래 비슷하기 쉽지 않다今考之, 未見鏗之所以似太白者. 太白固未易似也"는 말을 염두에 두고 이를 뒤집어서 "음갱과 비슷해지기가 쉽지 않다陰鏗豈易似耶?"고 강조하였다. 사실 역대로 음갱의 시에 대한 평가는 고르지 않았고, '음하陰何'로 병칭되는 하손何遜에 비해서도 낮게 평가되는 경우가 많았다. 예컨대 원대 말기 송렴宋濂은 "음갱은 얕고 쉬움과 관련된다陰子堅涉於淺易"고 부정적인 어조로 평하였고, 명대 호응린胡應麟은 하손이 충담하고 여운이 있는데 비해 "음갱은 다만 예쁜 말을 쓸 줄 안다"고 하였고, 청대 왕사정王士禎도 "음갱은 시문이 번잡하여 그 이름이 부끄럽다子堅蕪累, 愧其名也"며 하손과 서릉에 미치지 못한다고 하였다. 청대 이조원李調元은 음갱이 조탁하였기에 두보 일파를 선도하였다는 의견까지 내고 있다. 때문에 음갱이 이백에 미친 영향에 대해서도 회의적인 경우가 많았고, 두보가 이백을 음갱과 비슷하다고 한 것은 일종의 조롱이라고 보는 의견도 있다. 두보가 이백에게 증정한 다른 시에서는 "청신이라 하면 유신이요, 준일이라 하면 포조라清新庾開府, 俊逸鮑參軍"고 하여 역시 이백을 유신과 포조 아래에 두고 있다. 그러나 두보가 음갱, 유신, 포조 등을 존경한 예가 그의 다른 시에서도 보이기에 이백을 조롱한 말로 볼 수는 없다. 또 음갱의 현존하는 시에서 이백 시와 유사한 구법, 어휘, 의경을 어느 정도 찾아볼 수 있다. 왕부지는 이 시를 '순호純好'라 평했는데, 그의 평어에서 말하는 혼박渾樸하고 순정純淨하다는 말과 같이 구성의 통합성을 가리킨다. 장구령의 「감우」의 평어에서 말했듯이 "시가 순정할 수 있어야 절묘한 경지에 들어간다.詩惟能淨, 斯以入化."고 하였다. 왕부지는 고시의 미학을 높이 쳤기에 음갱을 높이 쳤고, 이백이 음갱을 수용하면서 그보다 더 높이 이루었다고 보았다.

春日獨酌	봄날 홀로 술 마시며
東風扇淑氣,[353]	동풍이 맑은 기운을 일으키니
水木榮春暉.	봄 햇살 아래 물가의 숲이 무성하구나.
白日照綠草,	밝은 해가 녹색 풀을 비추고
落花散且飛.	떨어지는 꽃이 흩어져 날리네.

353 淑氣(숙기) : 온화한 기운, 또는 아름다운 기운.

孤雲還空山,　　　　한 조각 구름은 빈산으로 돌아가고

衆鳥各已歸.　　　　뭇 새들은 각자 제 둥지로 돌아가네.

彼物皆有托,[354]　　저들은 모두 머물 곳이 있는데

吾生獨無依.　　　　나만 의지할 곳 없구나.

對此石上月,[355]　　이 바위 위의 달을 마주하고

長歌醉芳菲.　　　　길게 노래하며 녹음방초에 취하노라.

【왕평】

유신과 포조로 도연명을 썼으니 더욱 '내재적 맥락[神理]'이 있다. "나만 의지할 곳 없구나吾生獨無依"는 우연히 느낌이 일어난 것이니, 앞뒤로 각화하지 않아도 이 구와 관련이 맺어진다. 이는 또 신神과 합쳐졌을 뿐 형상에서 취한 게 아니니, "옥합에 바닥과 뚜껑이 있다"는 설은 법칙으로 세우기 부족하다!

以庾, 鮑寫陶, 彌有神理.

"吾生獨無依"偶然入感, 前後不刻畵, 求與此句爲因緣. 是又神化冥合, 非以象取, 玉合底蓋之說, 不足立以科禁矣!

354　彼物皆有托(피물개유탁) : 도연명의 「가난한 선비를 노래함(詠貧士)」 시에 "만물은 저마다 의탁할 곳이 있건만, 외로운 구름만은 홀로 의지할 곳이 없구나(萬族皆有托, 孤雲獨無依)"라는 구절이 있다.

355　石上月(석상월) : 사령운의 「석문 바위 위에서 자며(石門巖上宿)」 시에 "날 저물면 구름 낀 산으로 돌아와 잠들고, 바위 위에 비친 달을 희롱하며 노니네(暝還雲際宿, 弄此石上月)"라는 구절이 있다.

봄날의 흥취를 썼다. 봄빛이 완연한 가운데 자신만이 의지할 곳이 없다는 뜻을 드러내었다. 제목에서 술을 마신다고 하였지만 술과 관련된 말은 말구에서 간접적으로 나타냈을 뿐이다.

'유신과 포조로 도연명을 썼다以庾, 鮑寫陶'는 것은 세 시인의 어휘와 풍격이 '내재적 맥락[神理]'으로 융합되었다는 뜻으로 보인다. 여기서 '옥합의 몸체와 뚜껑[玉合盒底蓋]'이란 비유를 사용하였는데, 옥합玉盒은 몸체또는바닥(盒底)와 뚜껑盒蓋이 상하로 결합하여 이루어지므로, 상부에 따라 하부를 만들거나 하부에 따라 상부를 만들어 서로 맞추어지도록 만들어야 한다. 또는 애초에 상부와 하부가 결합할 수 있도록 미리 구성하여 만든다. 이 말은 만당 시인 유소우劉昭禹가 "구를 생각할 때는 옥합에 바닥이 있으면 반드시 뚜껑이 있는 것과 같이 찾아야 하니, 마음을 기울여 구하면 반드시 그 보배를 얻을 것이다覓句若掘得玉盒子, 底必有蓋, 但精心求之, 必獲其寶"라고 한 말에서 나온다.『당시기사』권46 이처럼 시문도 미리 계획하여 제작하는 것을 비유한다. 육조 이후『북당서초』,『예문유취』,『초학기』등 유서類書가 편집되어 전고와 어휘를 수집하여 여러 가지 방식으로 분류하고 대비하여 시를 지을 때 대우對偶를 쉽게 사용할 수 있도록 하였다. 이렇게 사전에 계획된 전고와 어휘에, 구성도 '기-승-전-결'의 틀을 펼쳐 '전경후정前景後情' 등의 방식으로 채워 넣는다면 진정한 감흥은 사라지고 없을 것이다. 이 시는 겉으로 보기엔 대우가 잘 되어 있어 시인이 의식적으로 만든 것 같다. 그러나 왕부지가 보기에는 시인이 봄날의 만물이 모두 자신의 자리에 있음을 보고 떠도는 자신의 처지가 촉발되어 "나만 의지할 곳 없구나吾生獨無依"라 탄식하면서 터져나온 것으로 전후로 구들이 우연히 나열되었다고 보았다. 때문에 '옥합의 몸체와 뚜껑[玉合底蓋]'처럼 시구를 짜맞추어 나열한 것이 아니라고 하였다.

두보杜甫 19수

遣興 四首	마음을 달래며 4수

제1수

蓬生非無根,	쑥대는 뿌리가 없는 것도 아닌데
飄蕩隨高風.	바람에 따라 이리저리 떠돈다네.
天寒落萬里,	날씨가 추울 때 만리 멀리 떨어져
不復歸本叢.	다시는 자란 곳으로 돌아가지 못하네.
客子念故宅,	나그네가 고향 집을 생각하니
三年門巷空.	삼 년이 지난 지금 문과 골목이 텅 비었으리.
悵望但烽火,[356]	다만 슬프게 바라보는 건 봉홧불
戎車滿關東.[357]	병사 실은 수레가 관동에 가득하다.

---

356 悵望(창망) : 슬퍼하며 멀리 바라보다.
357 關東(관동) : 함곡관(函谷關) 또는 동관(潼關)의 동쪽.

生涯能幾何?　　　　사람의 생애가 얼마나 산다고

長在羈旅中.　　　　오래도록 길 위에 있는가?

【왕평】

글을 짓되 지나침이 없으니, 단지 이 정도로 슬픔을 표현해도 충분하다. 어찌 "사람은 적고 호랑이는 많아人少虎狼多", "철없는 딸은 배고프다고 나를 물어뜯는데癡女飢咬我", "신음하며 또 피를 흘리는구나呻吟更流血"라고 해야 슬프겠는가? 게다가 그런 저속하고 폭력적인 말들이 어찌 이 시의 맑고 절제된 범위를 벗어날 수 있겠는가?

結撰不淫, 只如此寄哀已足. 何用"人少虎狼多", "癡女飢咬我", "呻吟更流血"而後爲悲哉?[358] 且彼諸惡憞語, 又豈能出此圈續邪?

【해설】

전란 중에 오래도록 가보지 못한 고향을 그리워하였다. 첫머리 4구는 쑥대를 통해 고향을 떠난 자신의 처지를 환기하였다. 758년 가을 화주華州에서 근무할 때 지었다.

왕부지는 시에서 비흥의 방식을 중시 여겼다. 반면에 예시한 두보의 시구와 같이 '저속하고 폭력적인 말惡憞語'에에 대해서는 직설적이라 하

358　세 구는 모두 두보가 지은 시구로, 「당계와 헤어지며, 예부시랑 가지(賈至)에 부치다(別唐十五誠, 因寄禮部賈侍郞)」, 「팽아의 노래(彭衙行)」, 「북정(北征)」에서 각각 나왔다.

여 부정적인 태도를 보였다. 이는 온유돈후를 중시하는 전통적인 시관
詩觀에 대치되기 때문이다. 지금 이 시에서 표현하는 정도의 수준으로
충분하니, 평어에서 예시한 시구들과 같이 더 이상 적나라하면 온유돈
후한 미감을 잃으므로 부정하였다.

제2수

昔在洛陽時,	예전에 낙양에 있을 때
親友相追攀.	친구들과 어울리며 서로를 찾아다녔지.
送客東郊道,	동쪽 교외로 통하는 길에서 친구를 떠나보내며
遨遊宿南山.[359]	남산에서 자며 놀았었지.
煙塵阻長河,	전란의 먼지가 황하를 가로막자
樹羽成皋間.[360]	성고成皋 지방에 깃발이 가득했지.
回首載酒地,	돌아보면 술을 싣고 놀던 곳
豈無一日還.	어찌 어느 날 돌아오지 않으랴.
丈夫貴壯健,	장부는 강건함을 귀하게 여기지만
慘戚非朱顏.	이미 홍안이 아니어서 침울하구나.

---

359 南山(남산) : 낙양의 남쪽에 있는 이궐산(伊闕山).
360 樹羽(수우) : 깃털로 장식한 깃발을 세우다.
　　成皋(성고) : 성고관(成皋關). 낙양의 동쪽에 있으며, 사수현(汜水縣) 동남 교외
　　에 있다. 당시 관군이 마침 업성(鄴城)을 공격하고 있었다.

【왕평】

완곡함이 신들린 듯한데, 바로 위진 시대를 직접 계승하였다. 고대의 시인이 직설적으로 쓴 말은, 세상 사람의 '뜻意'을 만족시키지 못한다. 직설적이면서 세상 사람의 '뜻意'에 영합하는 말은 원진과 백거이의 부박하고 비속한 말들이다.

宛折有神, 乃以直承魏晉上. 古人作一直語, 必不入人意中. 直而可以人意射得者, 元白之所輕俗也.

【해설】

전란으로 달라진 광경을 보고 친구들과 즐거웠던 날들을 떠올리며 그리워하였다. 그 사이 나이도 들어 설사 전란이 끝난다고 해도 예전 같지 않으리라 상상하여 슬퍼하였다. 758년 가을 화주華州에서 지었다.

제3수

下馬古戰場,	옛 전장터에서 말을 내려
四顧但茫然.[361]	사방을 둘러보니 다만 망연할 뿐이다.
風悲浮雲去,	바람은 슬픈 소리를 내고 구름이 흘러가고
黃葉墮我前.	누런 낙엽이 내 앞에 떨어진다.
朽骨穴螻蟻,	썩은 뼈는 개미의 집이 되었고
又爲蔓草纏.	또 넝쿨에 얽혀 있다.

---

361 茫然(망연) : 망연하다. 흐릿하고 무지하다.

故老行歎息,[362]　　　늙은 내가 ス 나가며 탄식하나니

今人尙開邊.[363]　　　지금 사람들은 영토 확장을 좋아한다네.

漢虜互勝負,　　　　한나라와 오랑캐는 이기기도 하고 지기도

　　　　　　　　　　하기에

封疆不常全.[364]　　　영토를 빼앗았어도 언제까지 지키지 못한다네.

安得廉頗將,[365]　　　어찌하면 염파 장군을 얻어

三軍同晏眠.[366]　　　삼군이 함께 편안히 잠잘 수 있을까.

【왕평】

그 풍도를 보고 그 구성을 더듬어 보면, 진실로 왕찬王粲보다 문채가 있고, 원숙袁淑보다 구성이 뛰어나다. 두보의 실패작[敗筆]이 아닌 작품은 원래 이와 같다. 송대 이후 '두보 배우기'에 나선 사람들은 그의 개와 말 그리기는 배우지 않고 그의 귀신 그리기를 배우니, 고금의 모든 사람이 하나같이 이를 추구하여 시를 쓰지만 배우기 어려운 개와 말 그리기는 쉽게 배우지 못하였다.

"바람은 슬픈 소리를 내고 구름이 흘러가니, 누런 낙엽이 내 앞에 떨어진다風悲浮雲去, 黃葉墮我前"는 고심하여 얻은 것이지만 고심한 흔적이 없다.

---

362 故老(고로) : 원로. 신하. 노인.
363 開邊(개변) : 전쟁으로 강역을 확장하다.
364 封疆(봉강) : 강토.
365 廉頗(염파) : 전국시대 조나라의 명장. 인상여(藺相如)와 문경지교를 맺은 일로 유명하다. 신평군(信平君)에 봉해졌다.
366 晏眠(안면) : 안면(安眠)과 같다. 편안히 잠자다.

觀其風矩, 尋其局理, 固當文于王粲, 章于袁淑. 杜陵未敗之筆, 固有如此.
宋以下學杜人, 舍其狗馬而學鬼魅,[367] 盡古今人求一爲之難者不易也.

"風悲浮雲去, 黃葉墮我前", 冥搜所得, 乃不著冥搜之容.

【해설】

전장터를 지나며 본 바를 적고 전쟁으로 공을 얻으려는 위정자를 비판하였다. "지금 사람들은 영토 확장을 좋아한다今人尙開邊"는 말에서 침략전쟁에 대한 선명한 비판을 읽을 수 있다. 758년 진주秦州에 있을 때 지었다.

왕부지가 두보를 보는 시각은 역대의 비평가들과 크게 다르다. 그가 중시한 것은 두보의 '침울돈좌'도 아니고, 강건한 이미지가 종횡으로 오가는 구성도 아니다. 왕부지는 "고심하여 얻은 것이지만 고심한 혼적이 없는" 평미平美하고 온후한蘊藉 점을 중시하였다. 역사적 연원은 왕찬과 원숙에서 찾았다. 왕부지가 보기에 송대 강서시파와 명대 복고주의를 중심으로 '두보 배우기'에 열중한 역대의 수많은 시인들은 두시의 진수인 평미平美와 온후함蘊藉은 배우지 않고 오히려 기이함을 배우려 했기에 실패했다고 보았다. 이렇게 왕부지는 역대의 '두보 배우기'는 무엇을 배우느냐는 점에서 제대로 된 길을 가지 못했다고 보았다.

---

367 舍其狗馬而學鬼魅(사기구마이학귀) : 한비자가 말한 "귀신을 그리는 건 쉽지만, 개와 말을 그리는 것은 어렵다(畵鬼容易, 畵犬馬難)"는 말을 이용하였다. 『한비자』「외저설좌상(外儲說左上)」 참조.

제4수

朝逢富家葬,	아침에 부자의 장송 행렬을 보았는데
前後皆輝光.	앞뒤로 모두 휘황하였다.
共指親戚大,	행인들이 모두 손으로 가리키며 친척이 많다 하고
緦麻百夫行.[368]	시마를 입고 따르는 자만 해도 백 명이었다.
送者各有死,	장송하는 사람도 언젠가는 각자 죽으니
不須羨其彊.	장송식이 성대하다고 부러워할 필요 없으리.
君看束縛去,	그대 보게나, 수의에 싸여 떠나가지만
亦得歸山岡.[369]	결국 산언덕 흙 속으로 돌아간다네.

【왕평】

묘사하는 곳마다 직서 위에 완곡함을 썼으니 진실로 응거應璩의 「백일시百一詩」의 여운을 잇기 족하다. 오언시가 여기에 이르러 하나의 경계를 이루었으니 화산華山의 세 봉우리에 사람이 오르려 해도 반걸음도 닿지 않았구나!

點染處, 寓婉于直, 良足嗣應璩「百一」之響, 五言至此一境界, 太華三峰, 絶人跬步矣!

---

368 緦麻(시마) : 상복 이름. 오복 가운데 가장 가볍다. 효복(孝服)은 세마포로 만드는데 관계가 비교적 먼 친척이 입는다.
369 山岡(산강) : 산언덕. 무덤을 가리킨다.

【해설】

　부자의 장송 행렬을 보고 감회를 썼다. 부자든 가난한 자든 죽는 데 있어서는 같으니 부자라 해서 부러워할 필요 없고 가난하다고 해서 슬퍼할 필요 없다. 759년 진주에서 지었다.

　삼국시대 위나라의 응거가 지은 「백일시」는 정치적 풍자와 세상살이에 대한 통찰을 담은 작품이다. 여기에는 인생의 유한함을 깨달은 노년의 화자가 세속의 사치와 탐욕을 날카롭게 비판한 내용도 들어 있다. 예를 들어 "삶의 길고 짧음은 정해진 때가 있어, 빠르거나 느리더라도 피할 길이 없다長短有常會, 遲速不得辭"라 하여 인간의 유한을 지적하거나, "꾸밈과 기교는 끝이 없고, 흙과 나무로 지은 집이 붉은빛으로 치장되어 있구나飾巧無窮極, 土木被朱光"라 하여 허영에 찬 세태를 풍자하였다. 왕부지는 두보가 이러한 전통을 이어받으면서도, 직서와 완곡이 어우러져 높은 경지를 이룩한 점을 칭찬하였다.

前出塞³⁷⁰ 二首	전출새 2수

제1수

| 送徒旣有長,³⁷¹ | 병사를 호송하는 관리가 있다면 |

370　前出塞(전출새) : 두보는 「출새(出塞)」라는 제목의 악부시를 두 차례에 걸쳐 썼다. 먼저 쓴 9수를 「전출새」라 했고, 나중에 쓴 5수를 「후출새」라 하였다. 「출새(出塞)」는 한대(漢代) 악부제로, 대부분 변방의 전쟁과 병사들의 노고를 내용으로 하고 있으며, 『악부시집』에서는 '횡취곡사(橫吹曲辭)'로 분류하였다. 당대에는 과거 시험 제목으로도 나왔기에 많이 지었다.
371　送徒(송도) : 무리를 보내다. 병사들을 호송하다.

遠戍亦有身.[372]　　　멀리 수자리에 가는 몸도 있다오.

生死向前去,　　　죽으나 사나 앞으로 나가야

不勞吏怒嗔.[373]　　　관리의 불같은 진노를 받지 않는다네.

路逢相識人,　　　길을 가다 아는 사람을 만나

附書與六親:[374]　　　육친에게 보낼 편지를 부탁하네.

"哀哉兩決絶,[375]　　　"아아 슬프구나, 양쪽 모두 영원히 헤어지니

不復同苦辛!"　　　다시는 함께 고생을 나누지 못하는구나!"

【왕평】

전적으로 고시에서 '운韻'을 얻었는데, 그 '운'은 다시 시작과 마무리 사이에 있고 자세함과 간략함 사이에 있다. 만약 한 방향으로 줄곧 가 버린다면 '정'을 표현할수록 천박해진다.

全于韻得古, 乃其得韻又在開合詳略之間, 若一往無餘, 愈入情愈鄙倍矣.

　　長(장) : 관리. 인솔자. 병사들을 호송하는 일은 일반적으로 정장(亭長) 또는 이정(里正)이 담당하였다.

372　身(신) : 자신을 가리킨다. 이 몸. 이 구에는 불평의 어조가 실려있다.

373　不勞(불로) : 남의 수고로움을 받지 않다. 입지 않다.

　　吏(리) : 관리. 제1구에서 말한 長(장).

　　嗔(진) : 성냄.

374　附書(부서) : 편지를 부탁하다.

　　六親(육친) : 여러 가지 설이 있으나 일반적으로 부, 모, 형, 제, 처, 자를 말한다.

375　兩(양) : 이쪽과 저쪽. 내쪽과 육친쪽.

　　決絶(결절) : 영원히 헤어지다.

【해설】

　전란에 민간에서 징발된 장정들이 행군하는 도중 받는 관리의 핍박과 고향에 편지를 부치는 상황을 서술하였다. 병사의 말투를 빌려 현장성과 절박감을 더하였다.

　왕부지는 “두보는 ‘고시의 운[古韻]’을 얻고, 이백은 ‘고시의 신[古神]’을 얻었다杜得古韻, 李得古神”고 했는데, 이 맥락에서 두보의 ‘운’이 작품의 처음과 마무리 사이에 고르게 놓여 있다고 말했다.

제2수

單于寇我壘,[376]	선우單于가 우리 진영을 침범하니
百里風塵昏.	백리에 걸쳐 먼지바람이 어두워라.
雄劍西五動,[377]	웅검雄劍을 서쪽으로 다섯 번 휘두르자
彼軍爲我奔.	적들은 우리가 무서워 달아나더라.
攜其名王歸,[378]	적의 왕을 사로잡고 돌아와

376　單于(선우) : 흉노의 왕. 여기서는 티베트의 왕을 가리킨다. 교하 지역은 티베트의 관할 영역이다.
377　雄劍(웅검) : 보검. 이 구와 관련된 전고는 두 가지이다. 하나는 춘추시대 오나라의 간장(干將)과 막야(莫邪) 부부가 주조한 검 가운데 하나이다. 그들은 웅검과 자검(雌劍)을 만들어, 웅검을 자검 속에 넣어두었더니 때때로 슬픈 울음소리가 났다고 한다. 다른 하나는 『월절서(越絶書)』의 기록으로, 초나라 왕이 만든 검을 구하려고 진나라와 정나라가 군사를 일으켜 초나라의 성을 포위하자, 초나라 장수가 성에 올라 태아지검(太阿之劍)을 흔드니 적군이 패퇴하고 사졸들이 미혹되어 천리에 피가 흘렀다고 한다.
378　名王(명왕) : 비한족의 왕 가운데 이름을 떨친 사람. 좌현왕(左賢王)이나 우현왕(右賢王) 등을 말한다. 여기서는 적의 우두머리를 가리킨다.

繫頸授轅門.[379]　　　목을 묶어 본부에 넘겨주네.

潛身備行列,[380]　　　몸을 낮추어 행렬로 돌아갈 뿐이거늘

一勝何足論![381]　　　한 번의 승리로 어찌 공을 논하겠는가!

【왕평】

호방한 작품으로, 오히려 평이하고 담담한 데서 힘을 얻었다.

雄豪之作, 偏于平淨得力.

【해설】

전투에서의 용맹과 공을 세우고도 겸손한 기개를 표현하였다. 다른 한편 제7, 8구는 병사들이 세운 공훈이 결국 장수들에게 돌아가는 현실을 암시한 것으로 볼 수 있다.

왕부지는 이 시를 호방한 작품으로 평가하면서도, 화려한 수사나 강렬한 표현에 의지하지 않고 평이하고 담담한 언어 속에서 힘을 드러냈다고 분석하였다. 이는 절제와 여운을 중시하는 그의 시론이 반영된

---

379 轅門(원문) : 행군하던 군대가 주둔할 때, 수레의 끌채를 마주 세워 문처럼 만든 것으로, 병영의 문을 말한다. 여기서는 주장(主將)이 있는 곳을 가리킨다.
380 潛身(잠신) : 몸을 숨기다.
　　備行列(비행렬) : 부대의 행렬로 돌아가다. 겸손히 공을 내세우지 않는 모습이다. 그러나 일부 학자는 공을 세워도 승진되지 않고 여전히 사졸로 보충되는 현상을 그렸다고 하였으나, 여기서는 취하지 않는다.
381 一勝(일승) 구 : 한 번 이겼다고 해서 이를 내세우지 않는다. 완전히 이길 때까지는 만족하지 않는다. 일부 학자는 윗 구와 결부시켜 한 번 이겨도 언급되지 않는다고 하였으나, 여기서는 취하지 않는다.

것이다.

後出塞[382] 二首　　　후출새 2수

제1수

朝進東門營,[383]　　　아침에 동문의 군영을 출발하여

暮上河陽橋.[384]　　　저녁에 하양교河陽橋를 건넌다.

落日照大旗,[385]　　　저무는 해는 붉은 대장기를 비추고

馬鳴風蕭蕭.[386]　　　말이 울고 바람이 우수수 분다.

平沙列萬幕,　　　너른 들판에 수많은 군막이 늘어서

部伍各見招.[387]　　　부대에서는 각기 병사를 점호한다.

382　後出塞(후출새) : 「후출새」 역시 「전출새」와 마찬가지로 한 병사의 입장에서 입대에서부터 도주까지의 과정을 그린 연작시이다. 다만 병사는 비교적 명확히 안록산의 군대에 입대하였음을 나타내었다. 당시 안록산은 범양(范陽), 평로(平盧), 하동(河東) 등 삼진(三鎭) 절도사로, 해마다 해족(奚族)과 거란(契丹)을 공격하여 자신의 세력을 키우면서 다른 한편 현종에게 그 공으로 총애를 받으려 하였다. 시는 이러한 시대 상황에 관심과 우려를 표시하였다. 제5수에 "보이는 건 유주의 기마병들, 멀리 내달려와 황하와 낙수가 먼지로 어둡구나(坐見幽州騎, 長驅河洛昏)"라는 말로 보아 안록산의 난이 발생한 직후에 쓴 것으로 보이며, 안록산의 난에 대한 최초의 시로 쓴 보고서라 할 수 있다. 역대 시평가들은 제작 시기를 안록산의 난이 일어난 755년 겨울로 잡고 있다.

383　東門(동문) : 동문. 낙양성의 상동문(上東門). 당시 출정하는 병사들이 집결하는 군영이 있었다.

384　河陽橋(하양교) : 황하에 가로놓인 부교(浮橋). 지금의 하남성 낙양시의 동북과 맹현(孟縣) 남쪽 사이 걸쳐있었으며, 진(晉)의 두예(杜預)가 건설하였다고 한다.

385　大旗(대기) : 대장이 사용하는 붉은 깃발. 당시 붉은색 깃발은 혼란을 없애기 위해 대장만이 사용할 수 있었다.

386　蕭蕭(소소) : 의성어. 바람 소리.

387　部伍(부오) : 군대의 편제 단위. 여기서는 군대를 말한다.

中天懸明月,	하늘에는 밝은 달이 걸려 있고
令嚴夜寂寥.	삼엄한 군령軍令에 밤이 적막해라.
悲笳數聲動,[388]	슬픈 호가 소리 몇 번 울리니
壯士慘不驕.	장정들은 참담히 숙연해졌어라.
借問大將誰?[389]	묻노니, 대장은 누구인가?
恐是霍嫖姚![390]	아마도 표요교위 곽거병이리라!

【왕평】

구성과 법도를 키웠으며, 극도의 세밀한 묘사 속에서도 지나치거나 번잡하지 않다. 오직 이 한 수가 같은 종류의 모든 작품을 압도한다.

養局養法, 偏于刻畫至極中得不淫汰, 但此一空群馬.[391]

【해설】

군진의 성대함과 군령의 삼엄함을 묘사하였다. 전반부는 군대의 모

見招(견초) : 점호를 받다.

388 笳(가) : 호인(胡人)들이 갈대의 잎으로 만든 피리. 나중에 목관으로 만들어 구멍을 3개 내었다. 소리가 무척 슬프다.

389 大將(대장) : 군대의 주장(主將). 총사령관. 여기서는 안록산(安祿山)을 가리키는 듯하다. 『신당서』「안록산전(安祿山傳)」에 "입조하여 대답하는 내용이 현종의 뜻에 맞았다. 표기대장군으로 승진하였다."는 기록이 있다.

390 霍嫖姚(곽표요) : 서한의 명장 표요교위(嫖姚校尉) 곽거병(霍去病). 한 무제 때 표요교위가 되어 대장군 위청(衛靑)을 따라 출정하여 흉노를 격파하였다.

391 一空群馬(일공군마) : 다른 모든 말을 존재감이 없게 만들다. 여기서는 동일한 유형이나 주제를 다룬 모든 시작품을 능가하다.

습을, 후반부는 군령의 삼엄함을 주로 그렸다. 두보는 호방한 변새시는 거의 쓰지 않았지만, "저무는 해는 큰 깃발을 비추고, 말이 울고 바람이 우수수 불어라"落日照大旗, 馬鳴風蕭蕭와 같은 구절은 웅장하고 광활한 의경을 갖춘 시구로 손색이 없다. 모두 5수 가운데 제2수이다.

왕부지는 거시적 구성을 가지고 있으면서도 미시적 기법에서 정교하게 다듬어졌을 뿐만 아니라 절제를 유지하여 번잡함이 없다고 하였다. 바로 이 때문에 이 작품은 같은 주제를 다룬 시들 가운데 정점에 올라 다른 어떤 작품도 따를 수 없는 경지에 도달했다고 보았다.

제2수

獻凱日繼踵,[392]	승리를 알리는 첩보가 계속 날아들더니
兩蕃靜無虞.[393]	해족과 거란이 평정되어 근심이 없어졌어라.
漁陽豪俠地,[394]	어양漁陽은 예부터 협기가 강한 곳

---

392 獻凱(헌개) : 승리를 보고하다.
  繼踵(계종) : 발꿈치를 잇다. 사신이 계속해서 보고함을 말한다. 안록산은 754년 2월과 4월, 755년의 4월에 해족(奚族)과 거란을 물리친 일을 보고하였다.
393 兩蕃(양번) : 두 오랑캐. 해족과 거란을 말한다. 745년 해족과 거란은 당에서 시집보낸 공주를 살해하였다. 8월에 안록산은 거란의 추장들을 속여 독을 넣은 술을 마시게 하여 죽였다. 754년 4월 안록산은 해족의 왕 이일월(李日越)을 생포하였고, 755년 4월에 다시 해족과 거란을 이겼다.
  無虞(무우) : 걱정이 없다.
394 漁陽(어양) : 군(郡) 이름. 742년(천보 원년) 하북도의 계주(薊州)를 어양군으로 개명하였다. 치소는 지금의 천진시 계현(薊縣). 관할지는 지금의 천진시 계현(薊縣)을 중심으로 한 북경, 천진, 하북성 북부 일대. 당대 사람들은 유주(幽州) 지역을 습관적으로 어양이라 불렀다.

擊鼓吹笙竽.	북을 치고 생황 불며 잔치가 한창이구나.
雲帆轉遼海,[395]	선박들이 요등 바다를 거쳐 들어가고
粳稻來東吳.[396]	동오 지방의 맵쌀을 실어온다.
越羅與楚練,[397]	월 지방의 베와 초 지방의 비단이
照耀與臺軀.[398]	미천한 사람의 몸까지 둘러 입혀졌구나.
主將位益崇,	주장主將의 지위는 갈수록 높아지고
氣驕凌上都.[399]	교만한 기세는 장안을 압도하네.
邊人不敢議,[400]	변방 사람들은 감히 쑥떡거리지도 못하니

豪俠(호협) : 협기의 기풍. 고대부터 연(燕)과 조(趙) 지방에는 섭정(聶政)이나 형가(荊軻)와 같이 강개한 사람이 많이 나왔다.

395 雲帆(운범) : 구름 같은 돛. 배를 가리킨다.

轉(전) : 운송하다.

遼海(요해) : 요동 남쪽의 발해 지역. 당대에는 장강과 운하를 이용하여 화물을 양주(揚州)에 모아둔 후 다시 해운으로 요동지방에 보냈다. 안록산은 범양에 있으면서 중국 전체의 병사와 말 가운데 절반을 차지하였다.

396 粳稻(갱도) : 메벼. 주로 강남 지역에서 생산된다.

東吳(동오) : 지금의 강소성 소주(蘇州) 일대.

397 越羅(월라) : 월(越, 지금의 절강성) 지방에서 생산되는 얇은 비단.

楚練(초련) : 초(楚, 지금의 호남성과 호북성) 지방에서 생산되는 흰색의 숙견(熟絹).

398 輿臺(여대) : 신분이 미천한 사람. 『좌전』 '소공 7년'조에 보면, 주대(周代)에는 사람을 왕(王), 공(公), 대부(大夫), 사(士), 조(皂), 여(輿), 예(隸), 요(僚), 복(僕), 대(臺) 등 10등급으로 나누었는데, 이 가운데 여는 제6등급이고, 대는 제10등급이다. 이 구는 안록산의 부하와 노복들이 비단을 휘감고 있는 사치스러움을 말하였다.

399 上都(상도) : 장안. 처음에는 경성(京城)이라 했고, 742년부터 서경(西京)이라 했다가, 762년부터 상도라 불렀다.

400 邊人(변인) : 변방을 지키는 관리나 병사. 이 두 구는 변방의 사람들이 안록산에 대해 이러쿵저러쿵 말하면 죽임을 당하여 길거리에 버려진다는 뜻. 구조오(仇兆

議者死路衢.　　　　　　　말하는 사람이 있다면 길거리에서 죽게 된
　　　　　　　　　　　　다네.

【왕평】

우선객과 안록산을 직접 비판하였다. 재앙의 물결이 일어나는 것을 보지 못한 이가 없었으니, 오직 이 시는 빛을 비추어 생동감을 더하였다. 이것이 '정'을 움직이고 '뜻'을 세우는 방법이니, 직접 비판할 뿐 생동감이 없다면, 다툼이자 저주일 뿐이다.

두보의 실패작은 "이정이 기양에서 죽으니李鼎死歧陽", "이진을 불러 자진하라 사사했으니來瑱賜自盡", "붉은 대문 안에서는 술과 고기 냄새 진동하나, 길에는 얼어 죽은 시체가 구르네朱門酒肉臭, 路有凍死骨"와 같은 시인데, 송대 시인들이 시에 욕설을 쓰게 된 기원이 되었으니, 분명 풍아의 한 가지 재앙이다. 길이 넓으면 주도면밀하기 어려우니 차라리 자중자애함만 못하다.

直刺牛仙客, 安祿山. 禍水波瀾, 無不見者, 乃唯照耀生色. 斯以動情起意, 直刺而無照耀, 爲訟爲詛而已.

杜陵敗筆有"李鼎死歧陽, 來瑱賜自盡",[401] "朱門酒肉臭, 路有凍死骨"[402]

鰲)는 어떤 사람이 안록산의 반란 조짐을 말하면 현종은 그 사람을 반드시 옥에 가두기에 감히 말하는 자가 없었다고 풀이하였으나, 이는 시의 배경으로 이해할 수 있으나 시의 내용을 직접적으로 새긴 게 아니므로 취하지 않는다.

401　두보가 764년 봄 낭주에서 성도로 돌아가 성도윤 겸 검남절도사 엄무(嚴武) 아래 검교공부원외랑(檢校工部員外郞)으로 있을 때 태자사인 장씨가 보내온 비단 이불을 거절하며 지은 시 「태자사인 장씨가 비단으로 만든 이불을 보내오다(太

一種詩, 爲宋人謾罵之祖, 定是風雅一厄. 道廣難周, 無寧自愛.

【해설】

안록산의 사치와 교만을 그렸다. 변방에서 세력을 키우면서 환락에 빠지고, 부하들에게 함부로 상을 내리는 한편, 엄한 형벌로 언로를 통제하는 현상을 비판하였다. 모두 5수 가운데 제4수이다.

왕부지가 직접적인 서술에 반드시 생동감이 있어야 한다고 강조한 점은 이백의 「오야제」, 두보의 「다시 소릉을 지나며」 등 다른 여러 시의 평어에서도 반복하여 볼 수 있다. 빛나고 생동감 있는 시적 형상화가 있어야 비로소 산문과 다르다는 것이다. 왕부지는 생동감이 없다고 보는 두보의 시구도 예시했는데, 예컨대 「태자사인 장씨가 비단으로 만든 이불을 보내오다太子張舍人遺織成褥段」에 나오는 "이정이 기양에서 죽으니, 사실 교만이 넘쳐서였고, 이진을 틀러 자진하라 사사했으니, 호기를 부려 관병에 맞섰기 때문이었네李鼎死歧陽, 實以驕貴盈. 來瑱賜自盡, 氣豪直阻兵"는 불상不祥한 글자가 그대로 들어있거니와, 엄무의 사치를 너무 직접적으로 비유하여 비판하였다는 것이다. 이정李鼎은 봉상윤에 농우절도사였고, 이진李瑱도 산남동도절도사였기에 두보는 이들의 실패를 통

子張舍人遺織成褥段)」에 나오는 구절들이다.

402 두보가 755년 11월 안사의 난이 일어나기 직전 우위솔부주조참군(右衛率府冑曹參軍)이라는 병기 관리 업무를 맡고 있을 때, 잠시 시간을 내어 봉선(奉先)으로 가족을 만나러 가는 길에 일어난 일을 그린 「수도에서 봉선현으로 가며 쓴 영회시 오백 자(自京赴奉先縣詠懷五百字)」의 한 구절이다.

해 성도윤成都尹에 검남절도사인 엄무를 경계하는 뜻을 환기했다. 또 오늘날 두보 시의 대표적인 시구로 꼽히는 "붉은 대문 안에서는 술과 고기 냄새 진동하나, 길에는 얼어 죽은 시체가 구르네朱門酒肉臭, 路有凍死骨"도 지나치게 현실을 직접적으로 진술하여 빈부 차이를 비판하였다고 보았다. 위정자와 현실에 대한 비판이 직접적이고 노골적이어서 송대 시인들의 시어가 더 거칠어져 욕설까지 쓰게 된 근원이 되었다고 하였다. 왕부지는 "'시가이원'시는 원망할 수 있다이란 저주를 퍼붓는다는 뜻이 아니다可以怨者, 非詛呪也"고 하였고, "'원망의 시[怨詩]'란 원망의 말을 쓰지 않는다怨詩不作怨語"고 하였기에, 이런 점에서 위정자와 현실을 직접적으로 비판한 시는 아정雅正하지 않으며, 그래서 과격하고 직설적인 두보의 시는 '풍아의 재앙'이라고 했다. 왕부지가 지나치게 원성元聲과 온유돈후溫柔敦厚의 시교詩敎을 강조하며 시의 표현 영역을 제한한 점은 왕부지의 시학에서 아쉬운 부분이라 할 수 있다.

新婚別	신혼의 이별
兎絲附蓬麻,[403]	새삼 풀이 쑥이나 삼에 붙어 자라면

---

403 兎絲(토사) : 새삼. 줄기는 가늘고 길며 여름철에 담홍색의 작은 꽃이 핀다. 다른 나무에 기생하여 자라므로 일반적으로 여인을 비유한다.
蓬麻(봉마) : 쑥대와 삼. 뿌리가 약하여 정착하지 않고 떠도는 남자를 비유하였다. 이 구는 「고시십구수(古詩十九首)」 중의 「한들거리는 외로운 대나무(冉冉孤生竹)」에 "그대와 더불어 결혼했으니, 새삼풀이 여라에 감겨 붙은 듯(與君爲新婚, 兎絲附女蘿.)"의 의미를 이용하였다. 새삼과 여라는 서로 잘 감기므로 부부가 사이좋게 잘 어울림을 비유하였다. 그러나 여기서 쑥대 또는 삼은 작은 식물이므

引蔓故不長.　　　넝쿨을 뻗는다 해도 길게 자라지 못하지요.

嫁女與征夫,　　　딸을 출정하는 남자에게 시집보내면

不如棄路傍.　　　길가에 내버리는 것만 못하지요.

結髮爲妻子,[404]　　머리를 묶고 그대 아내 되었어도

席不暖君床.[405]　　그대 침상이 따뜻해질 만큼도 앉지 못했는데

暮婚晨告別,[406]　　어제저녁 결혼하여 오늘 새벽 헤어지니

無乃太怱忙![407]　　어찌 총망하지 않다고 하겠어요!

君行雖不遠,　　　그대의 출행은 비록 멀지 않지만

守邊赴河陽.[408]　　나라를 방비하러 하양河陽으로 간다지요.

妾身未分明,[409]　　첩의 신분이 아직 정해지지도 않았으니

로 새삼이 타고 올라갈 수 없으니 길게 자랄 수 없으며, 여인이 남편에게 의지할 수 없음을 비유하였다.

404　結髮(결발) : 성년이 되다. 고대에 남자는 20세에 관을 쓰고 여자는 15세에 비녀를 꽂는데 이때 모두 머리를 묶어 성년이 됨을 나타낸다. ‘이릉 소무 시’ 중의 「머리 올리고 부부가 되어(結髮爲夫妻)」의 “머리 올리고 부부가 되어, 사랑에 대한 둘의 믿음이 깊었어라(結髮爲夫妻, 恩愛兩不疑)”라는 구절을 이용하였다.

405　席不暖(석부난) 구 : 그대의 침상이 따뜻해질 만큼도 앉아 있지 못하다. 짧은 시간을 비유한다.

406　暮婚(모혼) : 저녁에 혼례를 올리다. 고대에는 저녁에 혼례를 올렸다.

407　無乃(무내) : 어찌 ~이 아니겠는가. 無(무)는 반어의 어조로 새긴다.

408　守邊(수변) : 변방을 지키다. 여기서는 나라를 지키다.
　　河陽(하양) : 낙양시의 동북 황하 맞은편에 있는 맹현(孟縣). 앞의 시 참조.

409　妾身(첩신) : 첩의 신분. 고대의 예법에 의하던 여인이 시집간 후 삼 일째 되는 날을 ‘과삼조(過三朝)’라 하는데, 가묘(家廟)에서 제사를 올리고 시부모에게 절함으로써 혼례가 마무리된다. 이때 비로소 여인의 신분이 정해지고 시부모라 부를 수 있게 된다. 시 속에 나오는 여인은 결혼 다음 날 남편이 떠났으므로 며느리

何以拜姑嫜?[410]	어떻게 시어머님와 시아버님을 뵐 수 있나요?
父母養我時,	부모님이 나를 기르실 때
日夜令我藏.[411]	밤낮으로 깊은 규중에 있게 하였지만
生女有所歸,[412]	여자로 태어나면 시집을 가기 마련
鷄狗亦得將.[413]	남편이 닭이든 개든 따라야 한다 했지요.
君今往死地,	그대 지금 사지死地로 가시니
沉痛迫中腸.	깊은 설움이 애간장을 태우네요.
誓欲隨君去,	참으로 그대를 따라가고 싶지만
形勢反蒼黃.[414]	사정이 오히려 낭패스러울까 걱정되어요.
勿爲新婚念,	신혼에 대해설랑 염두에 두지 말고
努力事戎行.	군대의 일만 힘써 하기 바래요.
婦人在軍中,[415]	아녀자가 군대에 있으면

로써의 신분이 아직 정해지지 않았다.

410 姑嫜(고장) : 시부모.

411 藏(장) : 감추다. 깊은 규중에 자라게 하다.

412 歸(귀) : 돌아가다. 자신의 본래 자리로 돌아간다는 의미이다. 중국 고대인의 발상에 의하면 여인의 본래 자리는 곧 남편의 집이므로 곧 여인이 시집간다는 뜻이다. 『시경』 「강유사(江有汜)」에 "우리 아씨 시집갈 때, 나를 데려가지 아니 했네 (之子歸, 不我以)"란 구절이 있다.

413 將(장) : 따르다. 이 구는 송대 『비아(埤雅)』에서 인용한 속담 "닭에게 시집가면 닭을 따라 날아야 하고, 개에게 시집가면 개를 따라 달려야 한다(嫁鷄與之飛, 嫁狗與之走.)"와 같은 뜻이다. 여인이 시집을 가면 남편이 좋고 나쁨에 상관없이 따라야 한다는 뜻. 이 구는 당시의 속담을 말하는 듯하다.

414 蒼黃(창황) : 蒼惶, 倉皇, 蒼遑 등으로도 쓴다. 바쁘고 경황없는 모습.

415 婦人(부인) 구 : 『한서』 「이릉전(李陵傳)」에 나오는 전고이다. 서한의 명장 이릉이 전투를 하는데 사기가 올라가지 않았다. 원인을 찾아보니 여러 병사들이 아내와 자식을 군대에 데려다 두고 있었다. 이릉은 이들을 색출하여 참수시켰다.

兵氣恐不揚.	사기가 떨어질까 두렵네요.
自嗟貧家女,	스스로 탄식하나니 가난한 집안의 딸이라
久致羅襦裳.[416]	오랫동안 일하여 겨우 비단옷을 준비했어요.
羅襦不復施,	이 비단옷을 다시는 입지 못할 것이니
對君洗紅粧.[417]	그대 앞에서 붉은 화장을 지우겠어요.
仰視百鳥飛,	우러러보니 온갖 새가 날아가는데
大小必雙翔.	크고 작은 새들이 모두 짝지어 가네요.
人事多錯迕,[418]	사람의 일이란 으레 뒤죽박죽이지만
與君永相望!	그대와는 영원히 서로 바라볼 거예요!

【왕평】

「출새」와 「삼별三別」은 현실의 일을 저 재료로 악부를 지었는데, 그 뼈대는 조비曹조로부터 시작되었다. '뜻'과 '운韻'이 완곡하고 절실하지만, 혹여 번잡하면 효과를 감쇄시킬 수도 있어, 결국 백거이와 '이雅'와 '속俗'을 나누어 가지게 된다. 응당 작품의 시작부터 마무리까지 생생함과 활기를 구해야 할 것이다. 대체로 속된 감정은 사람을 막히게 하여 사지에서 살아날 방법이 없는데, 집어 들어도 나오지 못한다. 이는 고금

416　致(치) : 준비하다.
　　襦裳(유상) : 저고리와 치마.
417　紅粧(홍장) : 홍분으로 화장하다. 고대에 여인들은 얼굴에 미분(米粉)이나 연분(鉛粉)을 발랐는데, 색이 붉은 것을 홍분이라 하였다. 『시경』「백혜(伯兮)」에 나오는 "누구를 위해 곱게 꾸미겠어요?(誰適爲容?)"와 같은 뜻이다.
418　錯迕(착오) : 물건이나 생각 따위가 뒤섞임.

의 공통된 병통으로 반드시 병의 원인이 있기 마련인데, 다만 그 약을 쉽게 얻기 어려울 뿐이다. 이런 시는 비록 병은 없지만 다른 사람에게 약이 되진 못한다. 이백과 두보에게서 재목을 구하는 사람은 결국 이백을 삼 년 묵은 쑥으로 써야 할 것이다.

「出塞」,「三別」以今事爲樂府, 以樂府傳時事, 胎骨從曹子桓來. 意韻婉切, 其或傷于煩縟, 而至竟與白香山有雅俗之別. 當于其開合生活求之. 凡俗物殢人, 大約死中無活理, 拈著卽不能開. 古今通病, 必有病根, 奈醫病之藥不易得爾! 若此種詩, 于已無病, 要不能爲人作藥. 取材李杜者, 終以李爲三年之艾.

【해설】

결혼한 다음날 출정하는 남편을 보내는 여인의 말투로 쓴 시이다. 신혼의 이별이라는 소재를 통하여 역사적, 사회적 재난에 처한 인간의 강렬한 감수를 표현하였다. 새삼풀, 짝지어 나는 새 등 비흥比興을 사용하고 구어투를 채용하여 한대 악부시와 고시의 표현 수법을 이용하여 호소력을 높였다. 당시 규정으로는 결혼한 남자는 일 년간 병역을 면제하도록 되어 있어 신혼의 남자는 징집되어서는 안 되었다. 그러나 위기에 놓인 시대와 사회는 이러한 상황을 허락하지 않았다. 여인은 한편으로 자신의 고통을 억제하면서 다른 한편으로 시국을 위하여 잘 다녀올 것을 당부하고 있다. 이는 곧 두보 자신의 모순된 심정과 다름 아니다.

오늘날에는 두보의 「삼별」을 그의 대표작으로 보는데 주저하지 않지만 왕부지의 생각은 달랐다. 그는 "의경과 풍운이 완곡하고 절실하다"고 긍정하지만, 다른 한편 어느 정도 번잡하여 그 시적 완성이 떨어진다고 보았다. 또 이런 현실을 제재로 한 악부는 조비에게서 시작되어 두보와 백거이로 이어졌고, 이 시는 비록 문제가 없긴 하지만 동시에 다른 시인의 창작에는 도움을 주진 못하니, 이백의 시를 해독력이 뛰어난 명약으로 삼아 본받을 것을 주장하였다.

垂老別[419]	노년의 이별
四郊未寧靜,[420]	낙양의 사방 교외가 안정되지 않았으니
垂老不得安.	늙어서도 편안할 수 없어라.
子孫陣亡盡,[421]	자손들이 모두 전장에서 죽었으니
焉用身獨完![422]	어찌 이 한 몸 혼자 온전할 수 있으랴!
投杖出門去,	지팡이를 던지고 문을 나서니
同行爲辛酸.[423]	동행자들이 나를 보고 가슴 아파하네.
幸有牙齒存,	다행히 이빨이 남아 있지만
所悲骨髓乾.	슬픈 건 골수가 마르는 것이라네.
男兒旣介冑,[424]	남아가 갑옷 입고 투구 쓰고서는

419 垂老(수로) : 노년이 되어감. 늙어감.
420 四郊(사교) : 성밖의 사방 교외.
421 陣亡(진망) : 진중에서 죽다. 전사하다.
422 身獨完(신독완) : 내 몸 혼자 온전히 생존하다.
423 爲(위) : 나를 위해.
　　辛酸(신산) : 맵고 심. 여기서는 매우 슬퍼하다.

長揖別上官.[425]　　　길게 읍하고 모병관을 떠나노라.

老妻臥路啼,　　　늙은 아내가 길바닥에 드러누워 울부짖으니

歲暮衣裳單.　　　세밑에 입은 옷도 홑겹이구나.

孰知是死別,[426]　　이것이 사별死別임을 잘 알고 있는데

且復傷其寒.　　　무엇보다 아내가 추우니 마음이 아파라.

此去必不歸,　　　이번에 떠나면 분명 돌아오지 못할 터인데

還聞勸加餐.[427]　　나더러 밥 잘 먹고 잘 지내라고 일러주네.

土門壁甚堅,[428]　　토문土門의 보루는 견고하고

杏園度亦難.[429]　　행원杏園의 나루도 적이 건너오기 어렵다네.

勢異鄴城下,[430]　　형세는 업성鄴城 아래의 포위와 다르니

縱死時猶寬.　　　설령 죽는다 하더라도 시간은 좀 더 있으리라.

424　介胄(개주) : 갑옷과 투구. 군장을 통칭한다.

425　長揖(장읍) : 두 손을 들어 붙잡고 고개를 가볍게 숙이는 읍례. 고대의 예절에 의
　　　하면 군장을 갖추었을 땐 읍례만 하고 배례(拜禮)는 하지 않는다.
　　　上官(상관) : 현지에서 병역을 담당하는 관리.

426　孰知(숙지) : 熟知(숙지)와 같다. 잘 알다.

427　加餐(가찬) : 밥을 더 먹다. 밥을 잘 챙겨 먹고 몸 건강히 지내라는 격려의 말. 「고
　　　시십구수」 중의 「걷고 걸어 또 쉬지 않고 걸어가니(行行重行行)」에 "힘써 밥 챙
　　　겨 드시길 바래요(努力加餐飯)"라는 말이 있다.

428　土門(토문) : 지명. 위치는 분명하지 않으나 하양 근처로 보인다. 구조오(仇兆鰲)
　　　는 항주(恒州)의 정형관(井陘關)이 당대에는 토문구(土門口)라 불렸기에 이를
　　　가리키는 것으로 판단하였으나, 포기룡(浦起龍)은 낙양에서 멀리 떨어진 적군의
　　　근거지 근처일리 없다며 이를 반박하였다.

429　杏園(행원) : 지명. 지금의 하남성 급현(汲縣) 동남. 가까이 황하 강가에는 행원
　　　도(杏園渡)라는 나루터가 있다.

430　勢異(세이) 구 : 업성 포위는 공격이었지만, 지금은 수비 위주이므로 형세가 다
　　　르다. 업성은 위의 「신안의 각리」와 「석호의 관리」 참조.

人生有離合,	인간 세상에는 만남과 이별이 있기 마련
豈擇盛衰端!	어찌 나이의 많고 적음을 가리겠는가!
憶昔少壯日,	젊었을 때를 돌이켜 생각하니
遲回竟長歎.[431]	거닐다가 끝내는 길게 탄식하노라.
萬國盡征戍,	나라가 온통 전쟁통이라
烽火被岡巒.	봉홧불이 산과 언덕을 덮었구나.
積屍草木腥,	시체가 쌓여 초목에 비린내가 진동하고
流血川原丹.	피가 흘러 강과 들이 붉게 물들었어라.
何鄕爲樂土,[432]	어느 곳이든 편안한 낙원이 있다면
安敢尙盤桓![433]	왜 이곳을 아쉬워하며 머물러 있으랴!
棄絶蓬室居,	초가집 살던 곳을 버리고 가자니
塌然摧肺肝.[434]	슬픔에 폐와 간이 부서지는 듯하네.

【왕평】

"형세는 업성 아래의 포위와 다르니勢異鄴城下"는 반어로, 비판이 절로 『시경』 시대 채시관의 뜻을 가졌다.

"勢異鄴城下"是反形語, 揹打自含風人之旨

---

431 遲回(지회) : 배회하다.
432 樂土(낙토) : 편안하고 즐거운 곳. 『시경』「석서(碩鼠)」에 "맹세코 너를 떠나, 저 낙토로 가리라(逝將去汝, 適彼樂土)"라는 말이 있다.
433 盤桓(반환) : 배회하며 차마 떠나지 못하다.
434 塌然(탑연) : 슬픔이나 고통으로 정신적 공황에 빠진 모양.

【해설】

　　징집을 당하여 출정하게 된 노인이 고향과 아내를 떠나는 비애를 그렸다. 노인의 말투로 안사의 난 때 백성들이 겪은 고통을 자손이 전사하고 자신마저 출정하는 노인의 처지에서 구체적으로 묘사하였다. 「삼리三吏」와 「삼별三別」의 시는 759년48세 봄 두보가 낙양에서 화주로 가는 도중에 지은 것으로 알려졌다. 그러나 이 시만은 '세밑歲暮'과 '추위寒' 등의 어휘가 있는 것으로 보아 759년 가을 진주秦州에서 지은 것으로 보인다.

　　왕부지는 "형세는 업성 아래의 포위와 다르다"는 시구가 사실은 그때와 다름없이 위급하여 전장의 비극이 더욱 강조되었다고 보았다. 이러한 심도 있는 표현으로 민심을 반영하면서 동시에 위정자를 비판하는 것이 결국 현실을 제재로 취하는 시인의 뜻이라는 것이다.

無家別[435]	가족 없는 이별
寂寞天寶後,[436]	적막하여라, 천보天寶 연간 난리 후
園廬但蒿藜.	집과 마당엔 잡초만이 우거져
我里百餘家,	우리 마을은 원래 백여 호였는데

435　無家(무가) : 가족이 없음. 家(가)는 실가(室家)의 뜻으로 아내가 없다는 뜻으로 풀이할 수도 있다. 『시경』「다래나무(有楚)」에 "어린 나무는 무성하고 윤기가 흐르는데, 그대가 가정이 없음을 즐거워하노라(天之沃沃, 樂子之無家)"라는 말이 있다. 시에서는 아내가 없고 모친도 죽어 집안에 가족이 없음을 서술하였다.
436　天寶後(천보후) : 안사의 난이 일어난 후. 안사의 난은 755년, 즉 천보 14년에 일어났다.

世亂各東西.　　　난리를 만나 모두 뿔뿔이 흩어졌어라.

存者無消息,　　　산 사람은 소식이 없고

死者爲塵泥.　　　죽은 사람은 흙이 되어

賤子因陣敗,[437]　미천한 이 몸이 전투에서 패하고서

歸來尋舊蹊.[438]　고향에 돌아와 옛길을 더듬는다.

久行見空巷,　　　오래도록 다녀도 골목은 비어있을 뿐

日瘦氣慘凄.[439]　햇빛마저 수척하고 날씨마저 쓸쓸해

但對狐與狸,　　　마주치는 건 여우와 살쾡이

竪毛怒我啼.[440]　털을 곤두세으며 사납게 짖어대는구나.

四鄰何所有?　　　사방의 이웃집엔 무엇이 남았는가?

一二老寡妻.　　　늙은 과부가 한둘 있을 뿐이라네.

宿鳥戀本枝,[441]　깃드는 새도 제 태어난 가지가 그리워

安辭且窮棲.[442]　떠나지 않고 궁벽하게 살아가네.

437　賤子(천자) : 천한 사람. 시중 화자가 자신을 가리키는 말.
　　陣敗(진패) : 전투에서 패배하다. 업군(鄴郡)에서의 패전을 가리킨다.
438　舊蹊(구혜) : 예전의 길. 잡초가 우거져 길이 덮여 있기에 예전의 길을 찾았다.
439　日瘦(일수) : 태양이 어둡고 약해짐을 형용한 말.
　　氣(기) : 바람. 날씨.
440　我啼(아제) : 啼我(제아). 나를 향해 울부짖다. 대명사가 목적어인 경우는 선행한다.
441　宿鳥(숙조) : 둥지에 돌아가 사는 새.
　　本枝(본지) : 본래 태어난 가지. 이 구는 「고시십구수」 중의 「걷고 걸어 또 쉬지
　　않고 걸어가니(行行重行行)」에 나오는 "북방에서 온 말은 북풍을 그리워하고, 남
　　방에서 온 새는 남쪽가지에 둥지를 틉니다(胡馬依北風, 越鳥巢南枝)"의 뜻을 이
　　용하였다.
442　安辭(안사) : 어찌 떠나는가?
　　窮棲(궁서) : 궁벽하게 살아가다.

方春獨荷鋤,	마침 봄이라 홀로 호미로 밭을 일구고
日暮還灌畦.[443]	해 저물어 다시 채마밭에 물을 뿌리네.
縣吏知我至,	현의 관리는 내가 돌아온 것을 알고
召令習鼓鼙.[444]	나를 징집하여 북 치는 훈련을 시키네.
雖從本州役,	비록 본주本州에서 군역을 한다지만
內顧無所携.[445]	집안을 둘러보니 작별할 사람도 없어라.
近行止一身,	본주로 가는 사람은 오로지 나 하나뿐
遠去終轉迷.	멀리 가게 되어 결국 타향을 떠돌게 되리라.
家鄉旣蕩盡,	사실 고향은 이미 절단났으니
遠近理亦齊.	멀리 가나 가까이 가나 이치는 마찬가지
永痛長病母,	언제나 마음 아픈 건 오래 앓으신 노모께서
五年委溝溪.[446]	오년 동안이나 도랑에 시체로 뒹구셨다는 점.
生我不得力,	나를 낳으셔도 내가 봉양하지 못했으니
終身兩酸嘶.[447]	나와 노모는 평생 시리게 울었다네.
人生無家別,	사람이 살면서 헤어질 가족마저 없으니
何以爲蒸黎![448]	이를 어찌 백성이라 말할 수 있으랴!

---

443 灌畦(관휴) : 채소밭에 물을 주다.
444 鼓鼙(고비) : 鼓鼙(고비)라고도 쓴다. 큰 북과 작은 북. 習鼓鼙(습고비)는 전투 훈련을 하다.
445 內顧(내고) : 집안을 둘러보다.
　　携(휴) : 분리하다. 헤어지다. 이 구는 헤어지며 인사를 나눌 사람이 없다는 뜻.
446 五年(오년) : 오 년. 755년 안록산의 난이 일어난 때부터 집에 돌아온 759년까지만 오 년이다.
447 酸嘶(산시) : 고통스럽게 울부짖음.

【왕평】

　「삼별三別」은 모두 줄곧 내리막길인데 오직 이 작품이 특히 평이하고 담담[平淨]하다. 「신혼의 이별」은 삭제할 만한 부분이 있는데, 예컨대 "머리를 묶고 그대 아내 되었어도結髮爲妻子" 두 구, "그대의 출행은 비록 멀지 않지만君行雖不遠" 두 구, "사정이 오히려 낭패스러울까 걱정되어요形勢反蒼黃" 네 구는 모두 삭제할 수 있다. 「노년의 이별」은 "젊었을 때를 돌이켜 생각하니憶昔少壯日" 두 구도 삭제하는 게 좋은데, 말은 많고 기운은 부족하기 때문이다. 『시경』 중의 「숭고崧高」와 「한혁韓奕」으로부터 주나라의 「아雅」가 이미 쇄미했다고 하는데, 하물며 「팽아의 노래彭衙行」와 「수도에서 봉선현으로 가며 쓴 영회시 오백 자自京赴奉先縣詠懷五百字」로 갈수록 더욱 내리막길인 건 말할 필요가 없다.

　「三別」皆一直下, 唯此尤爲平淨. 「新婚別」盡有可刪者, 如"結髮爲妻子"二句, "君行雖不遠"二句, "形勢反蒼黃"四句, 皆可刪者也. 「垂老別」"憶昔少壯日"二句亦以節去爲佳, 言有餘則氣不足. 「崧高」「韓奕」且以爲周「雅」之衰, 況「彭衙行」「奉先詠懷」之益趨而下邪!

【해설】

　전쟁에서 패하여 고향에 돌아온 병사가 다시 출정하는 사정을 그렸다. 전란 이후 피폐해진 마을과 황폐해진 전답을 서술하고, 다시 징병에 응하여 가족 하나 없는 고향집을 떠나는 비참한 심정을 세밀하게

448　蒸黎(증려) : 백성. 사람들.

묘사하였다. 759년 봄에 지은 것으로 본다.

왕부지는 「삼별三別」의 세 작품을 비교하였는데, 「신혼의 이별」과 「노년의 이별」보다 「가족 없는 이별」이 그나마 낫다고 하였다. 이 이유는 '평정'하기 때문이라 했으니, 곧 왕부지가 시의 미학으로 중시하는 중정화평中正和平을 체현했기 때문일 것이다. 「신혼의 이별」에서 8구를 삭제하고, 「노년의 이별」에서 2구를 삭제할 수 있다는 것도 '평정'의 미학에 반하고 기운이 부족하기 때문이라 할 수 있다. 또 『시경』부터 역대의 시를 바라보는 시각에서 「팽아의 노래」와 「수도에서 봉선현으로 가며 쓴 영회시 오백 자」도 시대의 쇠락을 나타내는 작품으로 보았다. 역대로 두보의 대표작으로 치는 「수도에서 봉선현으로 가며 쓴 영회시 오백 자」를 『당시평선』에 수록하지 않은 이유도 여기에서 알 수 있다. 한편, 왕부지는 『독통감론讀通鑑論』에서 「삼별」에 대해 다른 평가를 내리기도 했다. 즉 "두보가 지은 「가족 없는 이별」, 「노년의 이별」, 「신혼의 이별」 등 「삼별」의 시를 읽으면 천년이 지났어도 아직도 눈물이 떨어진다讀杜甫無家垂老新婚三別之詩, 千古猶爲墮淚"고 하였다. 그러므로 왕부지는 사실적으로 묘사한 이들 작품에 대해 먼저 충분히 긍정한 사실을 알 수 있다.

石壕吏[449]　　　　　　석호의 관리

暮投石壕村,[450]　　　　날이 저물어 석호촌石壕村에 묵으니

有吏夜捉人.　　　　　밤에 관리가 사람을 잡으러 왔네.

老翁逾牆走,　　　　　늙은이는 담 넘어 도망가고

老婦出門看.　　　　　할멈이 문 열고 나와 보네.

吏呼一何怒?[451]　　　관리의 호통 소리는 노기가 충천하고

婦啼一何苦?　　　　　할멈의 울음소리는 애통하기 그지없네.

聽婦前致詞:[452]　　　할멈이 나서서 호소하는 말이 들려오네

"三男鄴城戍.[453]　　"세 아들이 업성鄴城을 지키러 나갔는데

一男附書至,[454]　　　한 아들이 인편에 부쳐온 편지에

二男新戰死.　　　　　두 아들이 이번 전투에서 죽었다네요.

存者且偸生,　　　　　남아 있는 아들은 그래도 구차하게 살아가
　　　　　　　　　　겠지만

死者長已矣![455]　　　죽은 아들은 이제 어쩔 수 없는 거지요.

室中更無人,　　　　　집안에 더 이상 남자라곤 없고요

449　石壕(석호) : 섬주(陝州) 섬석현(陝石縣)의 석호진(石壕鎭). 지금의 하남성 섬현
　　　(陝縣) 동남 농해로(隴海路) 영호진(英豪鎭) 부근.
450　投(투) : 투숙하다. 임시로 묵다.
451　一何(일하) : 얼마나. 한대 악부시에 자주 보이는 어휘이다.
452　致詞(치사) : 글이나 말로 자신의 뜻을 나타냄. 여기서는 답하는 말.
453　三男(삼남) : 세 아들.
　　　鄴城(업성) : 상주(相州). 지금의 하북성 임장현 서남.
454　附書(부서) : 다른 사람에게 부탁하여 편지를 보내다.
455　長已矣(장이의) : 영원히 끝나다. 다시 소생할 수 없다.

惟有乳下孫.	오로지 젖먹이 손자뿐이지요.

孫有母未去,⁴⁵⁶	손자 때문에 며느리는 본가에 돌아가지 못해

出入無完裙.⁴⁵⁷	나오려 해도 온전한 옷도 없답니다.

老嫗力雖衰,	이 늙은 할미는 비록 몸이 쇠약하지만

請從吏夜歸.	나으리 따라 이 밤에 떠나야겠지요.

急應河陽役,⁴⁵⁸	급한 대로 하양河陽의 부역에 응하면

猶得備晨炊."⁴⁵⁹	그래도 새벽밥 짓는 건 도울 수 있겠지요."

夜久語聲絶,	밤이 깊어 말소리가 끊겼어도

如聞泣幽咽.	흐느껴 우는 소리는 아직도 들려오는 듯하네.

天明登前途,	날이 밝아 내가 길을 떠나니

獨與老翁別.⁴⁶⁰	오로지 늙은이하고만 작별을 하였네.

---

456 母未去(모미거) : 어미는 며느리로, 첫째 아들의 아내이다. 젖먹이가 있기에 본
가로 돌아가지 않았다. 당시의 습속으로는 과부가 되면 본가로 돌아갔다. 이 구
는 직역하면 "손자에게는 본가로 돌아가지 않은 어미가 있지요"이다.

457 出入(출입) : 출입하다. 여기서는 나오다는 뜻.
無完裙(무완군) : 온전한 옷이 없다. 裙(군)은 치마만이 아니라 의복 전체를 가리
킨다.

458 河陽(하양) : 지금의 하남성 낙양시의 동북 황하 맞은편에 있는 맹현(孟縣). 당시
곽자의가 이끄는 군대가 주둔하고 있었다. 이후 759년 9월 당군 이광필이 낙양
을 버리고 하양으로 후퇴하면서 격전지가 되었으며, 760년 4월 이광필이 다시
탈환하였다.

459 晨炊(신취) : 아침에 밥을 짓다. 밤에 따라 나서면 다음날 아침에 병사들을 위해
취사 할 수 있다는 뜻.

460 獨與(독여) 구 : 홀로 늙은이와 헤어지다. 할멈은 관리를 따라 떠났고, 늙은이는
관리가 떠난 후 밤에 돌아왔고, 며느리는 옷이 온전하지 않아 배웅하러 나오지
못하였음을 알 수 있다.

【왕평】

일부에 '내재적 맥락[神理]'이 깃들어있고, 압운押韻에 천연의 조화가 보인다. 그러므로 각화의 공력이 더욱 정세할수록 규모가 더욱 전아하여, 진정 「고아의 노래孤兒行」로부터 고악부를 계승하였으니, 양신楊愼이 붉은 먹으로 비평하거나 교정할 수 없을 것이다.

"밤이 깊어 말소리가 끊겼어도夜久語聲絶" 두 구에서 주인과 손님이 드러났으니, 첫 구 '모투暮投' 2자가 여기에 이르러 비로소 마무리 지어졌다. 시인이 의식적으로 한 게 아니기에 자연스럽고 어지럽지 않다.

片段中留神理, 韻脚中見化工. 故刻畫愈精, 規模愈雅, 眞自「孤兒行」來, 嗣古樂府, 又非楊用修所得苛丹鉛.

"夜久語聲絶"二句乃現賓主, 起句'暮投'二字至此方有起止, 作者非有意爲之, 自然不亂耳.

【해설】

할멈이 전장에 나가는 참상을 기록한 시이다. 부병제에 따르면 한 집안에 장정이 셋이 있으면 한 사람만이 군역을 담당한다. 그러나 여기서는 세 사람이 모두 출정하였고, 나아가 늙은이까지 징집하고 있다. 급박한 전황이긴 하지만 백성의 비참한 상황과 관리의 횡포를 엿볼 수 있다. 세 아들이 출정하여 두 아들이 죽고, 손자는 젖먹이이고, 며느리는 옷조차 제대로 없고, 늙은이는 담 넘어 달아나고, 할멈은 밤에 전장에 취사하러 끌려갔다. 비록 한 집안의 일이지만 전란 속의 백성들이 당하는 보편적인 일을 전형화시켜 표현하였다.

왕부지는 「석호의 관리」가 한대 악부시 「고아의 노래」를 계승하였다며 뛰어난 시로 보았다. 또 『독통감론』에서도 "두보의 「석호의 관리」를 읽으면 눈물이 떨어진다讀杜甫石壕吏詩, 爲之隕涕"고 하였다. 그러나 왕부지는 『고시평선』에서 '시'와 '역사 기록'을 구별하면서 역시 이 시를 예시할 때는 약간 부정적으로 말하였다. "두보는 이 「산에 올라 궁궁이를 뜯다」를 모방하여 「석호의 관리」를 지었는데, 지나치게 사실과 흡사하다. 공들여 묘사한 곳마다 더욱 핍진하여 있는 그대로 드러낸 듯해, 결국 역사 기록으로 보기엔 더 많이 서술되었고 시로 보기엔 부족하다고 느껴진다. 논자들은 두보를 '시사詩史'라 추앙하지만, 낙타를 보고 말 등에 혹이 없는 걸 아쉬워하는 것과 같으니, 이들을 가련한 자라 말할 수 있다."(杜子美放之作石壕吏, 亦將酷肖, 而每于刻畫處, 猶以逼寫見眞, 終覺于史有餘, 于詩不足. 論者乃以'詩史'譽杜, 見駝則恨馬背之不腫, 是則名爲可憐憫者.) 다시 말해 시는 역사 기록과 분명하게 다른 영역이 있기에 두보를 '시사'라 부르는 것은 적절하지 않으며, 「석호의 관리」도 과도한 서술로 '시로 보기엔 부족하다고 느껴지므로' 꼭 좋은 시는 아니라는 것이다. 다만 왕부지가 이 시를 뽑은 것은 "일부에 '내재적 맥락[神理]'이 깃들어 있고, 압운에 천연의 조화가 보이며" 자연스러운 말미 등 고시의 전통에 부합하기 때문이다.

成都府　　　　　　　　성도부

翳翳桑楡日,[461]　　　해 질 무렵 어둑해진 햇빛이

照我征衣裳.　　　　　먼 길 가는 나의 옷을 비추는구나.

我行山川異,　　　　　내가 걸어가다 보니 산천이 달라지더니

忽在天一方.　　　　　홀연 다른 하늘 아래에 있게 되었다.

但逢新人民,[462]　　　만나는 사람은 모두 낯선 사람들이어서

未卜見故鄕.[463]　　　고향을 언제 보게 될지 몰라라.

大江東流去,[464]　　　큰 강이 동으로 흘러가고

遊子去日長.　　　　　나그네가 떠난 날은 갈수록 길어라.

曾城塡華屋,[465]　　　높은 성벽 안에는 화려한 가옥이 가득 채워
　　　　　　　　　　　져 있고

季冬樹木蒼.　　　　　늦겨울인데도 수목이 울창하구나.

喧然名都會,[466]　　　유명한 대도시라 사람들 소리로 왁자지껄한데

---

461 翳翳(예예) : 나무 그늘이 무성한 모양. 어두운 모양.
　　桑楡日(상유일) : 해질녘. 원래 해가 질 무렵 햇빛이 뽕나무와 느릅나무 가지 끝
　　을 비춘다는 뜻에서 유래했다. 『태평어람』 권3에서 『회남자』를 인용하여 기록했
　　다. "해가 서쪽으로 떨어지고 햇빛이 가지 끝에 있으면 이를 '상유(桑楡)'라고
　　한다.(日西垂, 景在樹端, 謂之桑楡.)"
462 新人民(신인민) : 새로운 땅에 처음 만난 사람.
463 未卜(미복) : 점을 치지 않다. 모른다는 뜻.
464 大江(대강) : 큰 강. 금강(錦江)을 가리킨다. 또는 민강(岷江)을 가리킨다는 설도
　　있다.
465 曾城(증성) : 층성(層城)과 같다. 높은 성벽.
466 名都會(명도회) : 유명한 도시. 성도는 삼국시대 촉나라의 도성이었고, 당나라
　　때는 경제가 발전하였다.

吹簫間笙簧.	퉁소 소리에 생황의 소리가 뒤섞인다.
信美無與適,	진실로 아름다우나 어디로 갈지를 몰라
側身望川梁.[467]	몸을 비켜 다리에서 멀리 바라본다.
鳥雀夜各歸,	새들은 밤이 되어 각자 둥지로 돌아가는데
中原杳茫茫.	중원은 아득히 먼 곳에 있구나.
初月出不高,	초승달이 막 떠서 높지 않아
衆星尙爭光.	뭇 별이 반짝이며 빛을 다투는구나.
自古有羈旅,	예부터 객지에 묶인 사람은 있었거늘
我何苦哀傷?	나는 어찌하여 이리 슬퍼하는가?

【왕평】

속인의 눈으로 보면, 혹자는 두보 시가 '자잘한 정[近情]'을 표현해서 좋다고 하지만, 필경 두보의 귀착점은 '자잘한 정'이거나 아니거나 전혀 관련이 없다. 예컨대 이 시편은 온통 전아할 뿐이다.

俗目或喜其近情, 畢竟杜陵落處全不關近情與否, 如此詩篇, 只是一雅.

【해설】

성도에 처음 도착한 감회를 썼다. 두보는 759년 12월 1일 가족을 데리고 동곡同谷을 출발하여 진령산맥을 넘어 연말에 마침내 성도에 도착했다. 이 기간 동안 12수의 기행 연작시를 지었는데 이 시는 그 마지막

---

467 川梁(천량) : 다리. 성도의 남쪽에 흐르는 금강 위의 만리교(萬里橋)를 가리킨다.

수에 해당한다. 새로운 도회지에 도착한 신선한 감각과 기쁨과 함께 멀어진 고향과 자신의 어려운 처지에 대한 걱정이 한 데 섞였다. 풍격이 고박하고 혼성한 것이 한위漢魏 오언시의 풍운이 있다.

왕부지는 두보 시의 뛰어난 점은 일반적으로 사람들이 생각하는 '자잘한 정'을 표현해서가 아니라고 강조하였다. 왕부지가 말하는 '자잘한 정'에 대해선 「건원 연간에 동곡현에서 살며 짓다 7수乾元中寓居同谷縣作七首」 중의 제7수의 평어에서 자세히 하설하였다. 이 시 역시 인정을 노래하는 것이 아니라 성도부의 모습과 저녁에서 밤으로 이어지는 서경을 그리고, 자신의 감회를 쓴 작품이다. 무엇보다도 완적과 조식 등 위진 오언시가 연상되는 차분한 어조에 굳센 힘이 일어나고 있어 두보의 새로운 시풍을 예고하고 있다.

<table>
<tr><td>贈衛八處士[468]</td><td>위팔 처사에게</td></tr>
<tr><td>人生不相見,</td><td>사람은 세상에 살면서 늘 만나지 못하고</td></tr>
<tr><td>動如參與商.[469]</td><td>걸핏하면 삼성參星과 상성商星같이 나뉜다네.</td></tr>
</table>

468　衛八(위팔) : 미상. 성씨가 위(衛)이고 항제가 여덟 번째인 사람. 처사(處士)는 은거하며 벼슬을 하지 않는 사람.

469　動(동) : 걸핏하면. 툭하면.
　　參與商(참여상) : 이십팔수(二十八宿) 중의 삼성(參星)과 상성(商星, 또는 辰星이라고도 한다). 삼성이 서쪽에 있으면 상성은 동쪽에 자리하면서, 한 별이 보이면 다른 별이 보이지 않는다. 고대인은 두 별이 한 하늘에서 동시에 보이지 않는 데서 서로 헤어져 만나지 못하는 두 사람의 처지를 비유하였다. 동한 말기의 '이릉 소무 시'(李陵蘇武詩) 가운데 「형제가 한 가지에 난 나뭇잎이라면(骨肉緣枝葉)」에서도 "예전엔 언제나 원앙새 같았는데, 앞으론 떨어진 삼성과 신성이리라

今夕復何夕,[470]　　　　오늘 밤은 또 어떤 밤인가

共此燈燭光.　　　　여기에서 등촉을 함께 하는구나.

少壯能幾時?[471]　　　　사람의 젊은 시절은 얼마나 되는가?

鬢髮各已蒼.[472]　　　　살쩍이 각각 허옇게 변했어라.

訪舊半爲鬼,　　　　친구를 찾아 나서면 반은 이미 귀신이 되었
　　　　　　　　단 말에

驚呼熱中腸.　　　　놀라 소리치노라, 창자 속이 불타는 듯하여라.

焉知二十載,　　　　어찌 알았으랴, 이십 년이 지나서야

重上君子堂.[473]　　　　그대의 집 대청에 다시 오를 수 있음을.

昔別君未婚,　　　　예전에 헤어질 땐 그대 아직 미혼이었는데

兒女忽成行.[474]　　　　아들과 딸이 갑자기 열을 지었구나.

怡然敬父執,[475]　　　　기쁘게 아버지의 친구를 공경하며

問我來何方?　　　　나에게 어디서 오셨냐고 물어보네.

(昔爲鴛與鴦, 今爲參與辰)"는 표현이 있다.

470　今夕復何夕(금석부하석) : 오늘 밤은 또 어떤 밤인가. 『시경』「주무(綢繆)」에 "오늘 밤은 어떤 밤인가, 여기에서 해후하였나니(今夕何夕, 見此邂逅)"라는 말에서 유래하였다. 고대인은 '금석하석(今夕何夕)'이란 말로 반가운 만남의 감격이나 잊을 수 없는 밤을 표현하였다.

471　能(능) : 수량을 헤아릴 때 의문의 어기를 나타냄.

472　鬢髮(빈발) : 살쩍.
　　蒼(창) : 회백색.

473　君子(군자) : 군자. 위팔 처사를 가리킨다.

474　行(항) : 열. 성항(成行)은 열을 짓는다는 말로 아이들이 많음을 뜻한다.

475　怡然(이연) : 즐거워하다.
　　父執(부집) : 아버지의 친구. 『예기』「곡례(曲禮)」에 "아버지의 친구를 만났을 때 들라 말하지 아니하면 감히 들지 아니한다(見父之執, 不謂之進, 不敢進)"는 말이 있다.

問答未及已,　　묻고 답하기가 아직 끝나지 않았는데

兒女羅酒漿.　　아이들이 술과 마실 것을 상에 차렸구나.

夜雨剪春韭,　　밤비 속에서 봄의 부추를 잘라오고

新炊間黃粱.[476]　새로 밥을 지으며 메조를 섞었네.

主稱會面難,　　주인은 만나기란 쉽지 않다며

一擧累十觴.　　연거푸 열 잔을 들이키네.

十觴亦不醉,　　열 잔을 마셔도 나 역시 취하지 않음은

感子故意長.[477]　그대의 우정이 깊음을 알기 때문.

明日隔山岳,　　내일이면 우리는 산악을 가운데 두고

世事兩茫茫.　　세상일에 우리 둘은 아득히 멀어지리라.

【왕평】

'자잘한 정[近情]'을 나타낸 곳마다 혼연渾然한 말을 끌어내어 넘치지 않게 했다. 「파릇파릇한 강가의 풀靑靑河畔草」을 숙독했다면 응당 이 작품의 전아함을 알 것이다. 두보의 오언 송별시 가운데 절도가 있는 것은 오직 이 한 편뿐이다.

每當近情處, 卽抗引作渾然語, 不使泛濫. 熟吟「靑靑河畔草」, 當知此作之雅. 杜贈送五言能有節者, 唯此一律.

476　間(간) : 섞다.
　　黃粱(황량) : 메조. 찰기가 없는 누런 조.
477　子(자) : 너. 그대. 이인칭.
　　故意(고의) : 친구의 오랜 우정.

【해설】

약 이십 년 만에 옛 친구 집을 방문하여 느낀 감회를 쓴 시이다. 이별과 만남에 대한 보편적인 정서와 함께 주인의 깊은 정과 아이들의 천진함도 묘사하였다. 반가움과 놀람, 즐거움과 슬픔이 높은 감흥 속에 결합되어 있어 여러 번 읽어도 새롭다. 서사적인 구조 속에 서정이 곳곳에 끼어드는 두보의 장편시 특징이 여기서도 발휘되었다. 두보는 758년 6월 방관房琯 일파의 좌천에 연좌되어 화주華州 사공참군司功參軍으로 좌천되어, 겨울에 낙양에 갔으며, 다음해인 759년48세 봄 낙양에서 화주華州로 돌아갔다. 이 시는 화주로 가는 길에 지은 것으로 본다.

渼陂西南臺[478]	미피의 서남에 있는 누대
高臺面蒼陂,	높은 누대에서 푸른 미피호를 마주하니
六月風日冷.	유월의 바람과 햇빛이 쌀쌀하구나.
蒹葭離披去,[479]	갈대가 멀리까지 퍼져 있고
天水相與永.	하늘과 물이 한 가지 색으로 길게 나란하구나.
懷新目似擊,	새로움을 품은 눈이 마치 붙잡힌 듯하고
接要心已領.[480]	핵심을 접하니 마음이 이미 깨닫는다.
仿像識鮫人,[481]	어렴풋이 교인鮫人이 보이는 듯하고

478　渼陂(미피) : 미피호. 지금의 섬서성 호현(戶縣) 서쪽에 소재했던 유람 명승지. 종남산의 여러 계곡에서 내린 물이 모여들어 이루어진 호수이다.
479　離披(이피) : 흩어진 모양.
480　接要(접요) : 요점을 모으다.

空蒙辨魚艇.[482]　　흐릿한 안개 속에 고깃배를 알아본다.

錯磨終南翠,　　물결은 종남산의 비췻빛을 갈 듯이 일렁이고

顚倒白閣影.[483]　　호면은 백각봉의 그림자를 거꾸로 비춘다.

嶕峚增光輝,[484]　　우뚝 솟은 산봉우리에 찬란한 빛이 더하더니

乘陵惜俄頃.[485]　　삽시간에 올랐다가 사라지니 아쉽기만 하여라.

勞生愧嚴鄭,[486]　　생계를 위해 살아가니 엄군평과 정자진에 부끄럽고

外物慕張邴.[487]　　외물에 사로잡혀 있으니 장중울과 병만용을 앙모하네.

世復輕驊騮,[488]　　세상은 화류다를 중시 여기지 않으니

481　仿像(방상) : 은은하다. 희미하다. 어렴풋한 모양.
　　鮫人(교인) : 전설에서 바다 속에 산다는 반신반어(半身半魚)의 인어. 『박물지』 권 2에 "남해 밖에 교인이 있는데 물고기처럼 둘에서 살고, 길쌈을 하며, 그 눈에서 흘리는 눈물은 진주가 된다(南海外有鮫人, 水居如魚, 不廢織績, 其眼能泣珠)"고 하였다.

482　空蒙(공몽) : 空濛(공몽)과 같다. 가는 비가 내리거나 안개가 끼어 자욱한 모습.
　　魚艇(어정) : 고깃배. 크기는 작지만 길쭉한 배를 정(艇)이라 한다.

483　白閣(백각) : 백각봉. 일년 내내 봉우리에 눈이 쌓여 있다. 자각봉, 황각봉과 함께 종남산에 솟아있다.

484　嶕峚(추줄) : 높이 솟은 모양.

485　乘陵(승릉) : 乘凌(승릉)과 같다. 오르다.
　　俄頃(아경) : 금방. 짧은 시간을 나타낸다.

486　嚴鄭(엄정) : 엄군평(嚴君平)과 정자진(鄭子眞). 엄군평은 서한의 은사로 성제 때 성도에서 점을 치며 살았는데, 하루에 백 전을 얻으면 문을 닫고 제자를 가르쳤다. 저서가 십여만 자가 되며, 평생 관리가 되려 하지 않았다. 정자진은 서한의 은사로 곡구에서 농사하며 살았다.

487　張邴(장병) : 장중울(張仲蔚)과 병만용(邴曼容). 모두 한대 사람으로, 장중울은 풀속에서 살았으며, 병만용은 벼슬을 버리고 자신을 수련하였다.

吾甘雜蛙黽![489]　　　나는 개구리 무리와 뒤섞여도 감내하노라.

知歸俗可忽,　　　은거하려 하지만 세상 사람들이 무시하고

取適事莫並.　　　마음이 편하길 바라지만 하는 일과 병행할
　　　　　　　　　수 없네.

身退豈待官,　　　은거하려는데 어찌 꼭 벼슬을 먼저 해야만
　　　　　　　　　하랴?

老來苦便靜.　　　늙었으니 조용히 지내는 것이 힘들구나.

況資菱芡足,[490]　　더구나 마름과 가시연이 풍족하니

庶結茅茨迥.[491]　　먼 이곳에 띠풀로 지붕을 이어도 좋으리라.

從此具扁舟,　　　지금부터 조각배를 준비하려니

彌年逐淸景.　　　한 해가 끝나도록 맑은 풍광 좇으리라.

【왕평】

정제되고 완전하며, 절제 속에서도 경지가 높으니, 두보 초기작의
걸작이다. 촉 땅에 들어간 이후 소리가 슬프고 가락이 어지러우니, 이
작품을 보면 격세지감이 있다.

"삽시간에 올랐다가 사라지니 아쉽기만 하여리乘陵惜俄頃" 이하는 사

488　驊騮(화류) : 주 목왕(周穆王)이 몰았던 팔준(八駿)의 하나. 일반적으로 준마를
　　　가리킨다.
489　蛙黽(와민) : 개구리와 맹꽁이.
490　菱芡(능검) : 마름과 가시연.
491　茅茨(모자) : 띠풀로 이은 지붕. 여기서는 초가집.

물과 자신의 경계를 깊이 탐색한 것으로, 마치 신령이 내려주었거나 아니면 이어지는 시구를 이끌어내기 위한 자연스러운 운용이라 할 수도 있다. 두보가 이 다섯 글자를 읊조렸을 때를 상상해보면, 마음과 혼이 그대로 인간의 언어로 바뀌어버렸을 것이다.

裁飾完善, 扣捺高警, 拾遺早年之傑作也. 入蜀以後, 哀音亂節, 望此許如隔世. "乘凌惜俄頃"下, 但冥搜彼己之際, 如神者授之, 抑以發起下文, 爲嘿化之自運. 想當五字吟成, 心魂盡作人語.

【해설】

미피호의 서남에 있는 누대에 올라 풍랑을 조망하고 은거의 뜻을 말하였다. 754년 두보가 장안 남쪽의 두곡에 살 때 호현鄠縣으로 유람 갔다가 지었다.

왕부지의 두보 시에 대한 평가는 세 시기로 나뉜다. 즉 입촉 이전의 시는 긍정하고, 입촉부터 기주 시기까지의 시는 부정하고, 출협 이후의 시는 긍정하였다. 여기서도 입촉 이후의 시를 비판하는 것에 대비하여 초기 시를 긍정하고 있다.

過津口[492]	진구를 지나며
南岳自茲近,[493]	여기서는 남악 형산이 가깝고

---

492 津口(진구) : 지명. 형산 부근에 소재했다.
493 南岳(남악) : 형산(衡山). 오악 가운데 하나로 구루산(岣嶁山) 또는 곽산(霍山)이라고도 한다. 호남성 중부 형산현(衡山縣)에 위치한다.

湘流東逝深.[494]	상수는 동으로 흘러갈수록 깊어진다.
和風引桂楫,	온화한 바람이 나의 배를 끌어가는데
春日漲雲岑.[495]	봄날의 햇빛이 구름 낀 산에 가득하다.
回首過津口,	고개를 돌려보는 사이 진구를 지나더니
而多楓樹林.	단풍나무 숲이 많아졌다.
白魚困密網,	흰 물고기는 촘촘한 어망에 갇혀있으나
黃鳥喧佳音.	꾀꼬리는 좋은 소리로 지저귄다.
物微限通塞,	이 작은 생명들의 처지가 각기 다르지만
惻隱仁者心.	측은히 여기는 것은 어진 자의 마음이라.
甕餘不盡酒,	술독에는 아직 다 마시지 않은 술이 있고
膝有無聲琴.	무릎에는 소리가 나지 않는 거문고가 있다.
聖賢兩寂寞,	성인과 현인이 모두 적막한데
眇眇獨開襟.[496]	나 홀로 가슴을 크게 열어제치노라.

【왕평】

두보는 만년에 힘써 유신을 배웠기에, 출협 이후의 시는 종종 신사神似의 경지를 보인다. 비록 "힘찬 붓이 종횡으로 오가지만" 고상한 걸음을 잃지 않았다. 그리고 이 시의 앞 여섯 구는 또 사조의 작품을 들락

---

494 湘流(상류) : 상강(湘江). 호남성(湖南省) 경내에 있는 큰 강으로 동정호(洞庭湖)로 흘러든다.
495 雲岑(운잠) : 구름 속에 솟은 산봉우리.
496 眇眇(묘묘) : 의지할 데 없이 고독한 모습.

움과 함께 떠도는 자의 걱정을 서술했다. 떠도는 자의 걱정은 자신의 늙고 여윈 처지와 중원의 전란이란 두 방면에서 말하였다. 769년 상강에서 봄 배를 타고 가는 중 만주에서 묵으며 지었다.

三韻[502]	삼운
蕩蕩萬斛船,[503]	만 곡斛을 실을 수 있는 거대한 배
影若搖白虹.[504]	그림자는 달무리가 흔들리는 듯하네.
起檣必椎牛,[505]	돛대를 올리려면 반드시 소를 잡아 먹여야 하고
挂席集衆功.	돛을 걸려면 장정들의 힘을 모아야 하네.
自非風動天,	만약 하늘을 흔드는 큰바람이 불지 않는다면
莫置大水中.	깊은 물에 올려놓지 못하리.

【왕평】

다만 서른 글자인데 그중에서 스무 글자가 모두 묘사이다. 시의 온후함은 여기에 있다.

只三十字, 却二十字皆作點染, 其厚在此.

502　三韻(삼운) : 시체의 하나. 여섯 구의 작품에 격구로 압운한다.
503　蕩蕩(탕탕) : 거대한 모양.
　　斛(곡) : 용량 단위. 10말. 만곡(萬斛)은 많은 양을 형용한다.
504　白虹(백홍) : 달무리. 달 주위에 희게 끼는 무리.
505　椎牛(추우) : 소를 때려잡다.

【해설】

거대한 배를 움직이는 데는 거대한 힘이 필요함을 역설하였다. 일반
적으로 재주가 큰 자신은 작은 일에 쓰이지 않겠다는 뜻을 나타낸 것
으로 본다.

赤谷   적곡

天寒霜雪繁,   추운 하늘에 서리와 눈이 많은데

遊子有所之.   나그네는 어디로 가고 있는가.

豈但歲月暮,   한해의 끄트머리라서가 아니라

重來未有期.   이곳에 다시 올 기약이 없기 때문이네.

晨發赤谷亭,   새벽에 적곡의 정자를 떠났으니

險艱方自玆.   험난한 길은 지금부터 시작이라네.

亂石無改轍,   어지러운 돌 사이라 길을 바꿀 수 없기에

我車已載脂.506   나의 수레바퀴는 이미 기름칠을 했다네.

山深苦多風,   깊은 산에 바람이 드세 힘든데

落日童稚飢.   해가 지니 아이들이 배고파하네.

悄然村墟迥,   사방이 적막하고 마을은 아득히 멀어

煙火何由追.   밥 짓는 연기는 어디서 찾을 수 있는가.

貧病轉零落,   가난에 병든 몸으로 이곳저곳 떠도니

故鄕不可思.   고향으로 돌아갈 일은 생각조차 할 수 없구나.

---

506 載脂(재지) : 수레의 바퀴 축에 윤활유를 치다.

常恐死道路,

永爲高人嗤.[507]

언제나 두려운 건 길에서 죽어

오래도록 덕이 높은 은사의 비웃음을 사는
거라네.

【왕평】

한구韓駒는 이 시의 필력의 변화가 사마천의 여러 찬문贊文과 비슷하
다고 했는데, '황초의 정격'임을 모른다.

韓子蒼稱此詩筆力變化似太史公諸贊, 不知其爲黃初正格也.

【해설】

두보는 759년 7월 장안 동쪽의 화주華州 일대가 기근에 빠지자 벼슬
을 버리고 진주秦州, 지금의 감숙성 천수로 갔다. 이로부터 관리 생활을 마감
하고 떠도는 생활을 시작한다. 7월부터 10월까지 진주에 있었지만 여
전히 전쟁이 빈발하였기에, 두보는 10월에 진주를 출발하여 11월 경
에 동곡同谷, 감숙성成縣에 도착하였다. 그러나 여기서도 1개월도 채 못 있
다가, 12월에 동곡을 떠나 성도成都로 향했다. 두보는 두 번 이동하는
중에 20여 편의 기행시를 썼다. 이 시는 759년 겨울 진주에서 동곡으
로 갈 때 적곡을 지나가며 쓴 시로 기행시의 두 번째에 해당한다.

두보의 시는 일반적으로 759년 연말의 성도 가는 도중에 지은 기행
시로부터 주경遒勁해진다고 평하는데, 왕부지는 그 기원을 건안 연간

---

507 高人(고인) : 세속을 초월한 은사.

196~220에서 황초 연간220~226으로 이어지는 삼조三曹와 건안칠자建安七子
의 시문에서 유래했다고 보았다. 때문에 '황초의 정격'이라 하였다.

원결元結 1수

去鄉悲	고향을 떠나는 슬픔
躊躕古塞關,[508]	오래된 옛 관문에서 배회하니
悲歌爲誰長?	나의 슬픈 노래는 무엇 때문에 이리 높은가?
日行見孤老,[509]	날마다 걸어가며 의지가지없는 늙은이들을 보았는데
羸弱相提將.	마르고 쇠약해 서로가 서로를 부축하였다.
聞其呼怨聲,	그들이 호소하고 원망하는 소리를 들으며
聞聲問其方.	내가 들은 소리의 원인을 물었다.
乃言無患苦,	그들이 말하길 근심과 고통이 없으면
豈棄父母鄉.[510]	어찌 태어나고 자란 마을을 버리겠는가?
非不見其心,	그들의 마음 모르는 바 아니니
仁惠誠所望.[511]	어진 정치야말로 진실로 그들이 바라는 것

---

508 躊躕(주주) : 躊躇(주저)라고도 쓴다. 머뭇거리다. 배회하다.
509 孤老(고로) : 의지가지 없는 늙은이들. 또는 고아와 노인이라 풀이할 수도 있다.
510 父母鄉(부모향) : 자신이 태어나고 자란 마을. 곧 고향을 가리킨다. 『맹자』「만
　　장」에 '부모국(父母國)'이란 말의 뜻과 같은 조어법이다.

이라네.

念之何可說,　　　이를 생각하니 내 무얼 말할 수 있겠는가

獨立爲悽傷.　　　홀로 그들을 위해 슬퍼할 뿐이네.

【왕평】

알리고자 하는 바를 모두 말하니, 그 닦긴 뜻이 절로 넓고 깊다. 원결의 시 가운데 오직 이 작품만이 「풍」과 「아」에 부끄럽지 않다.

雖已畢達所言, 而含者自弘. 次山詩唯此不愧「風」「雅」.

【해설】

의지할 데 없는 늙은이들이 고향을 떠나 타향으로 가는 정경을 그렸다. 노인들이 서로 부축해 걸어가고 있는 모습을 보고 다가가 물어보면서, 노인들의 대답을 통해 사회현실과 노인들의 바램을 언급하였다. 전편의 시어가 질박하면서 감정이 진지하다. 「계악부繫樂府」 12수 가운데 제7수이다.

왕부지는 「풍」과 「아」에 부끄럽지 않다고 했는데, 그 이유를 시에서 개괄적으로 말했으나 구체적인 내용은 독자가 절로 알게 되기 때문이라 하였다. 정작 변경 지방의 노인들이 고향을 떠나는 것은 '근심과 고통患苦'이라며 바라는 것은 '어진 정치仁惠'라 했지만, 전쟁의 폐해와 관리의 핍박에 대해선 전혀 언급하지 않았다. 이는 독자가 전후 맥락에

511　仁惠(인혜) : 어진 정치. 인정(仁政). 덕정(德政).

서 미루어 판단해야 하는 것이다.

이화李華 1수

雲母泉懷陳武陵[512]　　　운모천에서 진무릉을 그리며

　晨登玄石嶺,[513]　　　새벽에 현석령玄石嶺을 오르니

　嶺上寒松聲.　　　고개 위로 차가운 소나무 바람 소리.

　朗日風雨霽,　　　환한 해에 비바람이 걷히고

　高秋天地淸.　　　높은 가을에 하늘과 땅이 맑구나.

　山門開古寺,　　　산문이 오래된 옛 절을 여니

　石竇含純精.[514]　　　바위 굴 속엔 순수한 정기가 서렸다.

　洞澈淨金界,[515]　　　동굴은 맑아 깨끗한 금빛의 세계

　夤緣流玉英.[516]　　　천천히 둘러가며 옥 같은 물이 흐른다.

512　雲母泉(운모천) : 현석산의 남쪽 기슭의 절에 있는 샘. 일대에 운모가 많아 이런
　　이름이 지어졌다.
　　陳武陵(진무릉) : 영천(潁川) 사람 진겸(陳兼). 이화와 진겸은 궁에서 함께 간관
　　(諫官)으로 근무했다.
513　玄石嶺(현석령) : 현석산(玄石山). 호북성 화용현 동쪽에 소재한 산.
514　竇(두) : 구멍.
515　洞澈(통철) : 투명하다.
　　金界(금계) : 절. 금강계(金剛界)의 줄임말이다.
516　夤緣(인연) : 연연(延緣)과 같다. 천천히 다니다.
　　玉英(옥영) : 옥의 정화. 여기서는 운모천에서 흘러나오는 샘물의 아름다움을 비
　　유했다.

澤滋藥畦茂,	연못은 약초밭을 무성하게 적시고
氣染茶甌馨.	기운이 물들어 찻종지가 향기롭다.
飲液盡眉壽,[517]	정기가 든 물을 마시면 모두 장수하고
餐和皆體平.[518]	반찬과 섞어 먹으면 모두 몸이 평안하다.
瓊漿駐容髮,[519]	옥같은 술은 얼굴과 머리카락을 젊게 하고
甘露瑩心靈.[520]	감로는 심령을 맑게 한다.
岱谷謝巧妙,[521]	태산은 교묘함을 양보하고
匡山徒有名.[522]	여산은 부질없이 이름이 높다.
願言構蓬蓽,[523]	원컨대 쑥대로 단출한 집을 얽어
荷鍤引泠泠.[524]	삽을 메고 시냇물을 끌어오리.
訪道出人世,	도사를 찾아 인간 세상을 떠나고
招賢依福庭.[525]	현인을 불러 복된 땅에 살고파라.
此心不能已,	이 마음 멈출 수 없어

---

517 眉壽(미수) : 장수.
518 餐和(찬화) : 음식을 샘물과 함께 차리다.
519 瓊漿(경장) : 술의 미칭.
520 瑩(영) : 밝고 맑게 하다. 동사로 쓰였다.
521 岱谷(대곡) : 태산을 가리킨다. 지금의 산동성 태안과 제남의 북부에 소재.
   謝(사) : 양보하다.
522 匡山(광산) : 여산을 가리킨다. 지금의 강서성 구강시(九江市) 남부에 소재.
523 言(언) : 조사로 쓰였다.
   蓬蓽(봉필) : 봉문(蓬門)과 필호(蓽戶). 쑥대로 만든 문과 가시나무로 만든 지게
   문. 풀이나 나뭇가지로 만든 문과 창이란 뜻으로, 가난한 사람의 거처를 말한다.
524 泠泠(영령) : 졸졸. 물 흐르는 소리를 나타내는 의성어.
525 福庭(복정) : 복지(福地). 도교에서 말하는 신선이 사는 곳. 여기서는 운모천이
   있는 곳을 가리킨다.

夢寐見吾兄.[526]　　자나깨나 내 형을 만나자고 했네.

曾結潁陽契,[527]　　일찍이 허유와 소부의 약속을 맺었거늘

窮年無所成.　　해가 다하도록 이루지 못했지.

東西同放逐,　　동과 서로 각기 외임을 나갔고

蛇豕尙縱橫.[528]　　뱀과 돼지 같은 반란자가 아직 횡행한다네.

江漢阻携手,　　장강과 한수에 막혀 손을 잡지 못하고

天涯萬里情.　　하늘 끝 만리 밖에서 마음을 보낸다네.

恩光起憔悴,[529]　　황제의 은혜가 초췌한 나를 일으켜

西上謁承明.[530]　　서쪽으로 올라가 궁궐로 뵈러 가는 길

秋色變江樹,　　가을빛은 강가의 나무를 변모시키고

相思紛以盈.　　그리움은 분분히 가득 넘치네.

526　吾兄(오형) : 나의 형. 제목에 나오는 진무릉, 즉 진겸을 가리킨다.

527　潁陽(영양) : 영수(潁水)의 북안(北岸). 허유(許由)와 소부(巢父)를 가리킨다. 요 임금이 천하를 허유(許由)에게 양보하려 하자 허유가 기산 아래로 도망가 밭을 일구었다. 요 임금이 다시 그를 구주(九州)의 장(長)으로 삼으려 하자 허유는 영수(潁水)의 물가로 가서 귀를 씻었다. 이때 소부(巢父)가 송아지에게 물을 먹이려 하다가 허유가 귀를 씻고 있기에 그 이유를 물었다. 허유의 말을 들은 소부는 허명을 얻으려는 그 귀를 씻은 물에 송아지의 입이 더러워질까 여겨 상류로 가 물을 먹였다. 『고사전(高士傳)』 참조.

528　蛇豕(사시) : 긴 뱀과 큰 돼지. 탐욕스럽게 남을 해치는 사람이나 집단. 『좌전』 '정공 4년'조에 "오나라는 큰 돼지와 긴 뱀이 되어 상국을 닥치는 대로 집어삼키고 있습니다(吳爲封豕長蛇, 以薦食上國)"란 말에서 나왔다. 여기서는 안사의 난을 일으킨 주모자들을 가리킨다.

529　恩光(은광) : 은혜의 빛. 황제의 은혜를 비유한다.

530　承明(승명) : 승명려(承明廬). 서한 때 시종하는 사람들이 거주하던 곳. 위(魏)의 궁문에도 승명문(承明門)이 있어, 명제(明帝)가 조회하러 이문을 드나들었다.

猿啼巴丘戍,[531] 파구의 수자리엔 원숭이 울음소리

月上武陵城. 무릉의 성에서는 떠오르는 보름달

共恨川路永, 강과 길이 머나먼 걸 함께 한스러워하나니

無由會友生.[532] 친구를 만날 길이 없구나.

雲泉不可忘, 운모천을 잊지 않는다면

何日遂躬耕. 어느 날엔가 몸소 농사지으며 은거하리라.

【왕평】

장편이 이처럼 아름다우니, 절로 당대 시인의 지극한 경지이다.

長篇如此茂美者, 自唐人至處.

【해설】

　장안으로 가는 길에 운모천에 들러 샘물의 효용을 두루 서술하고, 친구 진겸을 생각하며 함께 은거할 뜻을 나타내었다. '원언'을 경계로 크게 두 부분으로 나눠지며, 은거의 뜻은 운모천으로부터 나왔음을 밝혔다. 761년 가을 시인이 항주에서 사공으로 재직하다가, 모친의 상복을 벗은 후 좌보궐을 제수받고 입경하는 중, 강남에서 장강을 거슬러 오르다 악양에 이르렀을 때 지었다. 여기에 싣지 않았지만, 이 시의 긴

531　巴丘戍(파구수) : 파구의 수자리. 악주 파릉현(巴陵縣, 지금의 호남성 악양시)의 천악산(天岳山)을 가리킨다. 파구는 파릉(巴陵)이라고도 하며, 악양시 서남 동정호에 면해있다.
532　友生(우생) : 친구. 생(生)은 조사.

서문에 그 과정이 자세히 서술되어 있다.

유복劉復 1수

| 寺居淸晨 | 절에서 살며 맑은 새벽에 |

高枕對曉月,　　　베개를 높이 베고 새벽달을 마주하니

衣巾淸且涼.　　　옷과 수건이 맑고 또 서늘하다.

露華朝未晞,　　　이슬은 아침이라 아직 마르지 않아

滴瀝含虛光.[533]　방울방울 밝은 빛을 담고 있다.

隔竹聞汲井,　　　대숲 너머 우물물 긷는 소리 들리고

開扉見焚香.　　　문짝을 여니 타오르는 향이 보인다.

幽心感衰病,　　　은거하는 마음에 쇠약하고 병든 몸을 느끼니

結念依法王.[534]　생각을 모아 법왕法王에 의지한다.

靑冥早雲飛,[535]　푸른 하늘에 이른 구름이 날고

杳靄空鳥翔.[536]　흐릿한 안개속에 공중의 새들이 선회한다.

此情皆有釋,[537]　이 마음을 모두 놓아버렸으니

533　滴瀝(적력) : 윤기 있고 깨끗한 모습. 여기서는 물방울이 떨어지는 소리.
534　法王(법왕) : 석가모니에 대한 존칭.
535　靑冥(청명) : 푸르고 어둡다. 하늘이나 산봉우리를 가리킨다.
536　杳靄(묘애) : 구름이나 안개가 멀고 어렴풋한 모양.
537　釋(석) : 해석하다. 풀이하다.

悠然知所忘.[538]　한가히 잊어버렸음을 알겠노라.

【왕평】

완연히 시가 이루어졌다.

宛然成章.

【해설】

절에서 살아가는 한적한 정취를 나타내었다. 새벽의 맑고 깨끗한 풍
광을 시각은 물론, 촉각과 청각과 후각을 동원하여 표현하였다.

오균吳筠 1수

遊廬山五老峰[539]　여산 오로봉을 유람하며

　彭蠡隱深翠,[540]　팽려호는 비췻빛으로 가라앉고

538　悠然(유연) : 유연하다. 한가한 모습. 먼 모습.
539　廬山(여산) : 지금의 강서성 구강시(九江市) 남부에 소재. 북으로 장강과 닿아있
　　고 동쪽으로 파양호(鄱陽湖)와 면해있다. 일경 광산(匡山), 광려산(匡廬山), 남
　　장산(南障山)이라고도 한다. 1474미터.
　　五老峰(오로봉) : 여산의 명승지로 고령(牯嶺)의 동남에 있으며, 다섯 봉우리가
　　늙은 신선처럼 보인다 하여 이름 붙여졌다.
540　彭蠡(팽려) : 팽려호(彭蠡湖). 일명 팽택(彭澤), 궁정호(宮亭湖)라고 한다. 지금
　　의 강서성 파양호(鄱陽湖)이다.
　　深翠(심취) : 짙은 비취색 숲이나 물.

滄波照芙蓉.　　　　　　푸른 물결은 연꽃에 반사된다.

日初金光滿,　　　　　　해가 막 떠오르면 금빛으로 가득한데

景落黛色濃.[541]　　　　해가 떨어지면 눈썹먹빛으로 짙어진다.

雲外聽猿鳥,　　　　　　구름 밖에서 원숭이와 새 울음소리 들려오고

煙中見杉松.[542]　　　　안개 속에 전나무와 소나무가 보인다.

自然符幽情,　　　　　　자연의 도리가 깊고 고아한 마음에 부합하니

瀟麗愜所從.[543]　　　　자유롭고 산뜻하여 무엇을 하든 마음이 편안해라.

整策務探討,[544]　　　　수레를 몰아 명승지를 찾아 나서고

嬉遊任從容.　　　　　　즐거이 노닐며 마음껏 한가로이 다니네.

玉膏正滴瀝,[545]　　　　단약의 고약이 마침 똑똑 소리 내어 떨어지고

瑤草多芊茸.[546]　　　　요초瑤草가 더부룩이 우거져 있네.

---

541 景(경) : 햇빛. 해.

　　黛色(대색) : 흑청색. 검푸른 색. 黛(대)는 여인들이 눈썹을 그릴 때 쓰는 눈썹먹이다. 이 색으로 먼 산의 색조를 표현하는 경우가 많다.

542 杉松(삼송) : 전나무와 소나무.

543 瀟麗(소쇄) : 세상일에 구속 받지 않는 모습. 산뜻하고 자유로운 모습.

544 整策(정책) : 채찍을 가다듬다. 곧 수레를 준비하여 출행한다는 뜻.

　　探討(탐토) : 숲이나 능선을 헤치며 좋은 경관을 찾아다니다.

545 玉膏(옥고) : 옥으로 만든 고약. 신선들이 먹는다는 선약(仙藥). 여기서는 종유석(鐘乳石)과 석영(石英) 종류를 가리키는 것으로 보인다. 고대 신선술에 이들을 복용하는 방법이 있었다.

　　滴瀝(적력) : 윤기 있고 깨끗한 모습. 여기서는 물방울이 떨어지는 소리.

546 瑤草(요초) : 신선의 세계에 자란다는 향초. 『산해경(山海經)』에서는 고요산(姑瑤山) 제왕의 딸이 죽어 변한 풀이라고 하였다. 동방삭(東方朔)의 「친구에게 주는 편지(與友人書)」에 "서로 기약하여 요초를 줍고, 해와 달의 정기를 마셔, 함께 몸

羽人棲層崖,[547]　　　신선이 벼랑에 깃들어 사는데

道合乃一逢.[548]　　　지향이 합치하니 만나게 되었다네.

揮手欲輕舉,　　　손을 흔들며 가벼이 날아가려 해서

爲爾扣瓊鐘.[549]　　　그를 위해 옥으로 만든 종을 두드린다.

空香淸人心,[550]　　　하늘의 향기가 사람의 마음을 맑게 씻고

正氣信有宗.[551]　　　천지의 굳센 기운은 진실로 뜻이 있어라.

永用謝物累,[552]　　　오래도록 사물의 구속에서 벗어나

吾將乘鸞龍.[553]　　　나는 장차 난새와 봉황을 타고 다니리라.

【왕평】

빼어난 단련으로 해이한 운필이 없다.

이 시 또한 두 단락으로 되어 있는 양절체兩折體 형식이지만 순정純淨

이 가벼워져 하늘로 오르고자 할 뿐이네(相期拾瑤草, 呑日月之光華, 共輕舉耳)"이
란 말이 있다.
芊茸(천용) : 풀이 무성한 모양.
547 羽人(우인) : 깃털을 달고 날아다니는 신선. 『초사』「원유(遠遊)」에 "단구에서 우인
과 어울리며, 불사의 고향에 머물리라(仍羽人於丹丘兮, 留不死之舊鄕)"라는 말이 있
다.
548 道合(도합) : 정신적 지향이 일치하다.
549 扣(구) : 두드리다.
瓊鐘(경종) : 옥으로 장식된 아름다운 종.
550 空香(공향) : 하늘의 향기.
551 正氣(정기) : 천지간에 가득 찬 지극히 크고 굳센 기운.
有宗(유종) : 종지가 있다.
552 物累(물루) : 사물이 사람에게 주는 구속.
553 乘鸞龍(승난룡) : 난새와 용이 끄는 수레를 타다. 『초사』「이소(離騷)」에 "네 마
리 규룡(虯龍)이 끄는 봉황수레를 타고(駟玉虯以乘鷖兮)"란 말이 있다.

을 얻었다.

"해가 막 떠오르면 금빛으로 가득한데日初金光滿"는 당시 가운데 최고의 구로, 사령운과 사조의 영향을 받았다.

秀煉無懈筆.

亦兩折體也, 而得純淨.

"日初金光滿", 唐人極頂句也, 乃正得二謝餘澤.

【해설】

여산 오로봉에서의 한적하고 자유로운 심경을 묘사하였다. 당시에 명망이 높은 도사였던 오균은 안사의 난이 일어나자 756년부터 여산廬山에 들어가 여러 해를 지냈다. 이 시기에 「가을날 팽려호에서 여산을 바라보며秋日彭蠡湖中觀廬山」 등과 같은 산수시를 지었다. 이 시에서는 자유를 향하는 높은 정신과 우주 속에 독왕독래獨往獨來 하는 거침없는 뜻이 잘 드러나 있다.

왕부지는 한 편의 시가 생물체처럼 유기적으로 잘 통합되어 있는 구성의 완정성을 중시하였다. 이 시도 비록 "자연의 도리가"부터 후반으로 나뉘는 양절체兩折體 형식이나 내적 통합성이 잘 이루어졌다고 하였다. 왕부지는 시의 통합성을 중시하기에 한 편의 시를 몇 개의 단락으로 나누어 짓는 방법을 비판하였다. 명대 김성탄金聖嘆이 당대 칠언율시 약 600수를 모두 전후로 각각 4구씩 나누어 전해前解와 후해後解로 분석하고 평론한 『김성탄선비당시金聖嘆選批唐詩』가 나온 이후로 시를 전후

두 단락으로 나누어 보는 관념이 유행했는데, 왕부지는 이러한 양절체 시가 어떻게 통합되어 있는지 주의하였다. 그밖에 세 단락으로 이루어 진 시도 있는데 율시로 치면 도입제1, 2구, 전환제3~6구, 결말제7, 8구로 필요한 경우 어쩔 수 없이 수용하기도 했지만, 교연皎然 등이 분석한 '기-승-전-결'의 네 단락은 '승'제3, 4구에서 경景을 나타내고 '전'제5, 6구에서 정情을 나타내는 등 번쇄해서 크게 비판하였다. '순정純淨'은 왕부지가 중시하는 미적 특질로 혼융渾融한 정도가 순수하다는 뜻이다.

유장경劉長卿 1수

宿懷仁縣南湖, 寄東海荀處士.[554]

회인현 남호에 묵으며, 동해현의 순 처사에게 부침

    向夕斂微雨,[555]   저녁 무렵 가랑비 거두어지고

    晴開湖上天.   호수 위로 하늘이 맑게 개다.

    離人正惆悵,[556]   헤어져 있는 나는 지금 마침 서글퍼

    新月愁嬋娟.[557]   둥실 떠가는 초승달에도 시름겨워라.

---

554 懷仁縣(회인현) : 해주(海州)의 속현으로, 지금의 강소성 연운항(連雲港)이다.
    東海(동해) : 동해현(東海縣). 해주(海州)의 속현.
    荀處士(순처사) : 미상. 성씨가 순(荀)인 처사. 처사(處士)는 은거하며 벼슬을 하
    지 않는 사람.
555 向夕(향석) : 저녁 무렵.
556 惆悵(추창) : 실의하거나 실망하여 슬퍼하고 괴로워하다.

佇立白沙曲,[558]	굽이도는 흰 모래톱에 우두커니 서서
相思滄海邊.	바닷가의 그대를 그리워하노라.
浮雲自來去,	뜬구름은 저홀로 오고 가는데
此意誰能傳?	나의 마음을 누가 전해줄 수 있는가?
一水不相見,[559]	한 줄기 강을 두고도 만나지 못하는데
千峰隨客船.	천 개의 봉우리가 객선을 따라오네.
寒塘起孤雁,	차가운 강에서 외기러기 날아오르고
夜色分藍田.[560]	어둠 속에서 소금밭이 빛난다.
時復一廻首,	때때로 다시 고개를 돌려보니
憶君如眼前.	그대가 마치 눈앞에 있는 듯해라.

【왕평】

첫 두 구가 지극히 준발峻拔하니, 이보다 더 직설적으로 나가면 둔하고 거칠어 차마 더 볼 수 없을 것이다. 오언시의 풍미는 성당 때 쇠락하고 대력 연간 때 모두 없어졌다. 유장경의 이 작품은 전개와 마무리가 특히 간략하면서 깊어 십만 편 가운데 오직 이 한 편을 보존할 뿐이

557 嬋娟(선연) : 자태가 아름다운 모습. 여기서는 달빛이 맑고 아름다운 모습을 의미한다.
558 佇立(저립) : 우두커니 서 있음.
559 一水(일수) : 강물 한 줄기. 이 구는 「고시십구수」 중의 「멀고 먼 견우성(迢迢牽牛星)」에 "찰랑이는 강을 사이에 두고, 서로 애틋하게 바라볼 뿐 말 한마디 건네지 못하네(盈盈一水間, 脈脈不得語)"라는 구절을 환기한다.
560 藍田(남전) : 장안 남쪽 교외에 있는 현(縣). 다른 판본에는 '鹽田'(염전)으로 되어 되는데, 전후 맥락을 보아 타당하므로 이에 따른다.

다. 당시의 시단은 조급하고 경박한 소리가 원성元聲을 빼앗아 패기霸氣
를 자랑하려 하는데, 마치 왕세충이 천자가 되어 하늘을 가리키고 땅
을 그으며 사람들에게 거품을 무는 것과 같다. 세인들은 이를 두고 "팔
대의 쇠락을 일으켰다"고 한다.

"차가 강에서 외기러기 날아오르고寒塘起孤雁"는 절로 좋은 시구이다.

只如起句峻拔已極, 過此而更求直, 則鹵率不堪. 五言風味, 凋于盛唐, 至
大曆盡矣. 文房此作, 承受收合, 獨爲簡遠, 什一千百, 惟存斯爾. 狷急險躁之
音作, 乃欲奪元聲以矜霸氣, 如王世充作天子, 指天畫地, 白沫噴人, 世乃謂之
起八代之衰.

"寒塘起孤雁", 自是好句.

【해설】

전운사판관轉運使判官으로 회서淮西 지방에 갔을 때 지은 시로 보인다.
순 처사에 대한 그리움을 풍광을 빌어 심화시켰다.

왕부지는 오언고시가 성당 때 쇠락해지기 시작하고 중당 때 없어졌
지만, 유장경의 이 시만은 아직 '간략하면서 깊어[簡遠]' 전통이 남아 있
다고 하였다. 이러한 점에서 호응린胡應麟이 유장경을 성당과 중당中唐
의 경계라고 한 점을 연상할 수 있다. 원래 "문장을 팔대의 쇠락에서
일으켜 세웠다文起八代之衰"는 말은 소식蘇軾이 한유韓愈의 공적을 높이 평
가하여 한 말이지만, 왕부지는 이를 풍자적으로 사용하였다. 그는 유
장경이 활동한 시기를 오히려 이후 모든 시풍의 쇠락을 초래한 출발점

으로 보았다. 즉 '기起'는 '끝낸다'는 의미와 동시에 '시작한다'는 뜻도 있다는 점을 활용하여, "팔대의 쇠락을 일으켰다起八代之衰"라고 역설적 사용하였다.

이신李紳 1수

登棲霞寺峰懷望[561]	서하사 봉우리에 올라 멀리 바라보며
香印煙火息,[562]	향불과 연기가 꺼지면
法堂鐘磬餘.	법당엔 종과 경쇠 소리 가득해라.
紗燈耿晨焰,	청사초롱엔 새벽 불꽃이 빛나고
釋子安禪居.[563]	스님들은 선방에서 안거에 들었구나.
林葉脫紅影,	숲의 나뭇잎은 붉은 그림자를 벗고
竹煙含綺疏.[564]	대숲의 안개는 창틀을 감싸는데
星珠錯落耀,	구슬 같은 별들이 여기저기 반짝이고
月宇參差虛.[565]	달빛에 건물 그림자가 들쭉날쭉 비어있다.

---

561 棲霞寺峰(서하사봉) : 서하산(棲霞山). 지금의 남경시 동북에 소재. 남조의 제 고
제(齊高帝)가 건원 연간(479~482)에 거사 명승소(明僧紹)가 서하산에 은거하
였기에, 그 집을 서하정사(棲霞精舍)로 건축하여 희사하였다.
562 香印(향인) : 향전(香篆). 전서체 글자 모양으로 만든 향.
563 釋子(석자) : 승려. 석가모니의 제자로 세간의 성씨를 없앴기에 이리 말하였다.
564 綺疏(기소) : 꽃 문양으로 투각하여 장식한 창틀.
565 月宇(월우) : 월궁(月宮). 여기서는 서하사(棲霞寺)를 가리킨다.

顧眺匪恣適,[566] 멀리 바라보아도 편안한 것은 아닌데

曠襟懷卷舒.[567] 넓은 가슴으로 자유로움을 그리워한다.

江海淼淸蕩,[568] 먼 강과 바다는 고요하고 평온한데

丘陵何所如. 구릉은 어디로 뻗어가고 있는가.

滔滔可問津, 도도한 강물에 나루가 어딘지 물을 수 있지만

耕者非長沮.[569] 밭 가는 사람은 장저長沮가 아니로다.

茅嶺感仙客,[570] 모산茅山은 은사를 감화시키고

蕭園成古墟.[571] 절의 동산은 오래된 옛터가 되었다.

移步下碧峰, 걸음을 옮겨 비췻빛 봉우리를 내려오는데

涉澗更躊躇. 개울을 건너다 다시 배회한다.

鳥噪啄秋果, 새는 지저귀며 가을 과일을 쪼고

---

566 匪(비) : 非(비)와 같다.
　　恣適(자적) : 마음껏 편안하게 하다.
567 卷舒(권서) : 말고 펴다. 여기서는 자유로운 모양.
568 淼(묘) : 물결이 아득하다.
　　淸蕩(청탕) : 고요하고 평안하다.
569 長沮(장저) : 춘추시대 초나라의 은자. 『논어』「미자(微子)」에 공자가 초나라에 갔을 때 장저(長沮)와 걸익(桀溺)이 밭을 갈고 있는 것을 보고 자로(子路)를 시켜 나루터가 어디인지 묻는 대목이 있다.
570 茅嶺(모령) : 모산(茅山). 지금의 강소성 구용현(句容縣) 동남에 소재한 산. 산의 형세가 句(구)자처럼 굽이도는 모양이어서 원래 이름을 구곡산(句曲山)이라 하였다. 한대 모영(茅盈), 모충(茅衷), 모고(茅固) 형제가 이 산에서 득도하였기에 삼모군(三茅君)이라 하였고, 산 이름을 삼모산(三茅山) 또는 모산(茅山)이라 하였다.
571 蕭園(소원) : 절에 있는 정원. 양 무제(梁武帝)가 절을 세울 때 소자운(蕭子雲)에게 비백체로 '소(蕭)'자를 쓰게 했기에 절을 '소사(蕭寺)'라 하게 되었다.

翠驚銜素魚.[572]　　놀란 물총새는 흰 물고기를 물었다.

迴塘彩鷁來,[573]　　둥근 연못에 배가 오고

落景標林篍.[574]　　떨어지는 빛이 임어죽 위에 걸렸다.

漾漾棹翻月,　　노는 출렁이며 달을 뒤집고

蕭蕭風襲裾.　　우수수 부는 바람은 옷깃을 파고든다.

勞歌起舊思,[575]　　일꾼의 노래는 옛 생각을 일으키는데

感歎竟誰攄.　　탄식은 결국 누가 펼치는가.

却數共遊者,　　돌아보며 함께 유람 온 사람을 세어보니

凋落非里閭.[576]　　쇠약해진 이들은 고향 사람이 아니어라.

【왕평】

순조롭고 무성하다.

順茂.

【해설】

서하사 뒷산의 봉우리에 올라갔다가 내려오며 담담한 어조로 새벽의

572　翠(취) : 물총새. 물가에 살며 물고기를 잡아먹고 산다.
573　彩鷁(채익) : 익조의 머리를 채색한 뱃머리. 익조는 해오라기 비슷한 물새로 뱃사람들이 그 모습을 그려 뱃머리에 장식하여 배의 운항이 잘 되기를 기원하였다. 일반적으로 배를 가리킨다.
574　林篍(임어) : 임어(箖篍). 대나무의 일종. 잎이 얇고 크다.
575　勞歌(노가) : 일하는 사람의 노래. 석별의 노래.
576　里閭(리려) : 같은 마을 사람.

모습과 감회를 서술하였다. 객관적인 서경이라기보다는 시인의 내면을 그렸기에 시인의 눈으로 풍광을 바라보고 내면을 들여다보게 된다.

위응물韋應物 14수

擬古行行重行行[577]	'걷고 걸어 또 쉬지 않고 걸어가니'를 본떠 지음
辭君遠行邁,[578]	떠나간 그대 멀리멀리 갔으니
飮此長恨端.[579]	이 깊은 정한을 마시게 되었습니다.
已謂道里遠,	이미 간 길이 멀다고 하는데
如何中險艱?[580]	중도가 험난하니 어이하나요?
流水赴大壑,[581]	흐르는 강물은 바다로 달려가고
孤雲還暮山.	외로운 구름은 저무는 산으로 돌아갑니다.
無情尙有歸,	마음이 없는 무생물도 돌아갈 곳 있는데
行子何獨難?	나그네는 어이 홀로 돌아오지 못하나요?

---

577 이 연작시는 동한 말기 '고시십구수(古詩十九首)'를 모의하여 지었다. 위응물은 모두 12수를 지었으나 여기서는 3수를 골랐다.

578 行邁(행매) : 먼 길을 가다. 『시경』 「서리(黍離)」에 "길 가는 발걸음은 느릿느릿 하고, 마음은 근심으로 흔들리네(行邁靡靡, 中心搖搖)"라는 말이 있다.

579 端(단) : 실마리. 여기서는 연유.

580 中(중) : 중로(中路). 곧 도중(道中).

581 大壑(대학) : 바다. 『장자』 「천지(天地)」에 "대학(大壑)이란 물을 부어도 차지 않고 물을 퍼내도 마르지 않으니 내 장차 그곳에 가서 놀리라(夫大壑之爲物也, 注焉 而不滿, 酌焉而不竭, 吾將遊焉)"는 말이 있다.

驅車背鄉國,[582]	그대가 수레를 몰고 고향을 떠나던 길
朔風卷行迹.	삭풍이 발자취를 말아갑니다.
嚴冬霜斷肌,	엄동이라 서리가 살을 에이고
日入不遑息.[583]	해가 저물면 쉬기도 어렵겠지요.
憂歡客髮變,[584]	시름으로 얼굴과 머리털이 초췌해지고
寒暑人事易.	겨울이 여름으로 변하면서 사람 일도 바뀌었습니다.
中心君詎知,	나의 마음을 그대는 어떻게 아시나요
冰玉徒貞白.[585]	얼음과 옥처럼 그저 곧고 결백할 뿐인데.

【왕평】

이 작품 역시 고대의 형식과 다르지만, 전편이 평온하여 풍부한 운미를 얻었다.

亦異古裁, 全以從容得其豐韻.

---

582 鄉國(향국) : 고향. 다른 판본에선 '鄉園'(향원)이라 되어있다.

583 遑息(황식) : 쉬다. 『시경』「은기뢰(殷其雷)」에 "어찌하여 이곳을 떠나 계신가요? 감히 쉴 겨를조차 없으시겠지요(何斯違斯, 莫敢遑息)"란 말이 있다.

584 憂歡(우환) : 근심과 기쁨. 편의복사(偏義複詞)로 여기서는 근심의 뜻.

585 冰玉(빙옥) : 얼음과 옥. 고상하고 정결한 인품을 가리킨다. 또는 포조(鮑照)의 「백두음을 본떠 지음(代白頭吟)」에 "곧기는 붉은 실처럼 반듯하고, 맑기는 옥항아리에 담긴 얼음처럼 깨끗하다(直如朱絲繩, 清如玉壺冰)"는 말에서 '옥항아리 속의 얼음(玉壺冰)'을 뜻한다. 역시 곧고 순결한 마음을 비유한다.
　　貞白(정백) : 곧고 결백하다.

여인이 객지에 나간 남편을 그리워하는 내용이다. 「고시십구수」가운데 「걷고 걸어 또 쉬지 않고 걸어가니行行重行行」를 본떠 지었다. 위응물은 이 제재를 흐르는 강물流水과 외로운 구름孤雲 등으로 통일감 있게 재구성하였다. 「고시를 본떠 지음 12수」 가운데 한 수이다.

擬凜凜歲云暮	'추위 속에 한 해가 저무는데'를 본떠 지음
春至林木變,	봄이 되어 숲이 푸르게 변하였는데
洞房夕含淸.586	깊은 안방은 저녁 되니 맑음을 머금었다.
單居誰能裁,587	홀로 지내는 시름을 누가 잘라낼 수 있으랴
好鳥對我鳴.	좋은 새가 내 앞에서 우는구나.
良人久燕趙,588	남편은 오랫동안 북방에 있어
新愛移平生.589	새로운 사랑에 평소의 마음이 바뀌었을까.
別時雙鴛綺,590	헤어질 때 주던 원앙 문양 비단이
留此千恨情.	천 가지 정한을 남겨놓았네.

---

586 淸(청) : 처청(凄淸)하다. 차고 맑다.
587 裁(재) : 제재하다. 억제하다.
588 良人(양인) : 남편. 아내가 자신의 남편을 지칭하는 말.
　　燕趙(연조) : 연 지방과 조 지방. 원래 전국시대 칠웅(七雄) 가운데 두 나라였으나 나중에는 그 국가가 관할했던 지역을 가리킨다. 연 지방은 오늘날의 하북성 북부 일대이며, 조 지방은 하북성 중남부 일대이다.
589 移平生(이평생) : 평소 나에게 향하던 마음을 바꾸다.
590 雙鴛綺(쌍원기) : 한 쌍의 원앙이 마주보고 있는 문양의 비단. 고대에는 헤어질 때 부부 사이에 귀중한 물건을 선물하는 습속이 있었다. 綺(기)는 꽃무늬가 있는 비단.

碧草生舊迹,	예 다니던 발자국에 푸른 풀이 자라고
綠琴歇芳聲.[591]	거문고는 향기로운 소리도 끊어졌어라.
思將魂夢歡,[592]	꿈속에서 만나 즐거움 누리려 했으나
反側寐不成.[593]	몸을 뒤척이며 잠들 수 없구나.
攬衣迷所次,[594]	옷을 걸쳐도 어디로 갈지 몰라
起望空前庭.	일어나 텅 빈 앞마당을 바라보네.
孤影中自惻,[595]	외로운 그림자에 마음속이 절로 슬퍼
不知雙涕零.[596]	저도 모르게 두 줄기 눈물이 떨어지누나.

【왕평】

평아平雅하다.

봄날 저녁을 묘사하는 사람이라면 감히 ‘석함청夕含淸’ 석 자를 말할 수 없을 것이다. 이는 소명태자가 ‘천랑기청天朗氣淸’이란 말이 들어가 있는 「난정서蘭亭序」를 『문선』에 싣지 않은 것과 같다. 그러나 실제로

---

591 綠琴(녹금) : 녹기금(綠綺琴). 거문고 이름. 부현(傅玄)의 「금부 서문(琴賦序)」에 “사마상여에게 녹기가 있고(司馬相如有綠綺)”란 말이 있다. 여기서는 거문고를 가리킨다.
592 思將(사장) : 생각하다. 그리워하다. 將(장)은 뜻이 없이 어조를 고르는데 쓰이는 조사.
593 反側(반측) : 누워서 몸을 뒤집거나 모로 세우다. 몸을 뒤척이다.
594 攬衣(남의) : 옷을 들다. 여기서는 옷을 걸치다.
　　迷所次(미소차) : 정신이 혼미하여 몸을 어디에 둘지 모르다.
595 中(중) : 마음속.
　　惻(측) : 슬퍼하다.
596 零(영) : 떨어지다.

는 그렇지 않으며, 여기서는 봄날 저녁의 정취에 꼭 어울린다.

平雅.

寫春夕者不敢道'夕含淸'三字, 以"天朗氣淸"爲昭明所刪, 實則不然, 但于
春夕體之.

【해설】

여인이 객지에 나간 남편을 그리워하는 내용이다. 「고시십구수」 중
의 「추위 속에 한 해가 저무는데凜凜歲云暮」를 모의하였다. 그러나 원래
의 시는 한겨울을 배경으로 꿈속에서 양인을 만난 정경을 자세히 묘사
하고 있는데 반해, 이 시는 봄밤의 적막과 잠을 이루지 못하는 시름을
서술하였다.

평아平雅는 왕부지가 가장 높이 치는 평平의 미학에 '온유돈후溫柔敦厚'
의 시교詩敎를 더한 비평 용어이다. 왕부지에 따르면 절묘한 구는 오히
려 졸시에서 나오는 것으로, 정말로 뛰어난 시는 전편에 절묘한 구가
없거니와 또 절묘하지 않은 구가 없다. 그러므로 자연스러운 구성과
기세로 작품 전체가 하나의 기운으로 퍼져 있는 것이 평平이라 할 수
있다. 여기에 『시경』의 온유돈후한 정서가 있다면 아雅라 할 수 있다.
왕부지의 평어에 평平은 평범하거나 범용하다는 뜻이 결코 아니라 높
은 미학적 수준을 가리킨다.

擬古明月何皎皎　　　'밝은 달은 교교히 비치고'를 본떠 지음

白日淇上沒,[597]　　　빛나는 해가 기수淇水 강에 저무니

空閨生遠愁.[598]　　　빈 규방에선 시름이 일어나네요.

寸心不可限,[599]　　　마음은 시름을 막을 길 없는데

淇水長悠悠.　　　　기수는 아득히 흘러만 가네요.

芳樹正妍鬱,[600]　　　아름다운 나무가 한참 울창하니

春禽自相求.　　　　봄의 새들이 서로를 찾아요.

徘徊東西廂,[601]　　　동쪽 서쪽 행랑채를 배회하니

孤妾誰與儔?[602]　　　외로운 첩은 누구와 짝할 수 있나요?

年華逐絲淚,[603]　　　아리따운 시절이 눈물 따라 가버리니

一落俱不收.　　　　한 번 떨어지면 모두 거둘 수 없네요.

597　淇(기) : 기수(淇水). 지금의 하남성 남부에 소재. 고대에는 황하의 지류였다.

598　空閨(공규) : 남편이 객지에 나간 탓에 여인이 고독하게 지내는 규방.

599　寸心(촌심) : 가로 세로 한 치의 심장. 마음.
　　　限(한) : 멈추다. 금하다.

600　妍鬱(연울) : 아름답고 번성한 모양.

601　廂(상) : 본당의 동서 양측에 있는 건물.

602　孤妾(고첩) : 여인이 스스로를 부르는 겸사.
　　　誰與儔(수여수) : 與誰儔(여수수)의 뜻이다. 누구와 더불어 짝하리오? 대명사 선
　　　행 용법.

603　年華(년화) : 해, 세월, 시간 등을 의미하며, 나아가 봄과 같이 일 년 중 좋은 때를
　　　의미하기도 한다.
　　　絲淚(사루) : 실처럼 가늘고 길며 끊이지 않고 흘리는 눈물.

【왕평】

앞머리 20자는 완곡하고 곡절이 많아 필력이 만 균에 이른다. 이어서 오히려 '방수芳樹' 두 구의 '흥어興語'로 완만하게 받았다. 조각구름이 우뚝 솟았다가 흩어져 노을이 되는 것이 무심하면서 비범하니, 신령이 주었을 것이다!

迎頭二十字, 宛折回互, 筆力萬鈞. 遞下却用'芳樹'二句興語緩受, 孤雲矗起, 散爲平霞, 無心自奇, 神者授之矣!

【해설】

「고시십구수」 중의 「밝은 달은 교교히 비치고明月何皎皎」를 모의하였다. 고시는 밝은 달을 보고 객지에 나간 남편을 그리는 내용이지만, 위응물은 해가 지는 저녁에 유유히 흘러가는 강물로써 깊은 한을 형상화하였고, 나무와 새에 비겨 자신의 외로움과 안타까움을 대조시켰다.

왕부지는 이 시의 구성에 주의하면서, 첫머리 4구에서 강한 필력으로 끌어올렸다가, 새와 나무의 '흥'으로 완만하게 이어받은 점이 자연스러우면서 비범하다고 하였다.

幽居[604]	한가히 살며
貴賤雖異等,	부귀와 빈천은 비록 지위가 다르지만
出門皆有營.[605]	모두 시장에 나와 생을 영위한다는 점에서

604　幽居(유거) : 은거하다. 또는 그 거처.

같다.

獨無外物牽,[606]	홀로 외물에 얽매이지 않다 보니
遂此幽居情.	마침내 은거의 바램을 이룰 수 있었어라.
微雨夜來過,	보슬비가 어젯밤 지나가더니
不知春草生.	모르는 사이에 봄풀이 자랐다.
靑山忽已曙,	청산에 홀연 새벽빛이 훤하더니
鳥雀繞舍鳴.	새들이 집 주위에서 지저귄다.
時與道人偶,[607]	때때로 스님을 만나고
或隨樵者行.	어떤 때는 나무꾼을 따라 나선다.
自當安蹇劣,[608]	나의 은거는 스스로 못난 재주에 만족해서이지
誰謂薄世榮?[609]	세상의 부귀를 얕보아서가 아니라네.

【왕평】

위응물의 시는 쇠락하는 가운데 홀로 우뚝 서 있는데, 단점은 때때로 각박하고 촉급하다는 점이다. 이 작품은 맑지만 각박하지 않고, 직

---

605 營(영) : 생을 영위하다.
606 外物(외물) : 자기 이외의 사물이나 일. 일반적으로 세속의 이익, 욕망, 공명 등을 가리킨다.
　　牽(견) : 얽매이다.
607 道人(도인) : 득도한 사람. 여기서는 승려.
608 蹇劣(건렬) : 재능이 없고 평범함.
609 世榮(세영) : 세상의 부귀영화.

설적이지만 촉급하지 않아, 반드시 한유, 유종원, 원진, 백거이, 맹교, 가도 등과 같은 흐름에 있지 않았다. 중당 이후 오언시를 짓는 사람 가운데 오직 이 시인만이 시의 부끄러움을 알았다.

蘇州詩獨立衰亂之中, 所短者時傷刻促. 此作淸不刻, 直不促, 必不與韓柳元白孟賈諸家共川而浴. 中唐以降, 作五言者, 唯此公知恥.

【해설】

은거에 대한 지향과 실천을 표현하였다. 세상의 구속에서 벗어나는 일은 청고함을 추구해서가 아니라 재주가 없는 탓이라는 데서 세속에 대한 일말의 울분도 숨어 있다. 은거에 대한 입장과 전원에 대한 신선한 묘사가 어우러져 소박하고 담백한 운미를 만들었다. 도연명이 지은 「방 거사에 답함答龐居士」이란 시의 "나는 사실 은거하는 선비我實幽居士"에서 제목을 따왔다.

왕부지는 오언고시에 있어 중당 이후 위응물의 시를 최고로 쳤다. 때문에 『당시평선』에서도 14수로 비교적 많은 시를 뽑았다. 비록 때로 각박하고 촉급한 단점이 있지만 이 시는 그러한 단점이 없어 선에 넣었다. 다른 한편 한유와 백거이 등은 성세가 높지만 위응물보다 훨씬 못하다고 하였다.

効陶彭澤體[610]　　　　　　도연명체를 본떠

　霜露悴百草,[611]　　　서리와 이슬에 온갖 꽃이 시드는데

　時菊獨姸華.[612]　　　시절에 맞춰 핀 국화만이 홀로 선연하구나.

　物性有如此,　　　　사물의 본성이 이와 같으니

　寒暑其奈何.　　　　추위가 어찌할 수 있으랴.

　掇英泛濁醪,[613]　　　꽃을 따 탁주에 띄우고

　日入會田家.　　　　해가 지면 농가에 모이네.

　盡醉茅簷下,　　　　띠풀 처마 아래 모두가 취했으니

　一生豈在多?　　　　일생이 어찌 많이 가진 데 있겠는가?

【왕평】

앞 7구는 하나의 기운으로 밀고 나갔는데, 정신을 모은 곳은 말 1구이다. 그런데도 느긋이 나왔으니 심원한 힘이 천 배나 된다.

제목을 '도연명체를 본떠'라고 했으므로 위응물이 도연명을 본뜬 작품은 이 시뿐이다. 위응물의 다른 시는 다수가 장열과 장구령에서 나왔으며, 마음은 줄곧 「고시십구수」에 있었다. 잘 알지 못하는 사람들

610　陶彭澤(도팽택) : 도연명. 남조 유송(劉宋) 의희 연간에 팽택령(彭澤令)이 되었다.
611　悴(췌) : 시들다.
612　時菊(시국) : 계절에 맞추어 핀 국화.
613　掇英(철영) : 꽃을 따다.
　　泛(범) : 물에 담그다.
　　濁醪(탁료) : 탁주.

이 '도위陶韋', 도연명과 위응물라 병칭하여 고금의 계승 관계를 없애버렸다. 그들은 오언시는 붉은 얼굴에 창대 수염의 무대로 여기고, 오직 "우뚝 솟아 신주神州를 누르고突兀壓神州"와 "푸른 쥐가 낡은 기와 속으로 숨는 구나蒼鼠竄古瓦"를 정통으로 여기고 나머지는 모두 별조別調로 여긴다. 이 같은 평가는 정말이지 사람을 떨게 만든다. 이처럼 고금의 사람을 속 인 것은 그들이 시가의 연원과 발전을 모르기 때문이다.

前七句一氣推衍, 斂精聚魂爲末一句, 而又以夷猶出之, 杳渺之力千倍.

題云'效陶', 則韋所效陶者此耳, 韋他詩多從二張來, 乃心直在「十九首」間. 少識者卽以陶韋幷稱, 抹盡古今經緯. 意謂王言爲頳面戟髥之場, 唯"突兀壓 神州"[614], "蒼鼠竄古瓦"[615]爲正派, 餘皆別調. 似此評唱, 眞令人肉顫. 以其誣 盡古今, 莫知源委也.

【해설】

국화와 술을 좋아하는 마음으로 고결하고 초탈한 정취를 나타내었 다. 시의 풍격과 정서가 질박하고 평실하여 제목에서 말하는 도연명체 의 특징을 볼 수 있다.

왕부지는 위응물과 관련된 평단의 인식에 이의를 제기하였다. 오언

---

614 突兀(돌올) 구 : 잠삼의 「고적, 설거와 함께 자은사 탑에 올라(與高適, 薛據同登慈 恩寺浮圖)」에 나오는 구이다. "우뚝 솟아 신주(神州)를 누르고, 삐쭉삐쭉한 모습 은 귀신의 솜씨인 듯(突兀壓神州, 崢嶸如鬼工.)"
615 蒼鼠(창서) 구 : 두보의 「옥화궁(玉華宮)」에 나오는 구이다. "시내가 굽이돌고 솔바람 길게 부는데, 푸른 쥐가 낡은 기와 속으로 숨는구나.(溪廻松風長, 蒼鼠竄 古瓦.)"

고시의 본령은 잠삼과 두보의 시처럼 강렬한 표현이 아니라 온후한 데 있으며, 위응물이 이를 잘 계승하였다고 하였다.

<table>
<tr><td>送鄭長源[616]</td><td>정장원을 보내며</td></tr>
<tr><td>少年一相見,</td><td>젊은 날 한번 만나자마자</td></tr>
<tr><td>飛轡河洛間.[617]</td><td>황하와 낙수 사이를 말 타고 내달렸지.</td></tr>
<tr><td>歡遊不知罷,[618]</td><td>즐거운 유람에 피로한 줄 몰랐는데</td></tr>
<tr><td>中路忽言還.</td><td>중간에 갑자기 돌아간다 말하네.</td></tr>
<tr><td>泠泠鶤絃哀,[619]</td><td>찌렁찌렁 비파 현이 구슬픈데</td></tr>
<tr><td>悄悄冬夜閑.</td><td>조용한 겨울밤이 한가해라.</td></tr>
<tr><td>丈夫雖耿介,[620]</td><td>장부는 비록 강직해도</td></tr>
<tr><td>遠別多苦顔.</td><td>멀리 떠난다니 얼굴을 찡그리기 마련.</td></tr>
<tr><td>君行拜高堂,[621]</td><td>그대 가서 부모님께 절하려니</td></tr>
<tr><td>速駕難久攀.[622]</td><td>빨리 가려는 수레 오래 붙들 수 있으랴.</td></tr>
</table>

---

616 鄭長源(정장원) : 미상. 시의 내용으로 보아 일찍이 낙양에서 객거했으며 나중에 남서(南徐, 강소성 진강시)로 성친하러 갔음을 알 수 있다.

617 飛轡(비비) : 고비를 날리다. 말을 째칙질하여 질주하다.
河洛間(하락간) : 지금의 하남성 낙양 일대. 낙양 근처에는 황하, 낙수(洛水), 이수(伊水) 등 세 강이 있다.

618 罷(파) : 피(疲)와 통한다. 피로하다.

619 泠泠(령령) : 찌렁찌렁. 맑고 높은 소리를 나타내는 의성어.
鶤絃(곤현) : 곤계의 힘줄로 만든 비파 현. 여기서는 비파를 가리킨다. 곤계는 학과 비슷한 새로 황백색이다.

620 耿介(경개) : 강직하고 청렴하다.

621 高堂(고당) : 부모를 가리킨다.

雞鳴儔侶發,　　　　　닭이 울고 친구가 출발하면

朔雪滿河關.　　　　　차가운 눈발이 강과 관문에 가득하리.

須臾在今夕,　　　　　오늘 저녁 이 시간은 삽시간에 지나가니

樽酌且循環.　　　　　술잔을 멈추지 말고 돌아가며 마시세.

【왕평】

　위응물의 오언고시는 한위양진漢魏兩晉의 대종大宗이다. 다른 시인들을 내려다보면 그들은 마땅히 손자 항렬에 불과하니, 그들의 높고 낮음을 논하는 자체가 무의미하다. 그의 시는 자리 정돈이 분명하여, 아껴 남긴 부분이 있고, 제쳐서 버린 부분이 있다. 그가 아껴 남긴 것은 반드시 속된 시인들이 버린 것이고, 그가 버린 것은 반드시 속된 시인들이 아껴 남긴 것이다. 이것이 어찌 남고 달리 돋보이려는 인위적인 수법이겠는가! 시를 짓는 이가 이러한 경지에 이르려면, 천 번, 백 번 단련을 거쳐야 하니, 이는 마치 『고공기』에서 말한 ”오행의 기운이 다하여 금과 주석이 완전히 융합되는” 경지에 이르러야 비로소 위응물의 어깨와 등을 바라볼 수 있다. 그렇지 않으면 심장을 억지로 파헤쳐 구멍을 내는 것과 같아, 그 심장은 오히려 피로 얼룩져 시야가 더욱 흐려질 뿐이다. 무엇을 버리고 취할지 그 근거조차 모른다면, 그의 경지에 조금이라도 다가갈 수 없다.

　”오늘 저녁 이 시간은 삽시간에 지나가니須臾在今夕” 구와 같이 정돈된

622　久攀(구반) : 오래 머물다. 攀(반)은 손으로 잡아 수레에 오르다.

묘사는 어찌 귀신이 밤에 곡을 하게 하지 않겠는가?

韋于五言古, 漢晉之大宗也. 俯視諸子, 要當以兒孫畜之, 不足以充其衙官之位. 其安頓位置, 有所吝留, 有所揮斥. 其吝留者, 必流俗之揮斥. 其揮斥者, 必流俗之吝留, 豈其以擺脫自異哉! 吟詠家唯于此千鍛百煉, 如『考工記』所稱 "五氣俱盡, 金錫融浹"者, 方可望作者肩背. 非此則鑽心作竊, 其心愈爲血所模糊. 揀擇去取, 莫知端浹, 亦無望其仿佛也.

卽如"須臾在今夕"一句, 安頓追寫, 豈不令鬼爲夜哭邪?

【해설】

친구 정장원을 보내며 석별의 정을 나타내었다. 친구와 만날 때부터 지금까지의 경력을 속도감 있게 묘사하여, 강개하고 다감한 모습이 눈앞에 떠오르듯 그려냈다. 시의 풍격이 활달하면서도 언어가 위진 시대의 시와 크게 다르지 않아 고박古朴한 정취를 준다.

왕부지는 오언시의 역사에서 위응물의 위치와 특징을 긴 문장으로 서술했다. 왕부지는 위응물이 화평하고 돈후한 한위 고시의 전통을 이어받았기 때문에 당대 오언고시의 최고라 보았다. 그래서 '한위양진의 대종[漢晉之大宗]'이라 선언하고, 이렇게 보는 시각이 일반 사람과 다른 상황을 설명했다.

酬盧嵩秋夜見寄[623]　　노숭의 '가을밤'을 받고 화답하며

喬木生夜涼,　　높은 나무에서 밤의 서늘함이 일어나고

月華滿前墀.　　달빛이 앞뜰에 가득하네.

去君咫尺地,　　그대와 지척에 있는데도

勞君千里思.[624]　　그대는 천리나 떨어져 있는 듯 그리워하네.

素秉棲遁志,　　평소에 은거의 뜻을 가졌는데

況貽招隱詩.[625]　　하물며 '초은시'를 받았음에랴.

坐見林木榮,　　부질없이 수목이 울창한 것을 보고

願赴滄洲期.[626]　　은거의 기약을 이루려 창주에 가고파라.

何能待歲晏?[627]　　어찌 세밑을 기다릴 필요 있으랴?

携手當此時.　　바로 지금 손잡고 함께 가야 하리.

【왕평】

절로 그 글자를 아끼니, 글자 한 자를 더하고 빼는 데 있어 천금을 준다 해도 팔지 않는다. 당대에 이럴 수 있는 사람은 오직 위응물 한

623　盧嵩(노숭) : 위응물의 친구. 위응물의 시집어 노숭에게 준 시는 모두 4수가 있다.

624　千里思(천리사) : 천리나 멀리 떨어져 있는 듯한 깊은 그리움.

625　貽(이) : 주다.
　　招隱詩(초은시) : 은거를 권하는 시. 노숭이 의응물에게 증정한 시에 귀은을 권하는 내용이 있음을 가리킨다.

626　滄洲期(창주기) : 창주에 은거하려는 기약.

627　歲晏(세안) : 歲晚(세만)과 같다. 세밑. 연말. 원주(原注)에 "노숭의 시에 '세밑을 기약하세'란 말이 있다(盧詩云 : '歲晏以爲期.')"고 했다.

사람뿐이다. "맹교는 차갑고 가도는 말랐다"지만, 그 차갑고 마른 것이
모두 쓰레기다.

自愛其字, 一出一入, 非千金不售. 有唐一代能爾者, 唯公一人. 郊寒島瘦,
其寒瘦者皆糞土也.

【해설】

가을밤 친구를 그리며 함께 은거할 뜻을 나타냈다. 친구 노승이 보
내온 시에서 연말에 함께 은거하자고 청하기에 차라리 바로 지금 은거
하자고 답하였다.

왕부지는 이 시를 높이 평가하면서 천금이 아니면 팔지 않을 정도라
고 하였다. 이에 반해 소식이 평가한 "맹교는 차갑고 가도는 말랐다"는
말을 이용해 맹교와 가도의 시는 썩은 흙에 불과하다고 하였다.

同德寺雨後, 寄元侍御李博士[628]

동덕사에서 비가 내린 후 - 원 시어와 이 박사에게 부침

川上風雨來,　　　　　　　강 위에 비바람이 몰려오더니
須臾滿城闕.　　　　　　　삽시간에 성궐에 가득하다.

628　同德寺(동덕사) : 낙양성 동쪽에 있던 사찰.
　　元侍御(원시어) : 이름은 미상. 시어(侍御)는 일반적으로 감찰어사(監察御史)나
　　전중시어사(殿中侍御史)를 가리킨다.
　　李博士(이박사) : 이름은 미상. 당대에는 국자감(國子監)에 박사를 설치하였고,
　　부주(府州)에도 경학박사(經學博士)를 두었다. 덕종(德宗) 이후로 문학(文學)
　　이라 개칭했다.

岧嶢青蓮界,[629]	우뚝 솟았구나, 청련青蓮의 세계여
蕭條孤興發.[630]	쓸쓸한 풍경이 시흥詩興을 일으킨다.
前山遽已淨,[631]	앞산이 갑자기 깨끗이 씻기더니
陰靄夜來歇.[632]	구름과 안개가 밤들어 거두어졌다.
喬木生夏凉,	높은 나무에서 여름의 서늘함이 일어나고
流雲吐華月.	흐르는 구름이 밝은 달을 토한다.
嚴城自有限,[633]	낙양성은 야간 통금으로 제한이 있지만
一水非難越.[634]	강 한줄기는 건너기 어려운 건 아니어라.
相望曙河遠,[635]	바라보니 새벽 은하수가 머나먼데
高齋坐超忽.[636]	높은 서재에 있으니 더욱 아득하여라.

【왕평】

흉중에 있는 것을 손목 아래에서 우연히 얻었으니, 본래의 기량이

---

629 岧嶢(초요) : 높고 험준한 모습.
　　靑蓮界(청련계) : 절. 청련우(靑蓮宇) 또는 청련궁(靑蓮宮)이라고도 한다. 불경에서는 넓고 길쭉한 청색 연잎을 곧잘 부처의 눈동자에 비유하였기에, 이로써 승려나 사찰을 가리켰다.
630 孤興(고흥) : 홀로 있을 때의 시흥(詩興).
631 遽(거) : 갑자기. 분주히.
632 陰靄(음애) : 짙은 안개나 구름.
633 嚴城(엄성) : 계엄이 내려진 성. 당대 도성은 야간에 통행이 금지되었다.
634 一水(일수) : 물줄기 하나. 당대 낙양성 안에는 이수(伊水), 낙수(洛水), 통제거(通濟渠)가 모여들었다. 여기서는 낙수를 가리킨다.
635 曙河(서하) : 새벽의 은하수.
636 超忽(초홀) : 멀고 아득한 모양. 나아가 정신이 높고 멀리 다니는 모양.

넉넉하고 힘이 강함을 알 수 있다. 여기에서 "앞산이 갑자기 깨끗이 씻기더니前山遽已淨" 이하 네 구를 읽으면 작자를 저버릴 수 없다.

"높은 나무에 서늘함이 깃들고喬木生涼"란 말을 다시 사용했는데, 어찌 다른 구성 속에 가능하지 않겠는가? 단순한 중복을 싫어하기 때문이다.

胸中有此, 腕下適爾得之, 則知其本富而力强也. 以此讀"前山遽已淨"四句, 方得不負作者.

"喬木生涼"語凡再用, 豈不能別構? 惡濫故也.

【해설】

773년 여름 낙양 동덕사에서 한거하며 요양할 때 친구를 그리며 지었다. 위응물이 771년부터 하남병조참군河南兵曹參軍으로 낙양에 있을 때였다. "낙양성은 야간 통금으로 제한이 있지만"이란 말로 보아 원 시어元侍御는 낙양성 안에 거주하는 듯하고, "강 한줄기는 건너기 어려운 건 아니어라"는 말로 보아 이 박사李博士는 낙수의 남쪽에 사는 듯하다. 전반부는 황급히 지나간 빗줄기를 묘사했고, 후반부는 선선한 밤에 친구를 생각하였다. 특히 "높은 나무에 여름의 서늘함이 일어나고, 흐르는 구름이 밝은 달을 토한다喬木生夏涼, 流雲吐華月"는 후세에 '흥상이 절로 이루어졌다興象天然'고 평가된 명구이다.

왕부지는 이 시를 높이 평가하면서 위응물의 기량이 뛰어난 결과라고 말하였다. 특히 중간의 네 구는 평소 '흉중에 있는 것'이 자연스레 나온 것으로 그만큼 힘차고 풍부하다고 하였다. 또 여기서는 "높은 나무에서 여름의 서늘함이 일어나고喬木生夏涼"라 했지만, 바로 앞의 「노숭의 '가을밤'을 받고 화답하며酬盧嵩秋夜託寄」에서 "높은 나무에서 밤의 서늘함이 일어나고喬木生夜涼"라 했기에 중복의 혐의가 있지만, 구성이 다르기 때문에 괜찮다고 했다.

夏夜憶盧嵩[637]	여름밤에 노숭을 그리며
靄靄高館暮,[638]	어둑하니 높은 관사가 저물 때
開軒滌煩襟.[639]	창을 여니 번잡한 마음이 씻겨간다.
不知湘雨來,	모르는 사이 상강湘江에 비가 내려
瀟灑在幽林.	시원스레 깊은 숲에 뿌려진다.
炎月得涼夜,	무더운 계절에 서늘한 밤이 되었으니
芳樽誰與斟.	향기로운 술잔을 누구와 기울이랴.
故人南北居,	친구와는 남북으로 사는데
累月間徽音.[640]	여러 달이 지나도 편지가 없구나.
人生無閑日,	사람이 살면서 한가한 날이 없는데
歡會當在今.	기쁜 만남은 응당 지금이어야 하리.
反側候天旦,[641]	몸을 뒤척이며 날이 밝기를 기다리는데

---

637 盧嵩(노숭) : 미상. 앞의 시 참조.
638 靄靄(애애) : 구름이나 안개가 가득 낀 모양.
639 煩襟(번금) : 번민하는 마음. 답답한 마음.
640 間(간) : 사이를 두다. 떨어지다.
　　徽音(휘음) : 아름다운 소리. 여기서는 소식.

層城苦沉沉.[642]　높은 성벽은 침침이 깊기만 하구나.

【왕평】

신령스런 운행은 흔적을 남기지 않는다.

神行非迹.

【해설】

여름날 밤에 친구를 그리며 쓴 시이다. ‘상강의 비’라는 말이 있는 것으로 보아 구강九江에 있을 때 지은 것으로 보인다. 전반 여섯 구는 비가 내려 무더운 공기도 가라앉고 답답한 마음도 씻기어, 여름 저녁의 특징적인 상쾌함을 잘 형상화하였다. 후반 여섯 구는 친구를 그리는 마음이 잘 그려졌다.

왕부지는 구성의 자연스러움을 강조하였다. 전반의 사경과 후반의 인사人事를 자연스럽게 연결하였는데, 예컨대 제5구는 앞의 서경을 받으면서 제6구에서 “향기로운 술잔을 누구와 기울이랴”라고 하면서 인사를 열었기 때문이다. 상쾌한 서경은 그리운 사람을 연상시키고, 그 연상에서 친구를 불러내는 것은 지극히 자연스러워, 그야말로 마음의 움직임이 흔적이 없다.

641　反側(반측) : 누워서 몸을 뒤집거나 모로 세우다. 몸을 뒤척이다.
642　層城(층성) : 신화에 나오는 곤륜산의 가장 높은 곳. 여기서는 성벽을 가리킨다.
　　　沉沉(침침) : 깊은 모양.

藍嶺精舍[643]　　　　　　　남령 정사

石壁精舍高,　　　　　　석벽 위에 높이 세워진 절

排雲聊直上.[644]　　　　　구름을 헤치고 곧바로 솟아올랐다.

佳游愜始願,[645]　　　　　오래전부터 오고 싶은 바람을 이루니 즐거워

忘險得前賞.　　　　　　험난한 줄도 모르고 앞으로 나아가 감상한다.

崖傾景方晦,[646]　　　　　기울어진 벼랑 아래라 해가 어두워지는데

谷轉川如掌.[647]　　　　　골짜기를 돌아가니 평지가 손바닥 같다.

綠林含蕭條,　　　　　　쌀쌀한 기운들 머금은 푸른 숲 가운데

飛閣起弘敞.　　　　　　날아갈 듯한 누각은 넓고 시원하다.

道人上方至,[648]　　　　　도인道人은 천상의 선계에 올라

深夜還獨往.[649]　　　　　깊은 밤 정신은 우주 속을 독왕獨往하리라.

643　藍嶺(남령) : 남전산. 남전현 동남에 있는 산으로 종남산의 일부이다. 옥이 나오기 때문에 옥산(玉山)이라고도 한다.

644　排雲(배운) : 구름을 뚫고 높이 솟다.

645　愜(협) : 상쾌하다. 즐겁다.
　　始願(시원) : 최초의 바램. 숙원.

646　景(경) : 햇빛.
　　晦(회) : 어둡다.

647　川(천) : 산과 산 사이의 평지.

648　上方(상방) : 도가에서 말하는 천상의 선계(仙界). 때로 가장 높은 곳을 가리킨다. 여기서는 스님을 도사와 같은 경지로 표현하였다.

649　獨往(독왕) : 사물과 세속의 묶임에서 벗어나 정신의 자유로움으로 천지간을 홀로 오고 가는 경지. 『장자』「재유(在宥)」에서 유래한 말이다. "천지 사방을 드나들며, 구주(九州)를 마음대로 노닐며, 홀로 오가는 것을 '독유(獨有)'라고 한다. 이러한 '독유'의 경지에 든 사람을 일러 '지극히 존귀하다(至貴)'고 한다(出入六合, 遊乎九州, 獨往獨來, 是謂獨有. 獨有之人, 是謂至貴.)" 이 2구는 "스님이 방장에 오신다면, 한밤이라 해도 홀로 찾아가 보리라"고 번역할 수도 있으나, 시간의 순

日落群山陰,	해 지자 산들이 어두운데
天秋百泉響.	가을이라 온갖 계곡에 물소리 울린다.
所嗟累已成,⁶⁵⁰	아쉬운 것은 세속의 일에 묶여 있어
安得長偃仰?⁶⁵¹	어찌하면 오래도록 자유로울 수 있을까?

【왕평】

마음, 힘, 격식, 색 등 얻지 못한 게 없고 이르지 못한 게 없다. 당대
삼백 년에 오언고시가 만 수 이상인데, 이 시를 압권으로 치는 걸 어찌
양보할 수 있으랴!

心力格色無不得, 無不到者. 唐三百年, 五言古體不下萬首, 即以此壓卷,
亦何讓焉!

【해설】

남전산에 있는 절을 찾아간 일을 적었다. 높고 험한 곳에 자리한 모
습을 원경과 근경으로 묘사하고, 꺾고 부감하는 장면을 교차하여 산중
의 모습을 재현하였고, 주야간의 변화와 함께 시청각을 동원하였다.
774년부터 777년까지 경조부공조京兆府功曹로 재직하던 기간에 지은 것

서가 맞지 않고 내용도 남령정사에 처음 온 작자의 입장과 맞지 않다.

650 累(루) : 세속과 외물로 인한 얽매임. 가족, 관직, 공명 등 세상살이로부터 나오는
일체의 심리적 부담.

651 偃仰(언앙) : 눕고 일어남. 여기서는 자유자재의 생활. 『시경』「북산(北山)」에
"어떤 사람은 한가로이 누워 쉬고 있는데, 어떤 사람은 나랏일에 얽매어 수고롭
기만 하네(或棲遲偃仰, 或王事鞅掌)"라는 말이 있다.

으로 보인다.

留別洛京親友　　　　　낙양의 친구를 두고 떠나며

握手出都門,[652]　　　악수하고 낙양 성문을 나서면

駕言適京師.　　　　　장안을 향해 수레를 몰아야 한다네.

豈不懷舊廬,　　　　　어찌 예 살던 곳을 그리워하지 않으랴

惆悵與子辭.　　　　　그대들과 함께 슬프게 헤어지네.

麗日坐高閣,　　　　　아름다운 햇살 아래 높은 누각에 앉아

淸觴醮華池.　　　　　맑은 술잔으로 연못가에서 연회를 연다.

昨遊倏已過,　　　　　지난날의 유람은 삽시간에 지나가고

後遇良未知.　　　　　다음의 만남은 언제일지 정말 모르겠어라.

念結路方永,　　　　　마음속에 맺힌 생각에 길은 마침 멀고 먼데

歲陰野無暉.[653]　　　세밑이라 들어는 빛도 없구나.

單車我當前,　　　　　내 앞에는 수레 한 대

暮雪子獨歸.　　　　　저녁 눈발 속에 홀로 돌아가야 한다네.

臨流一相望,　　　　　강물 앞에서 서로 바라보며

零淚忽沾衣.　　　　　눈물이 떨어지니 홀연 옷깃이 젖는구나.

652　都門(도문) : 도성의 문. 여기서는 낙양의 성문을 가리킨다. 당대에 낙양은 동도
　　(東都)였다가 742년(천보 원년) 동경(東京)이라 개명하였고, 762년 다시 동도
　　로 복원하였다.
653　歲陰(세음) : 세모. 세밑.

【왕평】

하나의 기운 속에 구마다 대우를 만들었다.

一氣中句句作對.

【해설】

낙양을 떠나며 배웅 나온 친구들에게 석별의 정을 전했다. 낙양에서
장안 가는 것으로 보아 772년 낙양승을 마친 후 얼마간 지내다가 연말
이 되어 떠날 때 쓴 것으로 보인다.

登西南岡卜居 遇雨, 尋竹浪至澧壖, 縈帶數里, 淸流茂樹, 雲物可賞[654]

서남 언덕에 올라 집터를 잡으려다 비를 만나고, 대숲을 찾다가 뜻
밖에 풍수 강가의 빈터에 이르렀는데, 몇 리에 걸쳐 맑은 시내에 나
무가 무성하여, 풍광이 감상할 만했다

| 登高創危構,[655] | 높이 올라 집을 지을 곳 찾는데 |
| 林表見川流. | 숲 위로 강물이 드러나 보였다. |

---

654 卜居(복거) : 집터를 고르다.
　　浪(랑) : 계획 없이. 생각 없이.
　　澧(풍) : 지금의 서안시 서남의 풍하(澧河)를 말한다. 섬서성 영섬현(寧陝縣)의
　　종남산에서 발원하여 서북으로 흘러 위하(渭河)로 들어든다. 위응물은 779년 장
　　안의 서쪽에 있는 호현(鄠縣)의 풍수(澧水) 강가에서 살았다.
　　壖(연) : 물가의 빈 땅.
　　縈帶(영대) : 굽이돌며 이어지다.
　　雲物(운물) : 자연의 풍경.
655 危構(위구) : 높은 건축물.

微雨颯已至,[656] 부슬비가 우수수 삽시간에 이르자

蕭條川氣秋. 쓸쓸한 강 기운에 가을이 되었다.

下尋密竹盡, 아래로 내려와 찾다가 빽빽한 대숲이 끝나자

忽曠沙際遊.[657] 홀연 넓은 모래가 나왔기에 노닐었다.

紆直水分野,[658] 굴곡진 강물이 들을 반으로 나누고

綿延稼盈疇.[659] 굽이굽이 논에 벼가 가득하였다.

寒花明廢墟, 차가운 가을꽃이 폐허를 밝히고

樵牧笑榛丘.[660] 나무꾼과 목동이 잡목의 언덕에서 웃고 있었다.

雲水成陰澹, 구름과 물이 그늘을 이루어 조용하고

竹樹更淸幽. 대와 나무들이 더욱 맑고 한가하였다.

適自戀佳賞,[661] 마침 스스로 아름다운 풍광을 좋아하여

復茲永日留. 다시 이곳에서 해가 지도록 머물었다.

【왕평】

단락의 연결과 복선이 이미 입신의 경지에 들었다. 예컨대 "부슬비

---

656 颯(삽) : 비바람 소리를 형용한 의성어.
657 沙際(사제) : 모래언덕 가.
658 水分野(수분야) : 풍수(灃水) 강물이 들을 가르다.
659 稼(가) : 논에서 나오는 농작물. 여기서는 벼를 가리킨다.
　　疇(주) : 논.
660 榛丘(진구) : 관목이 가득 자라난 황량한 산비탈.
661 適(적) : 마침.

가 우수수 삽시간에 이르러, 쓸쓸한 강 기운에 가을이 되었다微雨颯已至, 蕭條川氣秋"와 같이 험준함과 소슬함이 함께 깃들어 있어, 말로 형용할 수 없는 경지에 이르렀다. 누가 조용한 자는 영웅의 기세가 없다고 말할 수 있는가?

涯際朕兆, 旣已臻化. 如"微雨颯已至, 蕭條川氣秋", 崢嶸蕭瑟, 兼不可以言至, 誰得謂靜者無英雄之氣?

【해설】

집터를 고르며 둘러본 경관을 자연에 대한 흥취와 함께 묘사하였다. 779년 6월 경조윤 여간黎幹이 폄적될 때 위응물도 관련되어 호현령鄠縣令으로 좌천되었는데, 위응물은 부임한 후 바로 용퇴하고 풍수 강가에 은거하였다. 이때 강가의 선복정사善福精舍에서 살다가 그해 가을 절 옆에 집을 지으려 하였다. 이 시는 이때 집터를 살피다가 발견한 강가의 터와 그 주위 환경을 즐거운 마음으로 노래하였다.

왕부지는 단락의 연결이 '입신의 경지'에 들었다고 하였다. 이 시는 왕요구王堯衢가 분석한 것처럼, 처음 네 구에서 산에 올라가 둘러본 광경을 묘사하고, 다음 네 구에서 대숲에서 풍수 강가까지 간 걸 묘사하고, 다시 네 구에서 맑은 물에 나무가 무성한 걸 묘사하고, 마지막 두 구에서 감상을 적었다. 그런데도 눈에 보이는 대로 무심히 나타나 그 연결이 전혀 작위성이 없다. 또 험준함과 소슬함과 같은 대립적인 미감이 공존하여, 고요한 정적 속에 굳센 기운이 있다고 칭찬하였다.

遊開元精舍[662]　　　개원 정사에서 놀며

夏衣始輕體,　　　여름옷을 입었더니 몸이 한결 가벼운데

遊步愛僧居.[663]　　천천히 거닐더 승사僧舍를 즐거워한다.

果園新雨後,　　　과수원에 비가 내린 후

香臺照日初.[664]　　향을 올린 탁자에 해가 막 비친다.

綠陰生晝靜,　　　푸른 그늘에 대낮의 정적이 감돌고

孤花表春餘.[665]　　남은 꽃 한 떨기에 늦봄이 머문다.

符竹方爲累,[666]　　마침 자사刺史의 직책에 묶여 있어

形跡一來疎.　　　여기 오는 일이 줄곧 드물었다네.

【왕평】

풍만하다.

腴.

662　開元精舍(개원정사) : 개원사(開元寺). 당 현종은 개원 26년, 즉 738년에 각 주(州)마다 개원사(開元寺)와 개원관(開元觀)을 한 곳씩 세우도록 명하였다. 정사(精舍)는 원래 유학자나 생도들이 있는 곳을 가리켰으나, 나중에는 승려가 거처하는 곳을 지칭하였다.

663　遊步(유보) : 漫步(만보)와 같다. 천천히 자유롭게 거닐며 둘러보다.

664　香臺(향대) : 불전 앞의 분향대(焚香臺).

665　表(표) : 나타나다. 드러나다.
　　　春餘(춘여) : 봄의 끝자락. 늦봄.

666　符竹(부죽) : 자사의 관직을 가리킨다. 한대에 태수의 신물로 죽사부(竹使符)를 수여하였다.

【해설】

　초여름의 절을 돌아본 감흥을 표현하였다. 여기에는 분망한 관직에서 벗어났다는 쾌감도 있어 경관은 청신하고 생생하다. 특히 "푸른 그늘에 대낮의 정적이 감돌고, 남은 꽃 한 떨기에 늦봄이 머문다."綠陰生晝靜, 孤花表春餘. 두 구는 초여름의 특징을 잘 잡아낸 명구로 역대 평론가의 상찬을 받았으며, 송대 섭몽득葉夢得은 "위응물 시집 가운데 가장 뛰어난 구韋蘇州集中最爲警策"라고 하였다.

種藥	약초를 심으며
好讀神農書,[667]	신농본초경神農本草經을 즐겨 읽었더니
多識藥草名.	약초 이름을 많이 알게 되었어라.
持縑購山客,[668]	황견黃絹을 주고 산속의 사람으로부터 사
移蒔羅衆英.[669]	각종 약초를 옮겨와 나란히 심었다.
不改幽澗色,[670]	깊은 계곡에서 자라던 모습 그대로

667　神農(신농) : 중국 고대 전설에 나오는 제왕. 염제(炎帝)라고도 한다. 『회남자』「수무훈(修務訓)」에 의하면 신농씨는 백성들에게 오곡을 기르는 법을 가르쳤고, 이로운 약초를 찾기 위해 수많은 풀을 맛보느라 중독되기도 하였다. 神農書(신농서)는 곧 『신농본초경(神農本草經)』으로, 양(梁代) 완효서(阮孝緒)의 『칠록(七錄)』에 처음 책 이름과 권수가 기록되었다. 원서는 산일되었고 청대 손성연(孫星衍)이 관련 내용을 집록한 책이 있다.

668　縑(겸) : 황견(黃絹). 『회남자』「제속훈(齊俗訓)」에 "겸(縑)의 속성은 누렇다(縑之性黃)"는 말이 있다.
　　山客(산객) : 은사. 또는 산속에 사는 사람.

669　移蒔(이시) : 옮겨 심다.
　　衆英(중영) : 각종 식물.

宛如此地生.	완연히 이곳에서도 자라났구나.
汲井旣蒙澤,	우물을 길러 윤택하게 하고
挿楥亦扶傾.[671]	울타리를 세워 버티게 하였다.
陰穎夕房斂,[672]	그늘의 가지는 저녁이면 화방을 오무리고
陽條夏花明.	양지의 가지는 여름에 꽃이 환하다.
悅玩從茲始,	이로부터 바라보는 즐거움이 깊어지니
日夕繞庭行.	밤낮으로 정원을 맴돌아 다닌다.
州民自寡訟,[673]	주州의 백성들이 본래 소송이 적어
養閑非政成.[674]	나는 본성을 기를 뿐 다스림엔 뛰어나지 못하네.

【왕평】

평선平善하여 고전적인 전형을 버리지 않았다.

마무리가 간결하고 초탈적이다.

平善不替典型

一結簡逸.

---

670 幽澗色(유간색) : 깊은 계곡에서 자라난 야생의 본성.

671 楥(원) : 울타리.

672 陰穎(음영) : 그늘 속의 가지.

房(방) : 화방.

673 寡訟(과송) : 송사가 적다. 사람들이 소송 사건을 거의 만들지 않는다.

674 養閑(양한) : 한가한 본성을 유지하다.

政成(정성) : 정치 업적이 뛰어나다.

【해설】

약초를 심고 기르며 느낀 흥취와 즐거움을 표현하였다. 『신농본초경』을 즐겨 읽는다는 말에서 도연명의 「산해경을 읽으며讀山海經」를 연상시킨다. 저주자사로 있을 때인 783년 또는 784년에 지었다.

'평선平善'은 평이하고 선량하다는 뜻이 아니라 "어쩔 수 없이 그럴 수밖에 없는 자연스러운 추세와 지향이 주는 아름다움"을 가리키는 것으로, 왕부지가 가장 높이 치는 미학적 기준의 하나이다. 일반적으로 왕부지의 평어에서 '평平'은 인위적인 조탁이 아니라 자연스러운 통합성을 이룬 작품을 평가할 때 사용하였다. 이는 종영鍾嶸의 '평미平美'를 발전시킨 미학 용어이다.

덕종황제德宗皇帝 1수

重陽日賜宴曲江亭賦六韻詩用淸字[675]

중양일에 곡강의 정자에서 연회를 베풀며, 여섯 운으로 지은 시에 '청'(淸)자 운을 쓰다

昧衣對庭燎,[676]	새벽 옷을 입고 정원의 횃불을 마주하며

---

675 曲江亭(곡강정) : 장안성 서남 곡강의 호숫가에 있는 정자. 이 시와 관련된 내용은 『구당서』「덕종기」, 『책부원구』 권40, 『당회요』 권29 등 참조.
676 庭燎(정료) : 정원에 타오르는 횃불.

躬化勤意誠.[677]　몸소 교화에 정성을 다하노라.

時此萬機暇,　이때는 정무에 여가를 내어

適與佳節幷.　마침 아름다운 절기를 함께 하네.

曲池潔寒流,[678]　곡강지는 차가운 강물이 깨끗하고

芳菊舒金英.　향기로운 국화는 금빛 꽃을 피웠다.

乾坤爽氣滿,　천지에 시원한 기운이 가득한데

臺殿秋光淸.　누대와 전각에는 가을빛이 맑구나.

朝野慶年豐,　풍년이 들어 조야가 경하하는데

高會多歡聲.　높은 연회에는 즐거운 소리 많아라.

永懷無荒戒,[679]　'정사를 게을리 말라'는 교훈을 영원히 품나니

良士同斯情.　어진 신하들과 이 마음을 같이 하노라.

【왕평】

온후하고 친밀하며 전아하니, 응당 위 명제와 송 효무제와 함께 달릴 수 있지만, 현종은 격에 맞지 않아 그 자리에 들지 못한다.

677　躬化(궁화) : 자신의 덕행으로 다른 사람을 감화시키다.

678　曲池(곡지) : 굽이진 연못. 곡강지(曲江池)를 가리킨다. 진대에는 의춘원(宜春苑)이었고, 한대에는 낙유원(樂遊原)이 있는 유람 승지였다.

679　無荒(무황) : 정사를 폐하지 않다. 『시경』 「실솔(蟋蟀)」에 "지나치게 편안함만 구하지 말고, 맡은 직분을 생각해야 하리. 즐거움을 누리되 정사를 폐하지 않아야 하니, 어진 선비는 늘 삼가고 조심한다네(無已大康, 職思其居. 好樂無荒, 良士瞿瞿)"는 구의 뜻을 환기한다.

溫密近雅, 固當與魏明帝, 宋孝武駕, 三郎郎當非其位也.

【해설】

중양절에 곡강에 나와 연회를 베풀며 축하하였다. 이때는 788년 9월 9일로『구당서』「덕종기」,『책부원구』권40,『당회요』권29 등에 기록되어 있다. 덕종의 시에 35명의 신하가 응제시를 지었는데, 유태진劉太眞과 이서李紓 등 네 명의 시를 상등으로 선정했다.

왕부지는 이 시를 빌어 역대 군주의 시를 품평하였다. 덕종의 시는 조비曹조와 유유劉裕의 시에 맞선다고 높이 칭찬하면서, 당 현종玄宗은 이에 미치지 못한다고 하였다. 역대 평론가들은 현종의 시재詩才를 상당히 인정하고 있지만 왕부지는 그렇게 보지 않았다.

장휘張翬 1수

遊棲霞寺[680]　　　　　서하사에서 놀며

蹲險入幽林,[681]　　　험한 곳을 디디고 올라 그윽한 숲에 들어서니

翠微含竹殿.[682]　　　비췻빛 기운이 대숲 속 전각을 감싸고 있구나.

---

680 棲霞寺(서하사) : 지금의 남경시 동북에 소재한 서하산에 있는 절. 남제 때 창건되었으며, 불교 4대 총림 가운데 하나였다.
681 蹲(제) : 오르다.
682 翠微(취미) : 산 중턱의 깊은 곳에 낀 파르스름한 기운.

泉聲無休歇,　　　　　샘물 소리는 쉬임 없이 들려오는데

山色時隱見.[683]　　　산빛은 때로 나타났다 때로 사라지더라.

潮來雜風雨,　　　　　조수가 일어나면 풍우와 뒤섞여 오고

梅落成霜霰.　　　　　매화가 떨어지면 서리와 싸라기가 된다.

一從方外遊,[684]　　　한번 스님을 따라 노닐다 보면

頓覺塵心變.[685]　　　어느 사이 속세의 마음이 변함을 깨닫는다.

【왕평】

강개하고 고결하다. 때로 촉박하지만 풀잎처럼 가벼운 말은 함부로
쓰지 않았다.

狷潔. 時傷局促, 要不屑作草菅語.

【해설】

서하사의 아름다운 풍광을 노래했다. 여기에는 빛과 색과 소리가 섞
여 있고, 계절의 조수와 풍우에 매실이 열었다 떨어진다. 세상의 깨달
음도 이들 풍광 속에 녹아있는 듯하다.

---

683 隱見(은현) : 때로 보이고 때로 사라짐.
684 方外(방외) : 세상 밖. 승려나 도사를 가리키기도 한다.
685 塵心(진심) : 세속의 정. 명리를 쫓는 속념.

호구귀虎丘鬼 2수

題虎丘山石壁 二首 　　　호구산 석벽에 적다 2수

제1수

高松多悲風, 　　　높은 소나무에 슬픈 바람 소리 많아

蕭蕭淸且哀. 　　　우수수 부는 소리 맑고도 슬프구나.

南山接幽壟, 　　　남산은 어두운 무덤으로 이어지고

幽壟空崔嵬. 　　　어두운 무덤은 부질없이 드높아라.

白日徒昭昭, 　　　빛나는 해는 헛되이 밝아

不照長夜臺.686 　　　장야대長夜臺를 비추지 못하는구나.

雖知生者樂, 　　　비록 산 자의 즐거움을 안다 해도

魂魄安能迴? 　　　혼백이 어찌 돌아갈 수 있으리오?

况復念所親, 　　　하물며 다시 친했던 사람들 생각하면

慟哭心肝摧. 　　　통곡에 심장과 간이 부서진다.

慟哭更何言? 　　　통곡한들 더 무슨 말을 하리오?

哀哉復哀哉! 　　　슬프도다! 또 슬프도다!

【왕평】

소설가들이 귀신에 의탁하여 지은 시 가운데 오직 이 두 편만은 중당 사람들이 능히 지을 수 있는 경지가 아니다. 정과 뜻이 어울리면서 모

686　長夜臺(장야대) : 무덤을 가리킨다.

두 하나의 기운 속에 있는데, 오직 운韻단은 오래되지 않았을 뿐이다. 그렇지 않으면 응당 곽박郭璞이나 담방생湛方生과 위아래를 겨룰 것이다.

小說家多有托爲鬼詩者, 唯此二作, 非中唐人所能辦. 情旨回合, 皆在一氣之中, 唯用韻不古耳. 不然當在郭璞湛方生上下.

【해설】

소나무의 쓸쓸한 바람 소리로부터 남산의 무덤을 끌어내고, 죽음을 어찌할 수 없음을 나타내었다. 그 어조는 「고시십구수」 중의 「수레를 몰아 상동문을 나가驅車上東門」와 상당히 유사하다. 그러나 이 시는 기록에 의하면 귀신이 적은 것으로 되어 있다. 소주蘇州 관찰사 이도창李道昌이 호구虎丘의 석벽에서 귀신이 쓴 시 2수를 발견하였다. 그는 이를 기이하게 여겨 조정에 보고하고, 제사를 지냈다. 수일 후 다시 한번 석벽에 시 1수가 쓰여 있었고, 알아보니 산 뒤에 높은 무덤이 2개 있었다. 이러한 이야기를 보면 귀신이 인간에게 경계의 뜻으로 시를 쓴 것으로 각색되었음을 알 수 있다. 『군각아언郡閣雅言』에 보이며 『당시기사唐詩紀事』 권34에 전록되어 있다.

제2수

神仙不可學,　　　　　신선술은 배을 수 있는 게 아니니

形化空遊魂.[687]　　　　형체가 변화하면 부질없이 떠도는 혼이

687　形化(형화) : 도가의 신선술로 형체가 변화한다는 뜻이다.

	된다네.
白日非我朝,	해가 떠도 나의 아침이 아니니
靑松爲我門.	푸른 소나무는 나의 문이 된다네.
雖復隔幽顯,[688]	비록 다시 저승과 이승으로 나뉘어도
猶知念子孫.	여전히 아는 것이라곤 자손을 걱정하는 것.
何以遣悲惋,	어떻게 해야 슬픔을 벗어날 수 있을까
萬物歸其根.	만물은 모두 그 근본으로 돌아간다네.
寄語世上人,	세상 사람들에게 말하노니
莫厭臨芳尊.	향기로운 술잔을 두고 싫증을 내지 마소.
莊生問枯骨,[689]	장자가 해골에게 물었을 때
三樂成虛言.	'세 가지 즐거움'도 헛된 말에 불과하오.

【왕평】

시작과 마무리가 평순하다. 당대 시인이 고시를 지으면 미릉골이 쇠와 같고 견골이 봉우리 같아 모두 귀기鬼氣가 있다. 이 시만이 홀로 살아있는 사람의 정리情理가 있다.

開合平順, 唐人作古詩者, 眉稜如鐵, 肩骨如峰, 皆鬼氣也. 此獨有生人之理.

---

688 幽顯(유현) : 저승과 이승.

689 莊生(장생) 2구 :『장자』「지락」에 나오는 내용을 가리킨다. 장자가 해골에게 어떻게 죽었으며 다시 살기를 바라느냐고 물었다. 해골이 밤에 장자의 꿈에 나타나 말하기를 죽음은 일체의 얽매임에서 벗어나니 "비록 남면하여 왕이 된다고 할지라도, 죽은 뒤의 즐거움이 이보다 더할 수는 없을 것이다!(雖南面王, 樂不能過也!)"라 했다.

【해설】

　　죽음의 덧없음을 말하고, 현실에서 즐길 것을 권하였다. 이 시의 어조 역시 「고시십구수」의 「수레를 몰아 상 동문을 나가驅車上東門」와 특히 많이 닮았다. 바로 앞의 시와 마찬가지로 귀신이 쓴 시로 각색되어 있으나, 오히려 인간세상에 연연해 하는 모습이 보인다.

조업曹鄴 5수

和謝豫章從宋公戲馬臺送孔令謝病[690]

사첨이 쓴 '송공을 시종하며 희마대에서 병 때문에 떠나는 공령을 보내다'에 화답하며

碧樹杳雲暮,	비취색 나무가 멀리 구름 아래 저무니
朔風自西來.	삭풍이 서쪽에서 불어온다.
佳人憶山水,[691]	가인佳人은 산수를 그리워하여
置酒在高臺.[692]	높은 누대에 술을 차려 놓았네.

690　謝豫章(사예장) : 남조 시인 사첨(謝瞻)을 가리킨다. 그는 일찍이 예장태수가 되었기에 '사예장'이라 불렸다. 「송공을 시종하며 희마대에서 병 때문에 사직하는 공령을 보내다(從宋公戲馬臺送孔令謝病)」는 사첨의 명작이다.
　　宋公(송공) : 송 무제 유유(劉裕). 416년에 송공으로 봉해졌다.
　　孔令(공령) : 공정(孔靖). 사적은 미상.
691　佳人(가인) : 송 무제 유유를 가리킨다.
692　高臺(고대) : 높은 누대. 희마대를 가리킨다. 열마대(閱馬臺)라고도 부른다. 후

不必問流水,　　　　흐르는 물에 물어볼 필요 없으니

坐來日已西.　　　　앉아 있으니 해가 이미 서쪽으로 기울었다네.

勸君速歸去,　　　　그대에게 권하니 얼른 돌아가게나

正及鷓鴣啼.[693]　　마침 자고새가 울고 있다네.

【왕평】

대신 화답한 뜻이 깊고, 대신 화답한 이유의 뜻이 더욱 깊다. 장경長慶 연간821~824의 시인들이 함부로 시를 짓고 욕설만 일삼았으니, 비단 시의 교화 기능이 사라졌을 뿐만 아니라, 만약 그들이 대중大中 연간 847~860 이후에 태어났다면 한 글자라도 쓸 수 없었을 것이다. 원진과 백거이 무리가 어찌 감히 붓끝에 자신의 목숨을 걸었으리오? 만약 고금에 이런 체제가 없었다면, 시는 아첨의 장이 되거나 아니면 모두가 두려워 감히 나아가지 못하는 길이 되었을 것이다! 어떻게 모든 군주가 무왕처럼 현명하고, 모든 재상이 주공처럼 현능하여 시인으로 하여금 "폭압으로 폭압을 대신한다"는 내용을 공공연히 노래하도록 허용할 수 있겠는가?

代和意深, 所以代和意盆深. 長慶人徒用謾罵, 不但詩敎無存, 且使生當大中後, 直不敢作一字. 元, 白輩豈敢以筆鋒試頸血者? 使古今無此體制, 詩非

　　조(後趙)의 석호(石虎)가 축조하였다. 업성(鄴城)의 서쪽에 소재했다.

693 鷓鴣啼(자고제) : 자고새가 울다. 중국인은 그 우는 소리를 "씽부더이에 꺼꺼(行不得也哥哥)"라고 들어 "가지 말아요, 형아."로 이해하였기에, 시에서 해가 지면 길이 어두워지니 일찍 돌아가라고 권하였다.

佞府, 則畏途矣! 安得君盡武王, 相盡周公, 可以歌"以暴易暴"[694]邪?

【해설】

사첨의 시에 화답한 시이다. 그 내용은 송 태조 유유를 대신하여 떠나는 공정孔靖을 향해 비록 붙잡고 싶은 마음이 있으나 차마 붙잡지 못한다는 뜻을 완곡하게 적었다. 언어가 담백하고 뜻이 은근하여 온유돈후한 시교의 뜻이 잘 드러났다. 853년 경 조업이 업성鄴城에 갔을 때 유적지를 돌아보며 당시를 회상하여 시를 지었다.

왕부지는 이 시와 같이 완곡하게 표현한 시야말로 진정한 시라고 보았다. 그는 시와 정치의 관계를 논하며, 시가 어떠한 태도를 취해야 하는지를 검토하였다. 예컨대 백거이와 원진이 장경 연간에는 비록 현실 비판적인 시를 쓸 수 있었지만, 감로지변835년 이후 언론 통제가 강화된 대중 연간에 이르러서는 과연 그들이 "붓끝에 자신의 목숨을 걸 수 있겠는가?" 하고 반문하였다. 만약 그렇지 못하다면, 그런 시는 단지 현실을 향한 거친 비난에 불과하다고 비판하였다. 왕부지에 따르면, 역사의 많은 시기는 시인이 "폭압으로 폭압을 대신한다"는 주제를 다룰 만큼 포용적이지 않거니와, 반대로 정치적 검열의 공포와 자아 검열의 한계 속에서 결국 시는 아첨이 되거나 두려움의 산물이 될 것이

---

694 백이와 숙제가 지었다는 「채미가(采薇歌)」를 말한다. 『사기』「백이열전(伯夷列傳)」에 "저 서산에 올라, 고사리를 뜯으리. 폭압으로 폭압을 대신하면서, 그 잘못을 모르도다(登彼西山兮, 采其薇矣. 以暴易暴兮, 不知其非矣)"는 노래가 실려 있다. 여기서는 현실 비판의 시를 쓴 시인들의 대안 없는 무모한 비판을 가리킨다.

라고 보았다. 이와 전제 아래, 유송 시대 사첨이 송 무제를 대신하여 공령을 보내며 지은 송별시와, 이에 화답한 조업의 시를 높이 평가하였다. 이들 시는 군주가 지녀야 할 정서와 덕목을 완곡하게 제시함으로써, 직접적인 비판 대신 완곡하게 정치에 참여하는 문체적 품격을 보여주기 때문이다. 따라서 왕부지는 시가 현실을 비판하더라도, 직설이 아닌 완곡함과 품격을 통해 정치를 교화해야 한다고 보았다.

代羅敷誚使君[695]	나부를 대신하여 태수를 꾸짖다
常言愛嵩山,	숭산을 좋아한다고 자주 말하시더니
別妾向東京.[696]	소첩을 떠나 낙양으로 향하셨지요.
朝來見人說,	아침에 어떤 사람의 말 들으니
却知在石城.[697]	오히려 석성에 계시더군요.

---

695 羅敷(나부) : 고대의 미녀 이름. 한대 악부시 「길가의 뽕(陌上桑)」에서 "진씨 댁에 참한 딸 있으니, 본명은 바로 나부라 하네(秦氏有好女, 自名爲羅敷)"라는 구절이 있다. 여기서는 시중의 '첩(妾)'을 가리킨다.
　　使君(사군) : 한대의 지방 최고 행정관인 태수(太守)로, 전국시대의 제후(諸侯)에 해당한다. 「길가의 뽕」에 "태수의 수레가 남쪽에서 오더니, 다섯 마리 말이 길 위에 멈추었네(使君從南來, 五馬立踟躕)"라는 구절이 있다. 여기서는 첩의 남편을 가리킨다.
696 東京(동경) : 낙양을 가리킨다. 낙양은 숭산에서 가까우므로, 숭산을 좋아하기 때문에 낙양에 간다고 하였다.
697 石城(석성) : 지금의 호북성 종상(鍾祥)으로, 고대에는 영(郢)이라 칭했다. 위진 이래 이곳은 상업이 발달하고 교통이 편리하였기에 유락지가 되었다. 악부시 가운데 「석성악(石城樂)」과 「막수악(莫愁樂)」은 이곳에서 나왔다. 「막수악」에 "막수는 어디에 있는가? 막수는 석성의 서쪽에 있다네(莫愁在何處? 莫愁石城西)"라는 구절이 있다.

未必菖蒲花,[698]　　　　창포꽃이 꼭

只向石城生.　　　　석성에서만 피는 건 아니겠지요.

自是使君眼,　　　　원래 태수의 눈에는

見物皆有情.　　　　사물을 보면 모두 정이 있는가 봐요.

麋鹿同上山,　　　　암사슴과 수사슴이 함께 산을 오르고

蓮藕同在泥.　　　　연꽃과 연뿌리가 함께 진흙 속에 있어요.

莫學天上日,[699]　　　　하늘에 떠 있는 해를 따라 하지 말아요

朝東暮還西.　　　　아침에는 동쪽에 저녁에는 서쪽에 있네요.

【왕평】

우의寓意가 무궁하다. 말이 직설적일수록 정이 더욱 곡진하니, 이 시인은 진정 악부의 능수이자 진정한 시인이다!

亦寓無窮. 語益直, 情益曲, 此公眞樂府好手, 亦眞詩人!

【해설】

악부시의 형식에 여인의 말투를 써서 출타하여 여인을 좇는 남편을 꾸짖었다. 제목은 한대 악부시 「길가의 뽕陌上桑」을 연상시키지만, 태수

---

698 菖蒲花(창포화) : 창포꽃. 석성 일대의 미녀를 비유한다.
699 莫學(막학) 2구 : 악부시 「자야가(子夜歌)」의 한 수를 이용하였다. "나는 북극성이 되어서, 천년 동안 움직이지 않을래요. 그대는 해와 같은 마음, 아침에는 동쪽에 있다가도 저녁에는 서쪽에 있네요.(依作北辰星, 千年無轉移. 歡作白日心, 朝東暮還西.)"

와 나부의 역할만 빌리고 전혀 새로운 구성으로 내용을 엮었다. 때문에 어느 특정한 상황을 그린 것이 아니라 보편적인 상황을 개괄한 셈이다. 사슴과 연꽃으로 반의적으로 비유하고, 말미의 두 구로 정면으로 비유하였다.

和潘安仁金谷集[700]	반악의 '금곡원의 연회'에 화답하며
太守龍爲馬,[701]	태수는 말 대신 용을 타고
將軍金作車.[702]	장군은 황금으로 수레를 만들었지.
香飄十里風,	향기가 날리는 십리의 바람
風下綠珠歌.[703]	바람 아래 녹주가 노래 불렀지.
莫怪坐上客,[704]	괴이하게 여기지 말게나, 좌중의 객들이
歎君庭前花.[705]	그대 '뜰 앞의 꽃'을 보고 한숨을 쉬어도.

---

700 潘安仁(반안인) : 서진의 시인 반악(潘岳). 안인은 자.
　　金谷集(금곡집) : 반악이 지은 「금곡집작시(金谷集作詩)」를 가리킨다. 서진의 석숭(石崇)이 낙양 서북 교외에 호사스런 금곡원(金谷園)을 조성하고 문인들과 어울렸을 때, 반악도 여기에 참가하여 시를 지었다.
701 太守(태수) : 석숭을 가리킨다. 석숭은 형주 자사, 남만 교위를 역임했다. 자사는 종종 태수로도 불린다.
702 將軍(장군) : 석숭을 가리킨다. 석숭은 응양 장군(鷹揚將軍)을 역임했다.
703 綠珠(녹주) : 석숭의 애첩. 원래 교주(交州) 합포군(合浦郡)에 살았으나 석숭이 형주 자사였을 때 진주 3곡(斛)을 주고 샀다. 용모가 빼어나고 시를 지을 수 있었으며, 피리를 잘 불고 춤을 잘 추었다.
704 坐上客(좌상객) : 좌중의 객. 반악을 가리킨다.
705 庭前花(정전화) : 뜰 앞의 꽃. 반악이 지은 「금곡집작시」어 나오는 "앞뜰에는 사당나무를 심고, 후원에는 곶감을 심네. (…중략…) 의기가 돌 같이 굳은 친구에게 말하노니, 백발이 되어서 함께 돌아가세(前庭樹沙棠, 後園植烏椑. (…중략…) 投

明朝此池館,　　　　내일 아침 이 연못과 별장은

不是石崇家.　　　　더 이상 석숭의 집이 아니게 될 테니.

【왕평】

풍신風神이 왕융王融보다 못하지 않거니와, 함의는 더욱 각별하다.

風神不減王元長, 用意尤別.

【해설】

반악이 쓴 「금곡원의 연회에 지은 시金谷集作詩」에 대해 감개가 있어 화답한 시이다. 제1, 2구는 석숭의 사치를 풍자하였고, 제3, 4구는 석숭의 풍류를 묘사하였다. 후반 네 구는 반악이 읊은 그 꽃은 내일이면 남의 소유가 된다고 하였다. 전반부의 영화와 사치는 후반부에서 꽃처럼 삽시간에 사라지기에, 이 사이의 반차가 충격으로 다가온다. 부귀와 영화가 덧없음을 나타내었다.

分寄石友, 白首同所歸)"란 구절을 가리킨다. 나중에 조왕(趙王) 사마륜(司馬倫)의 총신 손수(孫秀)가 석숭과 반악을 모반죄로 죽이게 되자, 반악이 "백발이 되어서 함께 돌아가세란 말대로 되었구료(可謂白首同所歸)"라 말했다. 『진서』「반악전」 참조.

薄命妾[706]　　　　　　박명한 첩

薄命常惻惻,[707]　　　팔자가 박하여 언제나 비통한데

出門見南北.　　　문을 나서 남북을 바라본다.

劉郎馬蹄疾,[708]　　유랑劉郎이 탄 말은 빨라

何處去不得.　　　어디든 안 가본 곳 있으랴.

淚珠不可收,　　　눈물방울은 담을 수 없고

蟲絲不可織.[709]　　거미줄은 짤 수가 없다네.

知君綠桑下,[710]　　그대는 푸른 뽕나무 아래에서

更有新相識.　　　다시 또 새 사람을 만나리라.

【왕평】

육조에 걸쳐 특히 신준神駿한 모습을 보려면, 고금 악부 가운데 아마
이 작품만 남을 것이다.

視六代人獨有神駿之色, 于古今樂府中, 將無只立.

706　薄命妾(박명첩) : 첩박명(妾薄命)과 같다. 악부제(樂府題)로 '잡곡가사(雜曲歌
　　　辭)'에 속한다. 여인의 애원을 제재로 하였으며, 현존하는 작품 가운데 이 제목으
　　　로 가장 먼저 쓴 작가는 조식(曹植)이다.
707　惻惻(측측) : 비통해 하는 모습.
708　劉郎(유랑) : '첩'의 남편.
709　蟲絲(충사) : 거미줄. 여기의 絲(사)는 思(사)를 암시한다. 악부 민가에서 자주
　　　등장하는 해음(諧音)이다.
710　知君(지군) 2구 : 한악부 「길가의 뽕」을 환기한다.

【해설】

　남편의 박정함을 애닯아 하는 아낙을 그렸다. 제5, 6구는 불가능한 일로 남편을 잡아둘 수 없음을 비유하였다. 남편은 말을 타고 다니기에 어디에 갔는지 모르는데 말미에서 「길가의 뽕」과 같이 다른 여인을 만나리라 상상하였다.

　왕부지는 이 시를 '신준神駿'이란 미학 용어로 평하였다. 신준은 그 정신의 기세가 말이 달리듯 높고 기운차다는 뜻이다. 그 내용과 정서는 슬프지만, 장면의 전환이 빠르고 그 기상이 힘차다.

四望樓[711]	사망루
背山見樓影,	산을 등진 누각이 서 있으니
應合與山齊.[712]	응당 산 높이와 나란하리라.
座上日已出,	누각에 해가 벌써 비쳐도
城中未鳴鷄.	성안엔 아직 닭이 울지 않았더라.
無限燕趙女,[713]	연 땅과 조 땅의 수많은 미인이

711　四望樓(사망루) : 시의 제목 아래 원주(原注)가 있다. "누각은 낙양 동쪽에 있었으나 지금은 없어졌다. 진대(秦代)에 귀공자 가허(賈虛)가 매일 그 위에서 잔치를 열었다.(樓在洛陽東, 今廢. 秦時, 有貴公子賈虛每日宴其上.)"

712　應合(응합) : 응당. 당연히. 應(응)과 合(합)은 같은 뜻으로, 각각 추측의 뜻을 나타낸다.

713　燕趙(연조) : 나라 이름이자 지역 이름. 연은 지금의 하북성 북부에 해당하고, 조는 지금의 하북성 중남부 일대에 해당한다. 전국시대 조(趙)나라 수도 한단(邯鄲)에서는 미인이 많이 나왔다고 하며, 연(燕)나라는 그 이웃에 있으므로 연조(燕趙)라고 연용하였다. 「고시십구수」의 「낙양성의 동쪽 성벽 길고도 높아(東城

吹笙上金梯.	황금빛 계단에 올라 생황을 불었더라.
風起洛陽東,	낙양의 동쪽에서 바람이 일어나면
香過洛陽西.	낙양의 서쪽까지 그 향기 날아갔어라.
公子長夜醉,	공자가 밤새 취하여
不聞子規啼.714	두견새 우는 소리도 듣지 못하였더라.

【왕평】

풍자가 서리처럼 차갑다. 대상의 묘사는 간결하나, 그 비판의 기운
은 극에 이르렀다.

諷刺如霜, 爲物薄而刑氣已最.

【해설】

고대의 유적지를 소재로 귀족의 황음荒淫을 비판하였다. 사망루라는
특정한 장소와 진나라 공자라는 특정된 주인공을 등장시켜 선명하고
뚜렷한 인상을 만들었다. 첫 네 구는 사망루의 높음을 형상화하였고,
이어진 네 구는 여인과 향기로 호사스러움을 나타내었고, 말미 두 구
는 두견새 울음을 들어도 그 의미를 모르는 도취된 생활을 그렸다. 그

高且長)」에 "연 지방과 조 지방엔 미인이 많다더니, 아름다운 사람은 그 얼굴이
옥과 같구나(燕趙多佳人, 美者顏如玉)"라는 표현이 있다.

714 子規(자규) : 두견새. 전설에 의하면, 고대 촉나라에 두우(杜宇)라는 왕이 죽어
그 혼이 변해 된 새. 새의 울음이 처절하고 구슬퍼 듣는 사람의 슬픔을 일으킨다.
말구는 공자(公子)가 백성의 노고와 슬픔을 듣지 못한다는 뜻으로 쓰였다.

형식은 질박한 악부시를 따르고 있으나 제재는 화사한 장면들이어서
이들이 어울려 독특한 시공간을 만들어낸다.

조하趙嘏 1수

汾上宴別[715]	분수 강가의 술자리에서 이별하며
雲物如故鄕,[716]	풍경은 고향과 같은데
山川知異路.	산천에 놓인 길은 다르구나.
年來未歸客,	해가 바뀌어도 돌아가지 않은 나그네
馬上春欲暮.	말 위에서 어느덧 봄이 저무네.
一尊花下酒,	꽃 아래 놓인 한 동이 술
殘日水西樹.	지는 해가 물가 서편 나무에 걸렸다.
不待管絃終,	음악 소리가 끝나기도 전에
搖鞭背花去.	채찍을 휘두르며 꽃을 등지고 떠나노라.

【왕평】

자연스러우면서도 뛰어나게 아름답다. 유운柳惲과 오균吳均에서 끊어

---

715 汾上(분상) : 분하(汾河) 강가. 분하(汾河)는 황하의 두 번째로 큰 지류로, 산서
성 중부를 흐르다가 황하로 흘러든다. 분주(汾州)의 치소는 분양(汾陽)으로 지
금의 산서성 분양시(汾陽市).
716 雲物(운물) : 자연의 풍경.

진 여세가 여기에 잘 보존되어 있다. 유정지劉庭芝와 장약허張若虛와 비교하면 격이 하나 높다. 아아. 이를 아는 사람 누구인가? 기夔와 사광師曠이 나타나지 않으니 그저 악기만 번잡하게 울릴 뿐이로구나!

自然警艶. 絶柳惲吳均之餘, 定當有此. 較劉庭芝張若虛高一格在. 嗚呼, 能知者誰邪? 夔曠不作, 徒悲絲竹爲煩!

【해설】

분수 강가를 떠나며 친구들이 차려준 전별 자리에서 지은 송별시이다. 늦봄의 풍경으로 객지에서 떠도는 감흥을 그려내었다.

왕부지는 '뛰어나게 아름답다'며 '경염警艶'이란 어휘를 사용하여 이 시를 평하였다. 종영鍾嶸은 '경책警策'이란 말로 뛰어난 시구나 시인을 가리켰는데, '경염'도 그와 비슷한 의미이다. 다만 '염艶'자가 들어가 시구가 정련되고 함의가 깊은 데 더하여 아름답다는 의미까지 넣었다.

당시평선 전체 차례